Michael Stoffers

Die verlorene Destille

... und andere Helgoland-Geschichten

Verlag: BoD · Books on Demand GmbH,
Überseering 33, 22297 Hamburg, bod@bod.de
Druck: Libri Plureos GmbH, Friedensallee 273,
22763 Hamburg
ISBN: 978-3-7597-3015-2

Inhalt

Die verlorene Destille

Prolog

Das Wetter war perfekt, um in aller Heimlichkeit etwas Großartiges zu schaffen.

Im Dämmerlicht seines Ladens stand Tim Wilke und beobachtete durch das Fenster den Sturm, der sich über Helgoland austobte. Dichte Wolken bildeten eine finstere Masse am Himmel, die alles Licht zu schlucken schien. Blitze zuckten durch die Dunkelheit und Sturmböen peitschten den Regen durch die Straßen.

Draußen hetzte eine einsame Gestalt an seinem Schaufenster entlang. Tim sah ihr nach, wie sie um die Ecke verschwand und den Weg vor dem Laden leer und verlassen zurückließ. Es würde dauern, bis der Sturm sich legte und es wieder aufklarte. Stunden, vielleicht sogar Tage. Wer es sich leisten konnte, verließ das Haus nicht mehr und auf der Insel würde Ruhe einkehren.

Perfekt!

Tim ließ die Jalousien herunter und knipste das Licht an. Im Schein der Lampen erstrahlte die Glasvitrine mit den unzähligen Kunstwerken aus Schokolade. Krebse und Hummer lagen dort gemeinsam mit Seesternen, Robben und liebevoll vorbereiteten Päckchen mit Rum- oder Champagnertrüffeln. Im Regal gleich dahinter hatte er die Chili-Varianten, auf denen nicht ohne Grund der Hinweis „Für Kinder nicht geeignet" klebte.

Daneben standen die Glaskübel mit den Whisky-Trüffeln. Das war vielleicht seine bislang beste Idee gewesen. Trüffel mit schottischen Single Malt aus eigener Herstellung! Die Liebhaber hatten sich schnell gefunden.

Und heute Nacht würde er noch einen drauf setzen!

Langsam ging er zu dem großen Brennkessel, den er im Laden aufgebaut hatte. Das Kupfer glitzerte im Licht der Lampe und strahlte eine mystische Wärme aus. Sanft glitt seine Hand über das glatte Metall.

„Na, Schönheit", sagte er leise. „Dann wollen wir mal."

Er griff nach dem Sack gemälzter Gerste, den er sich bereitgelegt hatte, und begann sein Werk. Heute Nacht wollte er verwirklichen, was ihn schon seit Jahren umtrieb, was ihn nächtelang wachgehalten hatte. Was nicht weniger als ein Lebenstraum geworden war.

Still und heimlich arbeitete er Stunde um Stunde vor sich hin. Draußen heulte der Sturm.

Als er fertig war, griff er nach einem Tumbler aus Kristall, den er sich für diesen einzigartigen Moment ausgesucht hatte. Vorsichtig drehte er den kleinen Messinghahn auf und ein erster Tropfen seines Destillats fiel herab, dann ein zweiter. Nach und nach ergoss sich ein steter Strom, bis das Glas halb voll war.

Tim schnupperte und prüfte die Farbe. Würzige Aromen kitzelten seine Nase und ein goldener Schimmer brach sich im Kristall des Tumblers.

Es war gelungen!

Sein Traum von einer Hinterlassenschaft in Form von flüssigem Gold, war Wirklichkeit geworden! Vielleicht konnte es sogar so etwas, wie ein Vermächtnis werden.

Das Fläschchen

In einer Hotelbar nahe der Düsseldorfer Altstadt führte Mark Stuppke sein Whiskyglas an die Nase und schnupperte. „Wenn sie jetzt einmal genau darauf achten, fällt ihnen so ein süßlicher Duft auf", sagte er zu der Gruppe Männer, die mit ihren Gläsern vor ihm standen. Seine Stimme klang gedämpft, so als würde er den anderen ein Geheimnis verraten und nicht nur die verschiedenen Aromen vermitteln, die ein Single Malt aus den Highlands aufweisen konnte.

Sie befanden sich in einem extra für ihn reservierten Teil der Bar, was seinem Einsteigerseminar für Whiskyfreunde einen leicht konspirativen Hauch verlieh. Lächelnd beobachtete er, wie die meisten Teilnehmer das erste Mal bewusst versuchten, etwas zu riechen und ihre Wahrnehmung in Worte zu fassen. Stirnrunzelnd schnupperten sie an ihren Gläsern und konzentrierten sich darauf, die Aromen wahrzunehmen, die er ihnen angekündigt hatte.

„Stecken sie die Nase nicht ganz so tief hinein", sagte Mark und drückte sanft das Handgelenk eines Mittvierzigers nach unten. „Es heißt zwar ‚Nosing Glas', aber es reicht, wenn sie die Nase darüber halten. Sonst können sich die Düfte nicht entfalten."

Im dämmrigen Licht leuchtete der Whisky in den Gläsern und schickte goldene Strahlen durch den Raum. Es wurde geschnuppert und geschnüffelt, endlich genippt und in den fragenden Gesichtern zeigte sich zusehends das eine oder andere Lächeln.

„Er schmeckt auch etwas süßlich", stellte ein weiterer Teilnehmer fest. Er tupfte sich mit zwei Fingern die Lippen ab und strich durch seinen Bart.

„Das ist der Einfluss des Sherryfasses, in dem dieser Tropfen einige Jahre reifen durfte", sagte Mark. „Wenn sie diese Note mögen oder ihnen die rauchigen und torfigen Sorten zu schwer sind, achten sie auf die Bezeichnung Sherry Cask auf der Verpackung."

„Haben sie so einen dabei?"

„Aber selbstverständlich", sagte Mark und griff in eine der Kiste, die hinter ihm standen.

Bei seinem „Absolute Beginners Evening" kamen Einsteiger zusammen, die sich der Faszination ‚Scotch' nicht mehr entziehen wollten. Das war nicht unbedingt das lukrativste Tasting, das Mark im Angebot hatte, aber langfristig lohnte es sich. Denn die Flaschen, die er am Ende der Veranstaltung verkaufte, waren zumeist nur der Anfang. Die Quote der „Rückkehrer" war beachtlich. Manche Teilnehmer begleiteten ihn schon seit Jahren und einige waren mittlerweile genauso neugierig, wie er selbst. Experimentierfreudig und immer auf der Suche nach einem neuen Erlebnis.

Diese Gruppe stand noch ganz am Anfang, doch sie ließ sich gerne von ihm quer durch Schottland führen. Von den Speysides über die Lowlands in die Highlands und schließlich auf die Inseln, zu den ‚Heavy Boys' von Islay. Jede dieser Reisen war immer wie ein kleines Abenteuer.

Als die Teilnehmer sich eine Stunde später verabschiedeten, blieb Mark alleine in seinem Separee sitzen und genoss ein letztes Glas. Mild und mit einem guten Schuss Torf im Abgang glitt der Whisky seine Kehle hinunter. Er schloss die Augen und machte es sich in seinem Sessel bequem. Es gab schlimmere Arten, sein Geld zu verdienen, als diese.

Ein Räuspern unterbrach ihn.

„Entschuldigung", sagte der Barkeeper. „Es ist leider Zeit für den unangenehmen Teil des Abends."

Mark sah auf die Rechnung, die etwas höher ausfiel, als erwartet. Seine Augenbraue zuckte kurz, während er die Positionen durchging, doch der Betrag war in Ordnung. „Ein perfekter Abend", sagte er und holte seine Kreditkarte heraus. „Es war alles bestens vorbereitet. Wie immer. Vielen Dank und runden sie bitte auf den nächsten Hunderter auf."

Der Barkeeper bedankte sich und kam kurz darauf mit dem Beleg zurück. Er lächelte verschmitzt.

Mark sah fragend auf. Hatte er zu wenig Trinkgeld gegeben?

„Sie kommen so regelmäßig ... Und offen gestanden freuen wir uns immer auf sie. Nicht nur wegen des Tipps", sagte der Barkeeper. Er präsentierte Mark ein Fläschchen, wie er sonst wohl einem Gast eine gute Flasche Wein darreichen würde, und stellte sie dann auf den Tisch.

„Dieser Whisky ist mir neulich in die Hände gefallen und da dachte ich, der ist genau richtig für sie."

Mark rutschte an die Kante des Sessels heran und beugte sich vor. „Vielen Dank", sagte er und unterzog mit leuchtenden Augen die Flasche einer eingehenden Betrachtung.

Sie war klein, hatte allenfalls das Volumen eines größeren Schnapsglases. Fünf Zentiliter schätzte er. Die Seiten verliefen geradlinig. An der Oberseite befand sich ein Verschluss, der so kurz war, dass man ihn kaum als Hals bezeichnen konnte. Der Boden war dagegen tief genug eingewölbt, dass Mark ein Fingerglied problemlos hineinstecken konnte.

Offensichtlich war die Flasche zum Stapeln gedacht.

„Interessant", sagte er und schaute auf das Etikett. „Creag Deargh #2, 52%", las er vor. „Nie gehört. Ist der aus den Highlands? Der Name klingt gälisch ... Vielleicht aus Irland?"

„Nein. Nach allem, was ich weiß, ist das ein deutscher Whisky."

Mark stellte das Fläschchen ab und ließ sich zurück in seinen Sitz fallen. „Ernsthaft? Wo soll es denn in Deutschland eine Destille geben, die sich ‚Creag Deargh' nennt?"

„Auf Helgoland", sagte der Barkeeper. „Jedenfalls hat man mir das gesagt ... Kann ich ihnen noch etwas bringen?"

Nach dem Einsteigerseminar in Düsseldorf fuhr Mark zunächst nach Frankfurt. Nachmittags betreute er ein Team-Building und gab abends ein Seminar zum Thema Whisky und Schokolade. Zwischendurch fand er kaum die Zeit, um wenigstens ein paar Entwürfe für die nächsten Artikel des Genuss-Blogs auf seiner Website zu schreiben. Zwei Tage später, am Samstag, fuhr er zurück nach Hamburg.

Weder mit dem Fläschchen noch mit der unbekannten Destille hatte er sich in der Zwischenzeit befassen können. Und so war das Geschenk des Barkeepers seinen Gedanken vollständig entglitten.

Zu Hause angekommen, erledigte er seine Nachbereitungen und verstaute Proben, Gläser und die Restbestände, die er nicht verkauft hatte. Danach machte er, was er am Freitagabend am besten konnte.

Feierabend!

Obendrein hatte er das Haus für sich. Anja war mit

ihren Kolleginnen zum Essen verabredet und hatte ihm an der Magnettafel in der Küche eine Nachricht hinterlassen. Unter dem Button mit dem Schildkrötenbild von den Malediven, hing ein Zettel. „Ich war einkaufen. Im Kühlschrank ist etwas für Dich." Darunter hatte Anja ihm ein großes Herz gemalt.

Er öffnete die Tür und entdeckte die unverwechselbare Packung aus ihrem bevorzugten Feinkostgeschäft. „Hmm", sagte er leise und griff zu.

Mit Toast, Krabbensalat und einem Glas Weißwein setzte er sich vor den Fernseher. Satt und zufrieden ließ er sich von einem Krimi berieseln, der keine gesteigerte Aufmerksamkeit erforderte. Bei der erstbesten Werbeunterbrechung schaltete er den Ton aus und schloss für einen Moment die Augen.

Das war eine gute Woche gewesen. Gut, aber anstrengend. Neun Veranstaltungen in vier Tagen forderten ihren Tribut. Auch wenn jede Einzelne gelungen war. Vor allem das Einsteigerseminar in Düsseldorf. Er lächelte.

Sechs gestandene Männer, neugierig wie kleine Jungen, die sich bei jedem entdeckten Aroma gefreut hatten, als stünden sie zur Bescherung unter dem Weihnachtsbaum. Außerdem war da dieser äußerst nette Barkeeper gewesen ...

Ein Ruck ging durch Mark und trieb ihn aus seinem Sessel.

Das Fläschchen!

Das wäre jetzt genau das Richtige, um die Woche abzuschließen. An Schlaf war ohnehin noch nicht zu denken. Er holte es aus seinem Arbeitszimmer und nahm aus dem Wohnzimmerschrank einen

Cognacschwenker aus Kristall. Für einen Moment überlegte er, ob ein Nosing Glas nicht angemessener wäre, aber sein Instinkt sagte ihm, dass er diese Probe nicht zu einem reinen Analyseobjekt herabwürdigen durfte.

Er goss den Whisky ein und wärmte ihn einen Augenblick mit den Händen. Vorsichtig schwenkte er die goldene Flüssigkeit, hob das Glas an und beobachte, wie sich das Licht darin brach. Ein angenehmer Farbton entstand, warm, wie ein Hauch Sonnenuntergang.

Mark sog vorsichtig den Duft ein, ging in seinem Kopf die Aromen durch, schnupperte noch einmal und nahm dann einen ersten Schluck.

Der Geschmack des Whiskys war genauso warm, wie seine Farbe. Er war kräftig, hatte Ecken und Kanten, fast schon etwas Ungezügeltes. Und er schmeckte nach Meer! Auch wenn Mark nicht gewusst hätte, wo der Whisky herkam – eine Insel wäre sein erster Tipp gewesen. Im Wasser musste eine Spur Salz zurückgeblieben sein, ein letzter Hauch. Er nahm einen weiteren Schluck.

Da war noch etwas anderes. Etwas, das Mark schon lange nicht mehr bei einem Whisky wahrgenommen hatte, zumindest nicht in diesem Ausmaß.

Leidenschaft!

Was auch immer den Brennmeister angetrieben, was auch immer ihn inspiriert hatte - es war in diesen Whisky miteingeflossen.

Bedauernd sah Mark auf das Fläschchen.

Es war leer …

„Und du hast wirklich nichts finden können?", fragte Anja morgens beim Frühstück.

Mark schüttelte den Kopf. Seine Augen waren gerötet und sein Gesicht hatte einen ungesunden Grauton angenommen. Bis um vier Uhr hatte er an seinem Rechner gesessen und vergeblich versucht, etwas über die Creag Deargh Destillerie herauszufinden.

„Es gibt unter dem Suchbegriff nichts. Und auch, wenn ich allgemeiner nach Helgoland und Destille suche, kommt kaum etwas Gescheites dabei raus. Alles Mögliche zur Insel selbst und die Öffnungszeiten von Spirituosenläden, aber nichts, was mir weiterhilft."

„Und die offiziellen Helgoland-Seiten?"

„Fehlanzeige. Man könnte fast meinen, dass es diese Destille nie gegeben hat." Marks Blick schweifte ab. Draußen tobten zwei Eichhörnchen den Baum am Ende des Gartens rauf und runter. Auf einem Ast saß eine Amsel und beobachtete das Treiben eine Weile. Dann drehte sie sich gelangweilt um und flatterte davon. Mark trommelte mit den Fingern auf dem Tisch und seufzte.

„Und wann fährst du hin?" Grinsend sah Anja ihn über den Rand ihres Kaffeebechers an.

„Was? Nach Helgoland?"

„Wohin denn sonst? Wenn du etwas über diese Destille herausfinden willst - und das willst du! - dann wirst du dich schon an Ort und Stelle begeben müssen."

„Ach Quatsch! Da habe ich gar keine Zeit für! Die nächsten drei Wochen sind mit Terminen bis oben hin vollgepackt. Danach kommt das Wochenende bei deinen Eltern und anschließend sind wieder vier Wochen verplant."

„Alles Ausreden", sagte Anja. „Diese Destille wird dich nicht loslassen, bevor du eine vernünftige Antwort gefunden hast. Deine nächsten Veranstaltungen wirst du alle entspannt und perfekt durchziehen, weil es das ist, was du liebst und weil du ein Profi bist. Aber sobald die vorbei sind ..."

Sie nippte an ihrem Kaffee und lächelte versonnen.

„Dann wirst du wieder rastlos und grübelst nächtelang am Rechner vor dich hin, bis du endlich was gefunden hast. Aber bis es so weit ist, bist du manchmal unausstehlich." Sie stellte den Kaffeebecher ab und stützte die Ellenbogen auf den Tisch. „Und in dem Zustand möchte ich mit dir nicht meine Eltern besuchen. Da fahre ich lieber alleine, während du auf Helgoland nach deinem Whisky suchst."

„Ernsthaft?"

„Ernsthaft", sagte Anja und naschte ein Stück Schinken. „Und der Termin in drei Wochen passt auch. Dann fährt schon der Katamaran und du musst nicht mit dem Auto nach Cuxhaven fahren."

Die Insel

Die drei Wochen nach dem Gespräch mit seiner Frau waren für Mark kein Zuckerschlecken. Verschobene Termine, anspruchsvolle Kunden und entnervende Verspätungen bei Bahn und Fliegern forderten ihn aufs Äußerste und strapazierten seinen Energiehaushalt.

Als er endlich an Bord des ‚Halunder Jet' ging, ließ er sich ächzend in seinen Sitz fallen, froh, sich in den nächsten Tagen nur um sich selbst kümmern zu müssen. Er ignorierte die Unterhaltungen der Tagestouristen, die um ihn herum anschwollen, und orderte sich bei der Kellnerin einen Pott Kaffee.

Pünktlich um neun Uhr legte der Katamaran ab. Zwei Möwen kreisten über ihm und sahen zu, wie der ‚Halunder Jet' mit schäumendem Kielwasser Hamburg verließ.

Das Brummen der Motoren floss durch den Schiffskörper bis in Marks Sitz und verursachte eine sanfte Vibration. Sie war leise, aber intensiv genug, um ihn zu beruhigen. Nachdem er seinen Kaffee ausgetrunken hatte, schlief er binnen weniger Minuten ein. Er versäumte die Großschiffe, die sie passierten und alles andere, was bis Cuxhaven als Sehenswürdigkeit hätte durchgehen können. Den Leuchtturm von Wittenbergen, ein Kernkraftwerk, die größten Strommasten Europas ...

Mark schlief tief und fest. Er befand sich im Land seiner eigenen Träume und kehrte auf Helgoland in eine Destille ein, die niemand außer ihm zu kennen schien.

Er fand sich in der Gemütlichkeit eines kleinen Ladens wieder. Unzählige Flaschen blinkten golden in den Regalen und hier und dort befand sich ein Fass, mit dem eingebrannten Creag-Deargh-Logo. Vor ihm erschienen, wie durch Zauberhand, drei Nosing Gläser und ein Teller mit handgemachten Pralinen.

Und schließlich schwebte er in seinem Traum in eine Höhle, die versteckt im roten Buntsandstein Helgolands lag. In zwei Schichten waren Eichenfässer gestapelt und atmeten den Duft von Salz, Tang und Meer. Hier reifte etwas Großartiges!

Die Lautsprecherdurchsage, dass man jeden

Augenblick Cuxhaven erreichen würde, riss Mark brutal aus seinem Traum. Er rieb sich die Augen und sah auf die Uhr. Zeit für einen neuen Kaffee.

Pünktlich zur Weiterfahrt saß er mit einem frischen Becher achtern auf dem Freideck und genoss den Fahrtwind. Die Kugelbake von Cuxhaven verschwand achteraus und der Katamaran begann das volle Potenzial seiner Triebwerke zu nutzen.

„Obacht! Isch glaub, jetzscht gibt er Vollgasch!", schwäbelte es am Heck.

Das erste Mal nahm er seine Mitreisenden wahr. Es waren viele Familien an Bord. Drei Kinder, zwei Jungen und ein Mädchen tobten herum und irgendwo zuckte ein Hund jedes Mal zusammen, wenn sie an ihm vorbeijagten.

Mark empfand augenblicklich Mitleid für das Tier. Es war ein junger Golden Retriever, der sich immer wieder hektisch umschaute. Auch aus der Entfernung von einigen Metern war gut zu erkennen, dass der Hund vor Aufregung vibrierte.

Zwei junge Männer setzten sich auf die Bank vor ihm. Ploppend öffneten sich ihre Bierflaschen.

„Und weißt du schon, was du mitbringen wirst?", fragte der eine.

„Ich hatte an eine Flasche Gin gedacht", sagte der andere. „Aber so ein richtig guter Whisky ist ja auch was Feines."

Mark wurde hellhörig. Vielleicht saß Kundschaft vor ihm. Oder wenigstens die Gelegenheit für ein unterhaltsames Gespräch. Er begann, unauffällig zu lauschen.

„Ich weiß nicht. Du meinst sicher diesen Single Dings, Single ... Weiß ich nicht mehr."

„Malt", sagte der andere.

„Genau. Mir sind die immer zu torfig und schmecken zu stark nach Rauch. Bah! Ich hatte mal so einen. Irgendwas mit ‚Lager', kann mich an den Namen nicht erinnern, aber der war kaum genießbar." Der Mann schüttelte sich. „Ich habe einen halben Liter Cola in das Glas kippen müssen, um das Gebräu überhaupt trinken zu können."

Marks Finger umschlossen krampfartig die Sitzbank. Ganz sicher hinterließen seine Fingernägel Kratzspuren im Aluminium.

Lagervullin mit Cola!

Er könnte jetzt aufstehen und diesen Trottel ohne viel Federlesens über Bord werfen ... Vor Gericht würde er damit durchkommen! Das stand mal fest! Kein Richter der Welt würde ihn dafür verurteilen. Jedenfalls, keiner, der ein wenig Verstand und Gefühl für die schönen Dinge des Lebens besaß! Mark schüttelte betrübt den Kopf. Die Gelegenheit auf ein Gespräch bestand hier wohl eher nicht. Außerdem ließ der Fahrtwind ihn mittlerweile frösteln.

Er ging zurück auf seinen Platz und blätterte die Broschüre über Helgoland durch, die dort auslag. Auch hier fand sich kein Hinweis auf die Destille.

Aber auf der Insel würde schon irgendjemand etwas wissen. Mark konnte sich nicht vorstellen, dass ein solcher Whisky sang und klanglos und auf Nimmerwiedersehen verschwand.

Und er wollte es auch nicht.

Eine halbe Stunde später legte der Katamaran im Südhafen an. Mark ging von Bord, ließ das Gepäck in sein Hotel transportieren und schulterte seinen

Rucksack. Gemeinsam mit dem Rest der Touristenhorde schlenderte er den Hafen entlang. Der Kai war gesäumt von einigen Seglern und hinter ihm ankerte ein Seenotrettungskreuzer. Kurz vor Ende des Hafenbeckens verkaufte ein Krabbenfischer direkt von seinem Kutter. Mark lief das Wasser im Mund zusammen. Nur zu gerne hätte er diese Gelegenheit beim Schopf gepackt - aber er würde keine Zeit zum Krabbenpuhlen haben.

Er passierte die ersten Duty-free-Shops, bis sich auf der linken Seite eine kunterbunte Häuserzeile entlangzog. Die Gebäude waren klein und wirkten etwas gedrungen.

„Das müssen die Hummerbuden sein", sagte er.

An einer Blauen hing ein Schild mit der Aufschrift „Seafood". Marks Magen knurrte. Als er sich an Bord endlich entschlossen hatte, doch noch etwas zu essen, war die Küche bereits geschlossen gewesen. Aber das hier sah ohnehin um einiges besser aus.

„Habt ihr Krabbenbrötchen?", fragte er, als er an der Reihe war.

„Klar doch. Pur oder als Salat?"

Mark entschied sich für die pure Variante. Wenn schon, denn schon.

„Kennen sie zufällig die Creag-Deargh-Destille?", fragte er, als der Verkäufer das Brötchen auf einen kleinen Pappteller legte.

Der hielt kurz inne und runzelte die Stirn. „Die was?"

Mark wiederholte seine Frage, doch der Mann hinter dem Tresen schüttelte nur den Kopf.

„Ich fürchte, da kann ich ihnen nicht helfen. Whisky kriegen sie hier reichlich. Alle Sorten, die man sich denken kann und in der Preisklasse von bis ... Aber gleich eine ganze Destille?" Nachdenklich kratzte sich der Mann am Kopf. „Davon habe ich noch nie gehört. Aber ich bin auch erst seit sechs Jahren hier ... Das muss also nichts heißen", fügte er lachend hinzu.

Mark bedankte sich und setzte sich an einen der Außentische. Schnell hatte er die erste Hälfte seines Brötchens verputzt. Das Magenknurren hatte sich gelegt, dafür war ein anderes, ungutes Gefühl entstanden.

Der Mann war schon seit sechs Jahren hier und hatte von der Destille noch nicht einmal gehört? Nachdenklich schaute Mark über den kleinen Hafen hinweg auf eine weitere Insel, die gleich gegenüber lag. Vielleicht wusste man dort drüben etwas über Creag Deargh. Seine Gedanken schweiften ab. Am Ende reifte der Whisky nicht in einer Höhle, sondern in einem Versteck im Dünensand, wie es früher Schmuggler benutzten.

Etwas stieß ihn an der Schulter an. Ein großer weißer Schatten rauschte über ihn hinweg und strich seinen Arm entlang. Mark zuckte erschreckt zusammen und duckte sich.

Als er wieder aufsah, war sein Brötchen weg. Ein paar Meter weiter verschlang eine Möwe den Rest seiner Mahlzeit. Provozierend sah sie ihn an und ließ ein markerschütterndes Triumphgeschrei hören.

„Passen sie auf die Möwen auf ", sagte jemand im Vorbeigehen zu ihm. „Die sind hier ziemlich dreist."

„Danke für die Warnung", sagte Mark und schüttelte sich. Er ging besser ins Hotel.

„Herzlich willkommen." Hinter dem Tresen der Rezeption erstrahlte das Lächeln einer freundlichen Mittzwanzigerin. „Zimmer 212. Den Gang herunter und am Ende die Treppe nach oben."

Mark nahm seinen Schlüssel und drehte sich zum Gehen. Dann hielt er inne. Einen Versuch war es wert, dachte er. Rezeptionisten waren normalerweise gut informiert.

„Wissen sie zufällig, wo die Creag-Deargh-Destille ist?"

Die junge Frau runzelte die Stirn. „Hmmm ... Offen gestanden sagt mir das nichts. Ich werde mal die Kollegen fragen. Falls jemand was weiß, hinterlasse ich ihnen hier gerne eine Nachricht. Wenn sie sich aber allgemein für Whisky interessieren, kann ich Herberts Duty-free-Shop empfehlen. Da gibt es donnerstags auch ein Tasting."

Interessant, dachte Mark. Den Laden musste er sich einmal ansehen. Er bedankte sich und ging auf sein Zimmer.

Es war klein, hatte aber einen wunderbaren Blick auf den Südstrand. Wie die Tage auf verlaufen würden - ruhige Abende mit einem Glas Whisky und Meerblick waren garantiert. Doch jetzt war es an der Zeit, die neue Umgebung zu erkunden.

„Können sie mir für heute Abend ein Restaurant empfehlen", fragte er, als er an der Rezeption seinen Schlüssel abgab.

„Sicher", sagte die junge Frau. „Sie sind das erste Mal hier, richtig?"

Mark nickte.

„Haben sie schon einmal Knieper gegessen."

„Was für Dinger?" Mark hob fragend die

Augenbrauen und ließ sich über die gekochten Scheren der Taschenkrebse aufklären.

„Wenn sie gerne Scampi, Garnelen oder andere Meeresfrüchte essen, wird ihnen das gefallen", beendete die Rezeptionistin ihren kulinarischen Kurzvortrag. „Ich kann bei den einschlägigen Restaurants gerne nachfragen."

Mark schluckte und sah mit leuchtenden Augen zu, wie die junge Frau telefonierte.

„Bitte schön", sagte sie und reichte ihm die Visitenkarte eines Restaurants. „Achtzehn Uhr dreissig. Frische Knieper für eine Person. Lassen sie es sich schmecken!"

„Das werde ich ganz sicher", sagte Mark.

Vom Hotel aus schlenderte er die Promenade entlang, irrte durch die kleinen Gassen und ging die Treppe hinauf aufs Oberland. Wenn man schon einmal hier war, musste man die ‚Lange Anna' sehen.

Er genoss die frische Luft, den Wind in seinem Haar und das Geschnatter der Spatzen in den Büschen. Ein angenehmes Kribbeln durchlief ihn und er atmete wie befreit auf. Die letzten Wochen mit den üblichen kleineren und größeren Katastrophen des Alltags waren plötzlich weit, weit weg.

Gemütlich wanderte er den Klippenrandweg entlang, bis er freien Blick auf die Nordsee hatte.

Vor seinen Augen entfaltete sich das Meer wie ein riesiger Teppich. Einzelne Sonnenstrahlen brachen durch die Wolken und glitzerten tausendfach auf dem Wasser. Nach der ‚Langen Anna' betrachtete Mark fasziniert das Treiben am Vogelfelsen, wo Basstölpel bis an den Zaun heran ihre Nester bauten, und kletterte auf den Pinneberg.

Von Helgolands höchster Erhebung hatte er einen perfekten Überblick über das Oberland. Eine hügelige Landschaft erstreckte sich vor ihm und leuchtete in einem satten Grün. So, wie es hier aussah, hätte die Insel ebenso gut nördlich von Schottland liegen können oder in der Irischen See. Auch wenn Mark sich nicht sicher war, ob es diesen rötlichen Buntsandstein dort ebenfalls gab.

Er schloss die Augen und lauschte dem Wind. Er schnupperte die Luft, versuchte, sie zu schmecken, spürte, wie sie sanft über sein Gesicht strich. Ein Kribbeln zog von seinem Bauch bis in Arme und Fingerspitzen. Dieses Gefühl hatte er genau zweimal gehabt. Auf Islay und auf der Isle of Skye.

Helgoland war der perfekte Platz für eine Destille!

Er öffnete die Augen wieder und stemmte die Hände in die Jackentaschen. Irgendjemand auf dieser Insel musste etwas wissen.

„Das wäre doch gelacht", sagte Mark leise und ging den Berg hinab.

Herberts Duty-free-Shop war einer der kleinsten Läden, in die Mark jemals seinen Fuß gesetzt hatte. Dafür wies er die höchste Dichte von Whisky pro Quadratzentimeter Ladenfläche auf, die überhaupt vorstellbar war.

Interessiert schaute er sich um. Zentimeter für Zentimeter glitt sein Blick die Regale entlang. Ganz langsam, um ja keine Marke zu übersehen. Aber auch, um nirgendwo anzustoßen. Alles stand so dicht beieinander, dass er befürchtete, mit einer falschen Bewegung Schaden anzurichten.

Aber die Beengtheit des Raumes und die Fülle der

verschiedenen Sorten versprühten einen besonderen Charme. Der Laden wirkte wie eine Schatzkammer, die entdeckt werden wollte. Mark spürte, wie sich sein Zeitgefühl verflüchtigte, um draußen vor der Tür auf ihn zu warten.

Aus einem Nebenraum steckte ein junger Mann den Kopf herein. „Kann ich helfen?"

Mark brauchte einen Moment, um sich von der Flasche zu lösen, die er soeben entdeckt hatte. Ein Single Malt aus den Highlands, den er verschollen geglaubt hatte. Zumindest war dieser Whisky ihm schon seit Jahren nicht mehr untergekommen.

„Wenn sie mich so fragen ...", sagte er und brachte mit einem erwartungsfreudigen Lächeln sein Anliegen vor. Doch gleich darauf musste er feststellen, dass die Erwähnung nach der Creag-Deargh-Destille auch hier nur Stirnrunzeln verursachte.

„Und die soll hier auf Helgoland sein?" Der junge Mann sah zurück in den Nebenraum, wo sich offensichtlich eine zweite Person aufhielt. Doch auch von dort kam keine bessere Antwort. „Normalerweise würde ich Herbert fragen, aber der ist für ein paar Tage aufs Festland gefahren."

„Ach, der Chef ist gar nicht da?"

Hinter Mark stand plötzlich ein älterer Mann im Laden. Er war vollständig in Schwarz gekleidet und auf seiner Mütze prangte ein Totenkopf.

Der Verkäufer schüttelte den Kopf. „Nee. Wenn du zu Herbert willst, musst du Anfang nächster Woche nochmal kommen."

Mit einem Schulterzucken wollte der Mann wieder gehen, doch der Junge hielt ihn mit einem Seitenblick auf Mark zurück.

„Warte mal Christian ... Du bist ja schon ein bisschen länger hier ... Hast du mal etwas von einer Destille hier auf Helgoland gehört? Also von einer, die hier Whisky brennt?"

Der Mann zog die Augenbrauen hoch. Augenblicklich wanderte sein Blick zu Mark.

„Wollen sie das wissen?", fragte er.

Mark bejahte und stellte sich kurz vor.

„Schau an, schau an." Ein Schmunzeln erhellte das Gesicht des Mannes und in seinen Augen blitzte es. „Einen Moment bitte, dann bin ich ganz bei ihnen", sagte er und nahm eine Flasche eines klassischen Single Malt aus dem Regal.

Lecker!, dachte Mark, als er das Etikett sah. Der Kollege hatte Geschmack!

Der Mann bezahlte und bedachte Mark mit einem weiteren Seitenblick.

„Und dann gib mir mal bitte zwei von deinen Probierbechern", sagte er. „Der junge Mann und ich werden gleich mal testen, ob dieser Tropfen immer noch so gut ist, wie früher. Sie haben doch einen Augenblick, oder?"

Mark lächelte. „Gerne auch zwei oder drei", sagte er.

Sie setzten sich auf eine Bank vor Herberts Laden. Der Mann stellte sich als Christian Bendahl vor. Er war Pensionär, verbrachte die Sommermonate auf der Insel und arbeitete währenddessen ehrenamtlich als Fremdenführer. „Mein nächster Inselrundgang ist übrigens morgen um 16:00 Uhr", fügte er augenzwinkernd hinzu. Er entkorkte die Flasche und roch daran.

„Hmmm ... Hier ... Schnuppern sie mal." Bendahl

füllte die beiden Probierbecher und prostete Mark zu.

„Slàinte", sagte er.

Sie tranken und verbrachten einen genussvollen Augenblick gemeinsamen Schweigens. Als die Becher leer waren, schenkte Bendahl nach.

„Sie stellen ungewöhnliche Fragen", sagte er.

„Tatsächlich?" Mark lächelte. Die Einleitung weckte Hoffnung in ihm.

„Nach der Creag-Deargh-Destille wurde schon lange nicht mehr gefragt. Viele haben hier auf der Insel seinerzeit gar nicht mitbekommen, was passiert ist. Und die, die daran beteiligt waren, reden nicht darüber." Bendahl ließ ein Schnauben hören und kniff die Lippen zusammen. „Aus gutem Grund, wenn sie mich fragen. Denn niemand kommt dabei besonders gut weg."

„Klingt ja dramatisch", sagte Mark. „Fast schon, als hätte es einen Unfall gegeben."

Bendahl gab ein leises, aber bitteres Lachen von sich. „Sabotage trifft es wohl eher."

„Sie meinen, Sabotage in Form von zerschlagenen Fässern oder aufgeschnittenen Getreidesäcken?"

„Ich meine Sabotage in Form von Ordnungsamt und Polizei. Tja, da gucken sie, was? Man kann sowas auch ganz legal anstellen."

„Das heißt, die Destille wurde von Amts wegen geschlossen?" Mark holte tief Luft und streckte unwillkürlich den Rücken durch.

„Wie man's nimmt. Tim hat damals seinen Laden aufgebaut und sich um alle Genehmigungen gekümmert. Dachte er jedenfalls. Es fehlte eine hinsichtlich der Verwendung von Gewerbeflächen für eine anderweitige Nutzung als Produktionsstätte." Bendahl fing Marks fragenden Blick und hob abwehrend die Hände. „Fragen sie mich nicht, wie das genau hieß. In diesem Beamtendeutsch bin ich nicht so bewandert. Auf jeden Fall fing der gute Tim damals an, seinen ersten Brennversuch im neuen Laden zu unternehmen, und zack! Stand auch schon die Polizei vor der Tür."

„Wie haben die das mitgekriegt?"

„Gar nicht." Christian Bendahl lachte freudlos. „Sie wurden informiert, und zwar von jemandem, der seinen Laden ganz in der Nähe hat. Sie wissen ja, wie es heißt. ‚Es kann der Frömmste nicht in Frieden leben, wenn's dem bösen Nachbarn nicht gefällt.' War schon eine ziemlich üble Nummer."

„Und warum hat der Nachbar ..."

Bendahl legte seine Hand auf Marks Arm.

„Das dürfen sie mich nicht fragen", sagte er. „Ich habe eine Meinung, aber die behalte ich ausnahmsweise für mich. Ich bin nicht in der Lage, ihnen die Motivation dieser Person zu erläutern. Oder zu erklären, warum Tim keinen alternativen Standort zum Brennen gefunden hat. Eine Affenschande."

Mark lächelte und schwieg.

„Gut, jetzt ist es doch raus", sagte Bendahl und lächelte zurück.

„Was ist aus Tim geworden?", fragte Mark. „Ist er noch hier auf der Insel?"

Bendahls Gesicht nahm einen harten Zug an. Er schüttelte den Kopf.

„Irgendwann hat er seine Sachen gepackt. Aber das war zu einer Zeit, als ich nur ein paar Wochen im Jahr hier war. Eines Tages kam ich wieder, der Laden war zu und Tim nirgendwo auffindbar. Vielleicht wissen diejenigen, die ihm den Schlamassel eingebrockt haben, etwas. Aber ich bezweifle, dass die sonderlich an diesem Thema interessiert sind. Wenn sie es dennoch versuchen wollen ...”

Bendahl holte einen Notizblock hervor und schrieb Namen und Adressen auf.

„Und nicht vergessen”, sagte er, als er Mark den Zettel gab. „Inselrundgang, morgen um 16:00 Uhr.”

Mark verabschiedete sich und machte sich direkt auf den Weg. Wenige Minuten später stand er vor einem Schaufenster, in dem sich Teedosen wie aus der Jahrhundertwende und sorgsam drapierte Jutesäcke tummelten. „Der Halunder Hof - Tee und Gewürze” verkündete ein Schild, das sich die über ganze Breite des Ladens erstreckte.

Mark ging hinein und fand eine beachtliche Auswahl vor. Auf den ersten Blick war kaum vorstellbar, dass Teeliebhaber oder ambitionierte Hobby-Köche hier nicht fündig werden sollten. Sofern sie nicht unmittelbar bei Betreten des Ladens erstickten. Ein schwerer Duft füllte den Raum wie Watte und erschwerte das Atmen.

Mark benötigte einige Sekunden, um sich daran zu gewöhnen. Als seine Geruchsnerven die Reizüberflutung halbwegs verarbeitet hatten, glitten seine Hände zum Reißverschluss seiner Jacke. Für einen Moment verharrten sie dort, suchten sich jedoch sogleich ihren Weg zurück in die Taschen.

Mark trat an eines der Regale heran und betrachtete die Teedosen. Eine sah aus wie die andere und unterschied sich von der neben ihr Stehenden nur durch ihre Aufschrift. In einer Apotheke sähe das ganz ansprechend aus, dachte er. Zudem würde es dort einen professionellen Eindruck vermitteln. Aber in einem Teeladen? Zweifellos war die Luft nicht das einzige, was ihn hier störte.

„Kann ich helfen?"

Mark drehte sich um und erblickte einen Kahlkopf, den er selbst um etwa einen Kopf überragte. Der Mann war auffallend übergewichtig, fast schon an der Grenze zur Fettleibigkeit.

Er lächelte, aber die Augen blieben kalt.

„Ich suche einen guten Darjeeling", sagte Mark.

Im Hintergrund klingelte ein Telefon.

„Einen Moment!" Der Kahlkopf würgte das Gespräch mit einer abgehackten Handbewegung ab und verschwand im Hinterzimmer. Nach zwei Minuten tauchte er wieder auf.

„So. Was wollten sie nochmal?"

„Einen Darjeeling. Und wie gesagt, einen guten."

„Wie gut soll er denn sein?" Die Augen des Mannes glitzerten. Offensichtlich witterte er ein Geschäft.

„Versuchen wir es zum Einstieg mal mit ihrem Besten", sagte Mark.

„Das lobe ich mir." Schnell hatte der Mann ein Päckchen herausgesucht und stellte es auf den Tresen.

„Nicht von schlechten Eltern", sagte Mark, als er das Preisschild sah. Seine Augenbraue zuckte heftig.

„Nur das Beste, wie sie wollten."

„Nein, ich meinte den Preis."

„Das ist bei Qualitätsprodukten halt so", sagte der Kahlköpfige ungerührt. „Kann ich sonst noch etwas für sie tun?"

Mark suchte ein paar Geldscheine heraus.

„Ich habe gehört, dass es hier eine Destille gibt oder einmal gab", begann er unverfänglich.

„Sie wissen nicht zufällig, wo ich die finde?"

„Gar nicht", sagte der Mann und steckte das Geld ein. Sein Gesicht bekam einen hämischen Zug. „Die gibt's nicht mehr."

„Wie schade", sagte Mark. „Und warum nicht?"

„Weil ich dafür gesorgt habe!" Aus der Häme wurde ein hässliches Grinsen, das Marks Nackenhaare in die Höhe trieb. „So ein Laden passt einfach nicht her. Hier in der Straße haben wir nur ordentliche Geschäfte. Und dann kommt einer und will nur zwei Türen weiter eine Schnapsbrennerei aufmachen! Nein, nein. Sowas kommt gar nicht in Frage!"

„Aber so eine Destille ist doch ein Hingucker. Das hätte ihnen Kundschaft zuführen können. Whisky auf der einen Seite und Tee gleich nebenan. Klingt für mich nach einer perfekten Ergänzung."

„Quatsch! Ergänzt! Geruchsbelästigungen hätte dieser Widerling verursacht! Nichts weiter!" Wie zur Bestätigung wischte Kahlkopf sich grunzend die Nase ab. „Und früher oder später wären die Betrunkenen hier durchgetorkelt! Schnapsbrennerei! Eine Schnapsidee war das. Aber glücklicherweise konnte ich das ja verhindern."

Mark nickte und tat, als würde er den Mann verstehen. „Und wie macht man sowas? Sie sind ja vermutlich nicht hingegangen und haben gesagt, ‚lass das mal lieber', oder?"

Der Mann sah ihn schief an und sein Grinsen bekam etwas Herablassendes.

„Man muss halt die Spielregeln kennen, dann ist sowas ganz einfach."

„Und sie kennen die Regeln?"

„Das versteht sich wohl von selbst!" Der Mann warf

sich in die Brust. „Das ist das A und O im Geschäft. Die Vorschriften für Gewerbetreibende sind ja die Grundlage für fast alles. Und es war schnell deutlich, dass dieser ahnungslose Schnapsbrenner da was übersehen hatte. Zum Glück!" Das Gesicht des Mannes nahm einen triumphierenden Ausdruck an. „Ich musste nur auf den passenden Moment warten. Und dann habe ich einmal telefoniert und die Sache war erledigt!"

„Erledigt?"

„Jetzt stellen sie sich mal nicht dümmer, als sie sind! Die Polizei habe ich angerufen und die haben den Laden dicht gemacht. Mit Brennen war da nichts mehr."

„Sie hätten ihm ja auch vorher Bescheid sagen können, oder?"

„Klar. Aber so war der Frust doch für ihn viel größer. Und das war ja Sinn und Zweck der Sache. Ihn zu entmutigen. Und am Ende hat's ja auch funktioniert."

Da war es wieder, dieses hämische Lächeln.

„Interessant", sagte Mark und unterdrückte ein Kopfschütteln. „Haben sie vielleicht eine Visitenkarte von ihrem Geschäft?"

„Natürlich. Wollen sie mich weiterempfehlen?"

„Möglicherweise. Ich schreibe ab und an einen Genuss-Blog auf meiner Website."

„Na, dann wäre doch mein Laden ein gefundenes Fressen für sie!"

„Da könnten sie allerdings recht haben."

„Wie heißt denn ihre ‚Netzseite'?"

„www.Whisky-und-mehr.de", sagte Mark. Befriedigt sah er, wie das Lächeln erstarrte. Er verabschiedete sich und verließ den Laden.

Ein Blick aus zwei eisige Augen bohrte sich in seinen Rücken.

Vor der Tür ließ Mark den Tee in seine Jackentasche gleiten. Er schlenderte die Straße hinunter und blieb eine Weile am Falm stehen. Nachdenklich sah er über die Reede auf die Düne.

„Was für ein Idiot", sagte er leise. Hoffentlich war wenigstens der Tee gut. Falls nicht, würde er sich kaum zurückhalten können, und einen Blog-Eintrag auf seiner Website posten, der sich gewaschen hatte.

Vielleicht sollte er das so oder so tun. Wie konnte man jemanden nur so eiskalt auflaufen lassen?

Mark stemmte die Hände in die Jackentaschen und seufzte. Sein Atem dampfte in der Luft. Er schlug den Kragen hoch und setzte seine Mütze auf.

Hier würde er nichts mehr finden. Dieser fettleibige Teebeutel hätte sich nicht so in die Brust geworfen, wenn die Destille auf der Insel geblieben wäre. Außerdem hatte Christian Bendahl ihm schon mitgeteilt, dass der Brennmeister Helgoland verlassen hatte. Er konnte also allenfalls noch herausfinden, warum es keinen anderen Platz gab und wohin die Destille umgezogen war. Wenn es sie denn überhaupt noch gab.

Mark holte den Zettel hervor, den Christian Bendahl ihm gegeben hatte. Augenblicklich sank ihm der Mut. Hinter dem zweiten Namen waren gleich vier Adressen aufgeführt! Offensichtlich hatte dieser Jens Gampert nicht nur einen Laden. Das konnte ja ein schönes „Hase-und-Igel"-Spiel werden! Außerdem schlossen die ersten Geschäfte bereits. Heute würde er nichts mehr bewegen können.

Mark steckte den Zettel wieder weg und ging mit

gemischten Gefühlen zurück in sein Hotel. Hoffentlich sorgte das Abendessen für einen versöhnlichen Ausklang des Tages.

Das Essen entschädigte ihn nicht nur für alles – es trieb ihm auch direkt seinen Notizblock in die Hand. Noch bevor er ins Bett ging, schrieb er einen Entwurf für seinen Blog, den er am nächsten Morgen beim Frühstück durchging. Genüsslich verspeiste er dabei ein Lachsbrötchen und lächelte zufrieden.

Der Text passte für ihn. Im Mittelpunkt standen die Knieper, deren feinen Geschmack er ebenso würdigte, wie die hausgemachten Soßen. Und dann war da ja auch noch die quasi ‚rituelle' Auslösung des Krebsfleisches aus der Schale. Alles in allem ein Gesamtpaket, das sich sehen lassen konnte.

Nur mit der Überschrift haderte er. Er strich sie durch und kritzelte nach einem kurzen Moment der Grübelei ‚Lasst die Hummer leben!' auf den Block.

Das war mal ein Beitrag der etwas anderen Art. Originell und regional zugleich.

Nach einem letzten Kaffee begann, was er befürchtet hatte. Auf der Suche nach Jens Gampert besuchte er erfolglos den ersten Laden, dann den zweiten. Am Dritten sagte man ihm, dass er ihn knapp verpasst hätte, und dass er am besten zur Nummer zwei zurückginge ...

Doch dort schickte man ihn ein weiteres Mal mit bedauerndem Blick zur nächsten Adresse. „Macht nichts", sagte Mark. „So langsam kenne ich mich auf der Insel ganz gut aus." Es dauerte über zwei Stunden, bis endlich jemand fragend den Kopf hob, als er den Namen Jens Gampert erwähnte.

„Was kann ich für sie tun?" Der Mann war hochgewachsen. Im sonnengebräunten Gesicht prangte ein kolossaler Schnauzbart. Er musste schon fast sechzig sein, wirkte aber immer noch ausgesprochen sportlich. Letzteres überraschte Mark nicht wirklich. Wenn der jeden Tag so von Laden zu Laden eilte, konnte er aus dem Stand heraus wenigstens einen Halbmarathon laufen!

„Ich habe gehört, dass sie seinerzeit mit der Creag-Dearg-Destille wegen eines möglichen Standortes verhandelt haben."

Mark reichte ihm seine Visitenkarte und stellte sich kurz vor. „Wissen sie zufällig noch, woran das Vorhaben gescheitert ist?"

Gampert lehnte sich an den Tresen, vor dem er stand und verschränkte die Arme.

„Am Geld", sagte er knapp. „Ich hatte damals eine Hummerbude, die er hätte haben können. Aber die Miete war ihm zu hoch."

Mark runzelte die Stirn. Eine Hummerbude. Das wäre perfekt gewesen! Vor seinem inneren Auge entstanden Umrisse eines wunderbaren Bildes. „Darf ich fragen, um wie viel es ging."

Ungerührt antwortete Gampert ihm.

Mark rechnete den Betrag in Whisky-Flaschen zu einem Preis von jeweils fünfzig Euro um und schluckte. Fast hätte er Gampert gefragt, ob er noch bei Trost war.

„Das ist ja ein Haufen Geld", sagte er stattdessen. „Und da gab es keinen Verhandlungsspielraum mehr?"

„Ich verhandel nicht", sagte Gampert. Schnell zeichnete er ein Papier ab, das eine Mitarbeiterin ihm unter die Nase hielt. Seine Hand zuckte vor und zurück, als würde er ein Messer schwingen.

„Und andere Modelle waren nicht denkbar?", fragte Mark. „Zum Beispiel ein Anteil?"

„Unsinn… Ich weiß nicht, wie sie ihr Geschäft führen junger Mann, aber bei mir ist der Preis, den ich nenne, der Preis, der gezahlt wird. Sonst wird aus dem Deal nichts. Und ich habe genug Unternehmen. Da muss ich nicht noch in eine Brennerei einsteigen."

„Verstehe", sagte Mark. „Aber so eine Destille ist doch ein Hingucker, der Touristen anzieht. Das wäre für die ganze Insel vorteilhaft gewesen."

„Das müssen sie die Gemeinde fragen, da habe ich keine Aktien drin. Ich kümmer mich um meine Läden und damit bin ich gut beschäftigt. Ich zahl meine Steuern hier und das war's." Seine Augen flackerten vor wachsender Ungeduld. „Den Rest dürfen die machen, die dafür bezahlt werden. Außerdem gab es einen zweiten Interessenten, der mit dem Preis nicht das geringste Problem hatte."

„Tatsächlich?"

„Ja, ein Duty-free-Shop."

„Das ist verständlich", sagte Mark. Er lächelte schief und gab sich nicht die geringste Mühe, den sarkastischen Unterton zu unterdrücken. „Da wurde ein Weiterer bestimmt dringend gebraucht …"

„Das geht mich nichts an", sagte Gampert. „Der Kollege macht sein Geschäft, ich kriege meine Miete und alle sind zufrieden.

In den vergangenen Jahren hatte Mark genügend Manager und Führungskräfte kennengelernt, um zu wissen, dass seine nächste Bemerkung sinnlos sein würde. Trotzdem konnte er es nicht lassen:

„Aber wäre es vielleicht nicht ganz einfach richtig gewesen, der Brennerei zu helfen?"

Gampert sah ihn scheel an, so wie ein Lehrer, der es mit einem über die Maßen begriffsstutzigen Schüler zu tun.

„Junger Mann. Es geht nicht darum das Richtige zu tun. Es geht darum, Gewinn zu machen.”

Mark nickte und bedankte sich. Als er schon auf halbem Weg nach draußen war, drehte er sich noch einmal um.

„Sie führen nur Bekleidungsgeschäfte, richtig?”, fragte er.

„Richtig”, bestätigte Gampert, ohne aufzublicken.

Gut, dachte Mark und nickte. Dann musste er nicht noch einen Verriss schreiben.

Draußen schüttete es wie aus Eimern. Mark blieb unter dem Vordach des Ladens stehen und sah missmutig zu, wie sich am Boden Pfützen bildeten.

Zwei Handwerker zogen mit ihrem Karren vorbei. Die Köpfe zwischen den Schultern eingeklemmt, stemmten sie sich gegen den Wind, der ihnen entgegenschlug. Einer der beiden schaute auf und deutete auf einen Punkt, weit voraus. „Da hinten wird’s schon wieder heller!”, sagte er und grinste seinen Kollegen an.

Mark schmunzelte, wartete aber trotzdem ab, bis der Schauer abgezogen war. Er hatte nicht die geringste Ahnung, was er nun tun sollte, und schlenderte in Richtung Hafen.

Der ‚Halunder Jet’ lag bereits am Kai. Gleich gegenüber hatte die ‚Helgoland’ festgemacht. Er dachte daran, dass er morgen selbst wieder aufs Festland zurückkehren würde, und kickte ein Steinchen durch die Gegend. Viel hatte er nicht erreicht. Und dass er etwas, das es nicht gab, nicht finden konnte, war nur ein schwacher Trost.

Der Wind fuhr kalt durch seine Haare. Er setzte die Mütze auf und machte kehrt.

Den Rest des Tages verbrachte er auf der Düne. Die schaukelnde Fahrt über die Reede lenkte ihn von seiner Enttäuschung ab. Meer, Strand und Robben taten in den folgenden Stunden ihr Übriges, während er durch den Sand stapfte und die Badeinsel einmal umrundete. Im Dünenrestaurant trank er einen Kaffee und beobachte auf dem Rückweg zum Anleger, wie einige schwarzgekleidete Gestalten mitten in den Dünen eine Bühne aufbauten. Es sah aus, als liefen Vorbereitungen für ein Musikfestival.

„Was es hier nicht alles gibt", sagte Mark verwundert und ging weiter. Als er wieder auf die Hauptinsel übersetzte, fiel ihm ein, dass er sich noch nicht ums Abendessen gekümmert hatte. Vielleicht hatte die Kollegin an der Rezeption ja eine ähnlich brillante Idee wie am Vortag.

Auf die Rezeptionistin war Verlass. Ohne lange zu überlegen, holte sie drei Karten hervor. „Da hätten wir ein Fischrestaurant, einen Italiener und einen Freibeuter", sagte sie. „Wonach ist ihnen?"

Mark konnte sich für jede der drei Alternativen begeistern. Aber ihm steckte die Kälte des Nachmittags in den Knochen und sein Magen grummelte vernehmlich.

Also entschied er sich für etwas Herzhaftes: den Freibeuter.

Nach dem besten Schnitzel mit Bratkartoffeln, das er seit Jahren gegessen hatte, trank er in Ruhe sein Bier und sinnierte über das, was er in den letzten beiden Tagen erlebt hatte.

Er hätte satt und zufrieden sein müssen, doch die Ereignisse nagten an ihm. Was er gehört hatte, wollte ihm nach wie vor nicht in den Kopf. Es wirkte so sinnlos und wie die Vergeudung von etwas Kostbarem. So als würde man tatsächlich Lagervullin mit Cola trinken, ein Thunfisch-Steak komplett durchbraten oder eine Gazpacho aufwärmen. Es gab Dinge, die tat man einfach nicht.

„Nehmen wir noch einen zusammen?" Christian Bendahl stand an seinem Tisch und deutete fragend auf den freien Platz. In einer Hand hielt er einen schwarzen Beutel.

„Nur, wenn sie sich setzen."

Sie bestellten einen in drei Fässern gereiften Balvenie.

„So, wie sie mich ansehen, wissen sie, was passiert ist, oder?", sagte Mark.

Bendahl nickte. „Ich sagte es ihnen ja. Nach Creag-Dearg wurde schon lange nicht mehr gefragt. Und wenn dann plötzlich jemand, wie sie daherkommt ... Das fällt auf." Er griff in seinen Beutel und stellte eine türkisfarbene Dose auf den Tisch. „Ein kleines Andenken für sie", sagte er. „Aber lassen sie sich nicht täuschen. Es ist nicht das drin, was drauf steht. Ich hatte nur keine andere Verpackung mehr."

Neugierig öffnete Mark die Dose und förderte eine Flasche zu Tage.

Sie war etwas kleiner als gewöhnlich und fasste maximal einen halben Liter. Manch einer hätte sie schmucklos genannt, aber für Mark versprühte sie unmittelbar den Charme klassischer Eleganz. Die

Seiten verliefen gerade nach oben und wölbten sich kuppelartig, bevor sie in einen Hals mündeten, der perfekt zur Gesamtgröße der Flasche proportioniert war. Das Etikett wirkte wie eine Seekarte aus dem siebzehnten Jahrhundert. In der Mitte streckte eine Robbe ihren Kopf hervor und um sie herum waren die Umrisse Helgolands und der Düne skizziert. Ungläubig las er, was sich wie als Überschrift bogenförmig über die Zeichnung erstreckte: „Creag Dearg Distillery - Helgoland".

Er stellte die Flasche auf den Tisch und schob sie behutsam bis in die Mitte der Platte, so als wäre sie randvoll mit Nitroglycerin und bereit, jeden Moment zu explodieren.

„Wo, um alles in der Welt haben sie die her?", fragte er und starrte Christian Bendahl ungläubig an.

„Ich hatte in der Vergangenheit ganz gute Kontakte. Von daher findet sich in meinem Bestand noch die eine oder andere originelle Überraschung."

Mark schüttelte den Kopf. Seine Finger glitten über die Flasche, als müsste er sich erst davon überzeugen, dass sie wahrhaftig dort auf dem Tisch stand. In der Zwischenzeit servierte die Kellnerin den Balvenie.

„Slàinte", sagte Bendahl.

„Und die Flasche wollen sie tatsächlich mir überlassen?", fragte Mark.

„Deswegen habe ich sie heute Abend mitgebracht. Ich dachte mir, wenn jemand schon so hartnäckig nach der Destille sucht, dass er deshalb extra auf unsere Insel kommt, sollte er nicht mit leeren Händen abfahren. Außerdem weiß ich, mit wem sie gesprochen haben." Demonstrativ schob er die Flasche wieder ein Stück in Marks Richtung.

„Und ich möchte sichergehen, dass sie unsere Insel in guter Erinnerung behalten.”

„Danke”, sagte Mark. „Vielen, vielen Dank.”

Christian Bendahl nickte und legte eine Visitenkarte auf den Tisch. „Ich muss leider schon los, aber wenn sie mal wieder hier vorbeikommen - sagen sie gerne Bescheid. Dann nehmen wir uns ein bisschen mehr Zeit. Und vielleicht haben sie bis dahin ja doch etwas über den Verbleib der Destille zu erzählen.”

„Ich werde sie auf dem Laufenden halten”, sagte er.

Bendahl drehte sich zum Gehen, hielt aber einen Augenblick inne und sagte: „Falls sie auf der Rückfahrt Langeweile haben, können sie sich das Etikett ja genauer ansehen. Tim hat damals von seinem Grafiker das eine oder andere schöne Detail einarbeiten lassen. Das lohnt sich bestimmt.”

Er hob die Hand zu einem kurzen Gruß und verließ das Lokal.

Das Wasser des Lebens

Mark stand am Heck des ‚Halunder Jets’ und beobachtete, wie Helgoland immer kleiner wurde. Irgendwann wurde die Insel von einem Moment auf den anderen vom Dunst verschluckt und übrig blieb nur der Horizont, verschwommen und leer.

Bis kurz vor Cuxhaven stand er draußen und genoss die Brise, die Bewegungen des Schiffes und die Tatsache, dass er sich auf dem Wasser befand.

Als er auf seinen Platz zurückkehrte, ging er gewohnheitsmäßig die Notizen durch, die er sich gemacht hatte.

Doch seine Gedanken schweiften immer wieder ab, entfernten sich von Knieper, Eiergrog und den Restaurants, die er besucht hatte, und kreisten stattdessen um das, was er auf der Insel nicht gefunden hatte.

Die Destille.

Das Schicksal des Brennmeisters beschäftigte ihn nach wie vor. Was er erfahren hatte, empfand er als Ungerechtigkeit. Und als einen schweren Verlust. Mit beiden konnte er nicht besonders gut umgehen.

Auf dem Oberdeck kehrte allmählich Ruhe ein. Die Gespräche der Tagestouristen wurden nach und nach leiser und immer seltener von Lachsalven unterbrochen. Müdigkeit griff um sich und die ersten Passagiere nickten ein.

Zwei Ehepaare, nur wenig älter als Mark, kamen vom Freideck herein und setzten sich an den Tisch neben ihm. „Dann lass uns doch mal die Beute vergleichen", sagte der eine. Beide griffen in ihre Rucksäcke und holten Whisky-Flaschen hervor. Interessiert blinzelte Mark hinüber. Zwei der Verpackungen erkannte er sofort. Sehr gute Whiskys. Nichts Besonderes oder Originelles, aber sehr gut. Als er den Dritten sah, zuckte er zusammen. Den hatte er schon vor Jahren von seiner Liste gestrichen. Er mochte ihn nicht. Und er hatte bei hunderten von Veranstaltungen niemanden getroffen, der mit diesem Gesöff warm geworden wäre. „Als ob man Seifenwasser mit Alkohol trinkt", hatte ein Teilnehmer in Remscheid festgestellt.

Bei der letzten Flasche musste er genauer hingucken. Dann sah er das Logo der Brennerei. Gut, dachte er. Eine Sonderedition. Da brauchte man schon mal einen Blick mehr.

„Ich frage mich nur, wann ihr das alles trinken wollt", sagte eine der beiden Frauen.

Die Männer winkten ab. „Das findet sich."

Mark grinste verstohlen. Er argumentierte bei solchen Fragen ganz ähnlich.

„Insgesamt nicht schlecht, oder?", sagte einer der beiden. „Und die Preise waren in Ordnung."

„Mehr als das", sagte der andere. „Die Auswahl war teilweise schon beeindruckend. Und trotzdem ..."

„Ja?"

„Das waren alles bekannte Größen. Es waren mal ein oder zwei Sorten dabei, die man nicht kannte ... Aber die besonderen Sachen, das, was man nur auf Helgoland bekommt ... Das hat mir gefehlt."

Mark lehnte sich zurück und schloss die Augen.

Ja, dachte er. Dieses Besondere fehlte. Ignoranz und Gleichgültigkeit hatten ganze Arbeit geleistet.

Das Wasser des Lebens

Der Alltag saugte Mark schneller wieder in sich auf, als es ihm lieb sein konnte. Schon am nächsten Morgen hatte er das Gefühl, nie fort gewesen zu sein. Die Tage auf Helgoland erschienen weit weg und wie aus einer anderen Welt. Erst am dritten Abend war er soweit auf dem Laufenden, dass er sich wieder dem angenehmen Teil seiner Arbeit widmen konnte.

Er schloss sich in sein Arbeitszimmer ein und bereitete ein individuelles Tasting für einen Junggesellenabschied vor.

Die üblichen Verdächtigen kannte der Bräutigam offensichtlich zur Genüge. Der Trauzeuge hatte daher darum gebeten, dass es keine „Allerweltswhiskys" geben sollte.

Mark strich gedanklich die Klassiker von seiner Liste und nahm den Lebenslauf des Hochzeitskandidaten zur Hand. Er brauchte ein Thema, einen roten Faden, an dem sich die einzelnen Proben entlang hangeln konnten. Ein gutes Tasting war am Ende nichts anderes als eine Geschichte, die mit Whisky erzählt wurde.

Als er alles zusammengestellt hatte, war er der Meinung, eine Belohnung verdient zu haben. Für einen Moment stand er in seinem Arbeitszimmer und grübelte, wonach ihm war. Ein eher milder Whisky? Etwas Fruchtiges, Verspieltes? Oder doch wieder einer der ‚Heavy Boys'? Mark verschränkte die Arme und schloss die Augen. Er hasste es, wenn er nicht wusste, was er wollte. Dann kam ihm eine Idee. Wie ein Blitz in einer Gewitternacht, leuchtete der Gedanke plötzlich in seinem Kopf auf.

Creag Dearg!

Schnell goss er sich ein Glas ein und setzte sich auf die Couch neben seinem Schreibtisch. Die Farbe ließ ihn den Sonnenuntergang an der ‚Langen Anna' genießen, obwohl er dort nie einen gesehen hatte. Die Aromen katapultierten ihn zurück auf die Insel. Er schmeckte den Wind, das Meer, das Salz in der Luft. Wenn Meeresrauschen einen Geschmack hätte, wäre es dieser.

Mark gönnte sich ein zweites Glas. Als er die Flasche auf dem Tisch abstellen wollte, hielt er inne. Was hatte Christian Bendahl damals zu ihm gesagt? „Sehen sie sich das Etikett genauer an ..." Auf dem Schiff hatte er sich nicht die Zeit genommen, aber das würde er jetzt nachholen.

Die Grafik wirkte zunächst simpel, doch sie hatte

Charme und passte zum Ursprungsort des Whiskys.

Aufmerksam ging er die einzelnen Elemente durch und schmunzelte. Schon allein die Farbe weckte Erinnerungen und stellte eine Verbindung mit der Insel her. Und das passierte ihm, der nur wenige Tage auf Helgoland verbracht hatte. Wie mochte es jemandem, wie Christian Bendahl ergehen?

Aber so authentisch das Etikett auch war, etwas Erwähnenswertes wollte ihm nicht auffallen. Der Schriftzug „Creag Dearg - Helgoland" an der unteren Kante war ebenfalls nicht ungewöhnlich. Doch dann sah er eine weitere Folge von Buchstaben an der Seite. Sie waren so klein, dass man sie kaum erkennen konnte.

„Creag Dearg Destille, Brennmeister: Tim Wilke", entzifferte Mark. Hatte Bendahl das gemeint? Er stellte die Flasche auf den Tisch und schlug sich mit der flachen Hand vor den Kopf.

„Ich Idiot!", sagte er laut.

Er hatte immer nur nach der Destille gesucht, die den Whisky gebrannt hatte, aber nie nach dem Mann, der dahinterstand. Wenn er wissen wollte, ob Ewan McDomhnaill noch aktiv war, würde er auch nicht alle schottischen Brennereien durchgehen. Er setzte sich an den Schreibtisch und schaltete den Rechner wieder ein.

Im Gegensatz zur Recherche nach der Creag Dearg Destille war die nach Tim Wilke nicht nur schnell, sondern auch ergiebig.

Mark fand auf Anhieb zahlreiche Einträge und Fotos und war sicher, dass er den richtigen Menschen gefunden hatte.

Wie es aussah, brannte Tim nicht nur Whisky,

sondern war offensichtlich auch Chocolatier. Der Mann wurde Mark immer sympathischer. Ein Foto der Pralinen reichte aus, um ihm das Wasser im Munde zusammen laufen zu lassen. Das war genau sein Ding.

Und er hatte eine Adresse!

Am nächsten Wochenende saß er im Auto und fuhr Richtung Norden. Nach zwei Stunden erreichte er einen Parkplatz in der Nähe des Strandes. Als er ausstieg, konnte er hinter den Dünen das Meer rauschen hören. Er sog den salzigen Geruch ein und schaute sich um. Ein Schild wies den Weg. ‚Westcoast Destillery - Whisky, Chocolate & more’. Wenig später stand er vor einem gedrungenen Gebäude, das so alt wirkte, als stünde es seit Anbeginn des Meeres in dessen Nähe. Die Wände waren weiß getüncht, das Dach mit Reet gedeckt. Neben der Eingangstür stand eine verwitterte Holzbank, der nur noch der alte Seebär fehlte, der dort saß, seine Pfeife rauchte und Seemannsgarn spann. Hinter den Fenstern leuchtete ein warmes Licht.

Als Mark eintrat, umfing ihn die Atmosphäre, wie eine Umarmung am Abend eines schweren Tags. „Heimelig" war das Wort, das ihm unwillkürlich dazu einfiel. Das Innere des Ladens war wie ein Becher heißer Tee nach einem Winterspaziergang.

In gläsernen Vitrinen glitzerten wunderschöne Karaffen und Gläser. Schokolade lockte in den verschiedensten Formen und Kombinationen. Und an der Seite waren drei Eichenfässer aufgestapelt. Ein weiteres lag davor, aufgebockt und mit einem Korken verschlossen. Ein letztes stand daneben und diente für zwei Stühle als Tisch. Darauf lag eine Pipette, so lang wie ein Unterarm.

Hinter dem Tresen sah ein Mann kurz auf und nickte

Mark zu. „Guten Tag", sagte er und fuhr fort, Etiketten auf kleine Päckchen mit Pralinen zu kleben. „Sie sagen Bescheid, wenn sie Hilfe brauchen?"

Mark trat an den Tresen heran. „Sind sie Tim Wilke?"

„Bin ich. Was kann ich für sie tun?"

Mark stellte das Fläschchen auf den Tisch, das der Barkeeper ihm seinerzeit geschenkt hatte. „Ich hätte gerne etwas mehr hiervon."

Tim Wilke legte das Pralinenpäckchen beiseite. Für einen Moment wirkte er überrascht, dann rieb er sich lächelnd das Kinn. „Hätte nicht gedacht, dass von denen noch eine im Umlauf ist."

„Das ist vielleicht die Letzte ihrer Art. Ich habe bisher keinen Händler gefunden, der diesen Whisky führt. Und die Fahrt nach Helgoland war auch keine große Hilfe."

Tim Wilke hob grinsend die Augenbrauen. „Sie sind nach Helgoland gefahren und haben meinen Whisky gesucht? War interessant, oder?"

„Könnte man so sagen", erwiderte Mark. „Ein gewisser Christian Bendahl hat mich auf die richtige Spur gebracht."

„Ah, verstehe. Und warum treiben sie den ganzen Aufwand?"

Mark stellte sich vor und beschrieb in groben Zügen, was er tat.

„Ich würde ihren Whisky gerne bei meinen Veranstaltungen und Seminaren vorstellen. Dazu müsste ich aber wissen, wo und wie man ihn beziehen kann."

„Kommen sie mal mit", sagte Tim Wilke und lud Mark mit einer Geste hinter den Tresen ein. Er führte ihn durch eine Tür einen Flur entlang, der auf der Rückseite aus dem Haus hinausführte.

„Mit dem Creag Dearg, den sie hatten, wird das schwierig ... Ich konnte damals nur fünf Fässer brennen. War so eine Nacht und Nebel Aktion." Er schüttelte sich, als ginge ihm die Erinnerung durch Mark und Bein. „Ein Wetter, als ob die Hölle losbrechen wollte. Aber der Whisky kam direkt aus dem Paradies."

Sie erreichten einen Anbau, der sich im rechten Winkel vom Haus in Richtung Meer erstreckte.

„Wenn sie aber mit meinen neuen Kreationen etwas anfangen können - davon habe ich genug." Tim Wilke öffnete die Tür und ließ Mark einen Blick hineinwerfen. In dem Raum waren an die zweihundert Fässer in mehreren Reihen dreifach übereinandergestapelt.

Marks Gesicht nahm den Glanz eines Kindes unter dem Weihnachtsbaum an. „Darf ich ein paar Fotos machen?", fragte er.

„Sicher ... Aber wenn sie das hier schon fotografieren wollen, dann finden sie unser kleines Experiment bestimmt noch viel interessanter." Er sah auf seine Uhr. „Das passt auch gerade ganz gut. Wir haben Ebbe."

Sie durchquerten die Dünen auf einem schmalen Pfad und erreichten nach wenigen Metern den Strand. Vor ihnen breitete sich die Nordsee aus. Die Wellen rauschten und auf dem Wasser glitzerte die Sonne. Geräuschlos glitt eine Möwe über sie hinweg.

Gemeinsam stapften sie den Strand entlang, bis sie sich einem mit Stangen abgesteckten Areal näherten. In regelmäßigen Abständen lugten dort dunkle Gebilde aus dem Sand. Fast sah es so aus, als hätte jemand einen Drachen vergraben, es aber nicht mehr geschafft, auch die Buckel seines Rückens verschwinden zu lassen.

Aus der Entfernung war nicht zu erkennen, was dort vor sich ging. Ein junger Mann schien irgendetwas zu kontrollieren. Immer wieder sah sich eins der Gebilde genauer an und machte dann eine Eintragung auf einem Klemmbrett.

Mark blieb abrupt stehen. Als sie dicht genug herangekommen waren, verstand er, was sich da aus dem Sand wölbte.

„Sind das etwa Fässer?", fragte er.

Tim Wilke nickte. „Das ist ein Teil einer Brennung vom letzten Herbst, die wir hier zur Hälfte im Sand vergraben haben. Zweimal am Tag werden sie von den Gezeiten mit Salzwasser überspült. Dann fallen sie trocken, werden wieder überspült und so weiter. Ich bin gespannt, was dabei herauskommt. Hallo Max. Wie sieht's aus?"

„Gut sieht's aus", erwiderte der junge Mann und nickte Mark zur Begrüßung zu.

Tim Wilke ließ ein zufriedenes Seufzen hören. „Ein Traum wird wahr", sagte er leise. Dann wandte er sich wieder an Mark.

„Na, was denken sie?", fragte er.

Mark kniete nieder und strich mit der Hand über eines der Fässer. Das Holz war glatt und hinterließ auf seiner Handfläche einen Hauch von Feuchtigkeit.

„Ich denke, dass ich das Ergebnis unbedingt probieren möchte", sagte er.

Tim Wilke lachte. „Ich habe ja ihre Nummer."

„Ach Tim", sagte der junge Mann, „hast du das

Paket gesehen, das von der Tischlerei gekommen ist?"

„Nein. Das ist schon da? Und? Wie sehen sie aus?"

„Die Lieferung ist an dich adressiert. Die mache ich doch nicht auf. Außerdem weiß ich ja, was drin ist." Der junge Mann lächelte versonnen und notierte wieder etwas auf seinem Klemmbrett.

„Na dann ..." Tim Wilke stand da und wippte auf den Fußballen. „Mehr kann ich ihnen hier auch gar nicht zeigen. Aber vielleicht interessieren sie sich für unsere neuen Umverpackungen? Sie haben sich wirklich den perfekten Tag für ihren Besuch ausgesucht."

Sie gingen zurück in den Laden. In einem Nebenraum stand auf einer alten Werkbank ein Paket.

„Ich bin gespannt, was sie davon halten", sagte Tim Wilke und öffnete den Karton mit der Geduld eines Fünfjährigen an seinem Geburtstag. Nachdem er sich durch einen ganzen Haufen Füllmaterial gearbeitet hatte, hielt er einen aus Holz gefertigten Zylinder in der Hand.

Auf der Vorderseite war das Emblem der „Westcoast Destillery" eingebrannt und an der Seite befanden sich zwei kaum sichtbare Scharniere. Mit einem Klicken schnappte der Verschluss auf. Das Innere war sauber in Form einer Flasche ausgefräst.

„Dann wollen wir doch mal sehen", sagte Tim Wilke leise. „Das hier ...", er griff hinter sich ins Regal, „ist unsere Standardflasche und wenn ich die jetzt hier hineinlege ..." Die Flasche glitt perfekt in die vorbereitete Form. Tim Wilke drehte sich zu Mark um und präsentierte die Umverpackung samt Inhalt in der Manier eines Weinkellners. „Was sagen sie? Sieht doch super aus, oder?"

„Wie viel?", fragte Mark. „Es ist fast egal, was sie mir da reinpacken. Hauptsache ich bin ihr erster Kunde."

Lachend klopfte Tim Wilke Mark auf die Schulter. „Da finden wir schon etwas! Aber zuerst gibt es zur Feier des Tages mal eine Praline."

Als sie wieder im Verkaufsraum standen, ließ Mark eine unvergleichliche Kombination aus hochwertiger Schokolade und einem sechzehn Jahre alten Islay Whisky in seinem Mund zerschmelzen. Der Weg hatte sich gelohnt!

„Ich habe auf der Insel einiges gehört, was ihre Destille angeht. Und auch verschiedene Versionen, warum das Projekt dort gescheitert ist. Nur ihre kenne ich noch nicht", sagte Mark.

Für einen Moment huschte ein Schatten über Tim Wilkes Gesicht. „Ist die wichtig?", fragte er.

„Ich finde schon", sagte Mark. „Außerdem würde das die Geschichte in meinem Blog abrunden."

Tim Wilke nickte und ging zur Tür. Er drehte das Schild mit der Aufschrift „Geschlossen" nach vorne und deutete auf das Fass mit den zwei Stühlen. „Wie viel Zeit haben sie mitgebracht?", fragte er.

„So viel, wie wir brauchen", sagte Mark und lächelte. Nach dem heutigen Tag wusste er, dass er die Geschichte nicht nur schreiben konnte.

Sie würde auch ein Happy End haben.

Epilog

Mark Stuppke goss sich ein Glas Whisky ein und lehnte sich in seinem Schreibtischstuhl zurück. Neben den Notizen standen auf dem Tisch die Flasche und die hölzerne Umverpackung, auf der tiefschwarz das eingebrannte Emblem der ‚Westcoast Destillery' glänzte.

Sein neuer Blog war fertig. Mit dem letzten Absatz hatte er sich lange schwergetan, aber im siebten oder achten Anlauf hatte er eine Formulierung gefunden, die passte. Ein, zwei Änderungen hatte er abschließend vorgenommen, dann alles einmal laut vorgelesen und mitgeschnitten.

Mark trank einen Schluck und hörte sich die Aufnahme an. Das Vorlesen klang flüssig, ohne abgehackte oder stockende Stellen, die auf mangelnde Lesbarkeit hindeuteten. Er startete die Audio-Datei ein zweites Mal und lauschte seiner Stimme, die seltsam fremd klang:

„Die Idee an sich war brillant. Nicht nur als Geschäftsidee, sondern auch als Beitrag zur Vielfalt des touristischen Angebots. Aber es fehlte ihr an Unterstützung. Die einen wollten nicht, den anderen war es bedauerlicherweise egal. Oder sie hatten Prioritäten und alternative Optionen, die über das Wirtschaftliche nicht hinausgingen.

Am Ende mag jeder der Beteiligten seine eigenen und auch guten Gründe dafür gehabt haben, dass die Destillerie keinen Platz, oder besser gesagt: keinen neuen Platz auf Helgoland gefunden hat. Ebenso mag es sein, dass man sich mit den Konsequenzen gut arrangieren konnte. Und am Ende gibt es mit der

‚Westcoast Destillery' einen Ersatz, der dieser Rolle nicht nur würdig ist, sondern auch den Geist und die Idee von Creag Dearg weiterträgt.

Für den Außenstehenden ist und bleibt es aber eine verpasste Gelegenheit. Destillerien und Brennereien sind bei uns selbstredend keine Seltenheit. Und viele von ihnen führen in ihrem Sortiment mittlerweile Whisky aus eigener Produktion. Aber keine könnte auch nur annähernd einen solch originellen und passenden Ort für den Brennvorgang und die Reife für sich geltend machen, wie die Creag Dearg Destillerie. Denn wenn man in Deutschland einen Whisky brennen will, der das Potenzial hat, mit den ‚Heavy Boys' der schottischen Inseln wie Islay oder Skye mitzuhalten, dann gibt es dafür nur einen Ort: Helgoland.

In diesem Sinne bleibt leider nur eines festzuhalten:

Schade ..."

Das Wendemanöver

Leon beobachtete seinen Vater und seinen Bruder und rätselte, welcher von beiden ihn mehr anwiderte.

Seit einer halben Stunde stand er vor ihrem Hotel auf dem Helgoländer Oberland und sah zu, wie die zwei mit einem Wildfremden diskutierten, wer das großartigere Auto hatte. Leons Vater trug dabei diese selbstverliebte Grimasse zur Schau, die sich immer dann zeigte, wenn er von seiner eigenen Überlegenheit und der Chancenlosigkeit seines Kontrahenten überzeugt war. Ein schmieriges Grinsen verzerrte seine Züge und das Glitzern in seinen Augen war so freundlich wie ein Blitz aus einem schweren Gewitter. Genauso sah er auch aus, wenn er Leon oder Dominik zum „sportlichen Wettstreit" herausforderte.

Dominik.

Leon stemmte die Hände in die Taschen seiner Shorts und betrachtete seinen zwei Jahre älteren Bruder. Der Vierzehnjährige wippte neben dem Senior stumm auf den Fußballen auf und ab, während die beiden Männer hartnäckig die Vorzüge von Geschwindigkeit und Ausstattung ihrer Gefährte ausdiskutierten. Sagte der Vater etwas, nickte Dominik eifrig, sprach der andere, runzelte er die Stirn und schüttelte den Kopf. Leon hoffte inständig, dass er nicht genauso werden würde.

„Wollen wir nicht allmählich los?", fragte er.

„Red nicht dazwischen", sagte der Vater und kanzelte ihn mit einem Blick ab. Dominik drehte sich ruckartig zu ihm um und wedelte mit der Hand, als wollte er ein lästiges Insekt vertreiben.

Ein Seitenblick auf ihre Mutter verriet Leon, dass er von dort keine Hilfe zu erwarten hatte. Seit die Diskussion begonnen hatte, stand sie da und tippte auf ihrem Smartphone herum.

„Wir reservieren im Restaurant nur schnell den Tisch für heute Abend", zitierte Leon leise seinen Vater. Danach sollte es weiter zur Landungsbrücke gehen. Soweit der Plan. Doch stattdessen standen sie jetzt hier ...

Leon lehnte die Ellenbogen auf die Begrenzungsmauer des Falm und sah über die Reede. Auf der anderen Seite des schmalen Meeresarms leuchtete in der Nachmittagssonne die Düne. Nach allem, was er gehört hatte, gab es dort den schönsten Strand, den er in seinen bisherigen zwölf Lebensjahren gesehen hatte. Nur zu gerne wollte er herausfinden, ob an dieser Beschreibung etwas dran war.

Aber sein Vater und sein Bruder redeten ja lieber über Autos.

Eine lautlose Bewegung zu seiner Rechten unterband das Seufzen, das sich in ihm aufgestaut hatte. Eine graue Katze schritt gemächlich auf der Mauer entlang. Kurz vor ihm hielt sie inne und sah ihn aus bernsteinfarbenen Augen an.

„Dir bin ich auch im Weg, oder?", sagte Leon.

Die Katze antwortete mit einem Maunzen und sah links und rechts an der Mauer herunter. Offenbar prüfte sie, ob sich der Aufwand lohnen würde, herunterzuspringen, den Jungen zu umgehen, um an anderer Stelle wieder mit einem Satz auf die Mauer zurückzukehren.

Sie setzte sich und heftete einen herausfordernden Blick auf Leon.

„Verstehe", sagte er. „Wenn ich dir schon den Weg versperre, kann ich dich wenigstens streicheln."

Vorsichtig hob er eine Hand und führte sie langsam an das Tier heran. Die Katze folgte seiner Bewegung mit den Augen und zögerte kurz, bevor sie die Berührung zuließ. Sie war warm und ihr Fell samtweich. Nach einem Augenblick drückte sie ihren Kopf gegen seine Hand, rieb sich daran und begann zu schnurren. Leons Atem verlangsamte sich und wurde immer tiefer. Wieder und wieder strich er über den geschmeidigen Körper der Katze, die die Streicheleinheit sichtlich genoss.

Hinter ihm tauchte ein Schatten auf.

„Hey, was ist das denn?" Dominik schoss heran und baute sich drohend neben seinem Bruder auf.

Die Katze starrte ihn an. Ratlos musterte sie den Neuankömmling, so als erblickte sie das erste Mal in ihrem Leben eine gefiederte Maus und müsste nun entscheiden, ob sie sie fangen oder ihres Weges ziehen lassen sollte.

„Hau ab!", sagte Leon und versuchte erfolglos, seinen Bruder beiseite zu drängen.

„Das ist garantiert eine Kampfkatze!" Dominik täuschte unbeholfen etwas an, was wie eine Links-rechts-Kombination beim Boxen aussehen sollte.

Die Katze folgte der Bewegung, schenkte ihr aber kaum mehr Aufmerksamkeit als den am Himmel vorüberziehenden Wolken. Sie gähnte herzhaft, zeigte ihre spitzen Zähne und glitt geräuschlos die Mauer auf der anderen Seite herunter. Eine Sekunde später war sie verschwunden.

„Die war wohl nicht in Stimmung", sagte Dominik grinsend. „Haut einfach ab und lässt mich hier stehen."

„Du bist so ein Blödmann", sagte Leon und stopfte die Hände in die Hosentaschen.

Die Zeit an der Mauer zog sich hin, wie ein alter Kaugummi, der jeden Geschmack verloren hatte. Erst nach einer gefühlten Ewigkeit erklärte Leons Vater sich zum uneingeschränkten Sieger über den chancenlosen Konkurrenten. Er hatte eindeutig das bessere Auto.

Im Rausch dieses Triumphes änderte er dann auch gleich den Plan für die weitere Tagesgestaltung. Statt die Zeit an irgendeinem Strand zu verplempern, hielt er es für sinnvoller, den Rest der Insel zu erkunden.

Abgesehen von Leon schlossen sich alle dieser Auffassung an.

Im Eilschritt führte der Vater die Familie über das Oberland, wo es aber „nicht viel gab". Bloß Felsen und Vögel, wie Dominik feststellte, während der Senior mutmaßte, dass es zumindest als Strecke für das morgendliche Joggen taugen könnte. Dominik nickte eifrig und machte den Eindruck, er wollte die Laufschuhe sofort anziehen.

Leon schüttelte nur den Kopf. Der Gedanke an den nächsten Morgen ließ ihn Böses erahnen.

Wie von unsichtbaren Händen geführt, landeten sie im Unterland an einem Fitness-Studio. Rein zufällig, wie der Vater versicherte.

Leon sah ihn nur scheel an. „Das macht mal bitte ohne mich", sagte er. Von hier aus konnte er das Meer nicht sehen. Und Helgolands schönste Flecken waren mit Sicherheit auch woanders.

„Na hör mal", sagte Dominik und knuffte ihn ein

wenig zu heftig in die Schulter. „Du willst doch nicht die ganze Zeit am Strand liegen?"

Leon stieß ihn von sich weg und warf ihm einen entnervten Blick zu.

„Doch! Genau das will ich!"

„Hört auf zu streiten und kommt mit", sagte die Mutter leise und folgte ihrem Mann ins Studio.

Dominik lief hinterher und plapperte etwas, das Leon nicht mehr verstand.

Er blieb draußen stehen und betrachtete die Umgebung, die nach allem Möglichen aussah, nur eben nicht nach Urlaub.

Sein Vater tauchte in der Tür auf. „Nun komm schon!", sagte er energisch. „Hör auf, hier herumzutrödeln. Wir haben schließlich noch was vor."

Als sie abends im Restaurant ankamen, ließ Leon sich erschöpft auf den Stuhl fallen.

Auch nach dem Besuch im Fitness-Studio hatte es keine ruhige Minute gegeben. Tausend Dinge mussten gleich am ersten Tag erkundet werden und kaum etwas hatte Leons Vater oder Bruder gefallen. Ein unbeteiligter Beobachter hätte aus ihren Mienen schließen können, dass sie nicht auf Helgoland im Urlaub, sondern auf Sankt Helena in Verbannung waren.

Leon gähnte. Die Rennerei des Tages steckte ihm in den Beinen und hätte sein Magen nicht geknurrt wie ein aus dem Winterschlaf gerissener Bär, wäre er direkt ins Bett gegangen. Er sah auf die Uhr. Bis zu seiner gewohnten Schlafenszeit waren es noch einige Stunden. Er rieb sich die Augen und nahm die Speisekarte zur Hand.

Da es ein italienisches Restaurant war, überflog er schnell die Abschnitte mit den üblichen Verdächtigen. Spaghetti Bolognese, Penne Arrabiata, Pizza ... Alles alte Bekannte ... Er blätterte weiter, bis ihm zwei Seiten später ein Wort ins Gesicht sprang.

Saltimbocca!

Nie gehört!, dachte er und las die Beschreibung. Das klang gut! Und lecker! Er klappte die Speisekarte zu und legte sie vor sich auf den Tisch.

„Wetten, dass ich die größere Pizza verdrücken kann", sagte Dominik und grinste ihn schief an. In seinen Augen glitzerte die Vorfreude auf einen sicheren Sieg, während er darauf wartete, dass sein Bruder die Herausforderung annahm.

Leon dachte gar nicht daran.

„Ich esse keine Pizza", sagte er.

Alle Augen der Familie richteten sich auf ihn und für einen Moment herrschte Stille.

„Wie?", fragte Dominik. Er rückte vom Tisch ab und sah vom Vater zur Mutter und zurück zu seinem Bruder. „Aber ..."

„Ich werde Saltimbocca bestellen", sagte Leon.

„Quatsch!" Sein Vater schüttelte den Kopf und widmete sich wieder der Speisekarte. „Nimm meinetwegen Pasta, aber fang jetzt nicht mit irgendwelchen Sperenzchen an."

Die Mutter nickte. „Du willst doch nicht gleich am ersten Abend Experimente veranstalten. Am Ende ruinierst du dir damit den ganzen Urlaub."

Dieses Risiko schätzte Leon eher gering ein und versuchte, das Thema zu wechseln.

„Da war vorhin so ein Aushang", begann er. „Man kann mit diesen weißen Holzbooten Touren machen.

So eine Inselrundfahrt ist bestimmt ganz toll.”

„Wir haben die Insel schon bei der Anfahrt gesehen. Glaubst du, die sieht von der Rückseite grundsätzlich anders aus?”

„Nein, aber von so einem Boot aus ...”

„Klingt mega-öde. So richtig nach Touri-Schrott ...” Dominik verdrehte übertrieben die Augen. „Wären wir bloß in den Ferien-Club gefahren”, fügte er leise hinzu.

„Der war nun mal ausgebucht”, sagte die Mutter. Sie hatte ihre Speisekarte längst zugeklappt und ihr Smartphone wieder zur Hand genommen.

„Ich würde so eine Tour aber gerne mal mitmachen”, sagte Leon. „Ihr müsst ja nicht mitkommen, wenn ihr keine Lust habt.”

„Jetzt hör mit diesem Unsinn auf”, sagte sein Vater. „Hast du dir endlich deine Pizza ausgesucht?”

„Ich will aber keine Pizza.”

„Du willst nicht verlieren”, grinste Dominik.

„Dummfug”, brummelte Leon. „Es ist mir völlig egal, ob ich verliere.”

Mit einem Knall klappte der Vater seine Speisekarte zu. Er sah seinen Jüngsten scharf an und richtete einen Zeigefinger auf ihn. „So etwas will ich von dir nie wieder hören! Verstanden?”

Von einem Moment auf den anderen schluckte Leon trocken. In seinem Gesicht stieg Hitze auf.

„Verstanden”, sagte er leise und versuchte, den triumphierenden Ausdruck in der Fratze seines Bruders zu ignorieren.

Eine Kellnerin mit erwartungsvoll aufgeschlagenem Block tauchte am Tisch auf. „Haben sie schon gewählt?”

„Das haben wir”, sagte Leons Vater und bestellte für

sich und seine Frau. „Und dann nehmen wir noch eine Pizza Diavolo ...”

„Eine Große!”, ergänzte Dominik.

„... und eine Pizza Hawaii.”

„Moment ...”, sagte Leon. „Ich hätte lieber das ...”

„Schluss jetzt!”, unterband sein Vater die weitere Diskussion und lächelte die Kellnerin schief an. „Er nimmt die Pizza Hawaii. Aber machen sie sie nicht zu groß. Sonst schafft er das wieder nicht.”

Die Pizza lag Leon wie ein Stein im Magen.

Sie begleitete ihn ins Bett, leistete ihm Gesellschaft, während Dominik den abendlichen Wettkampf im Schnell-Einschlafen gewann und sorgte am nächsten Morgen dafür, dass sein Frühstück übersichtlicher als gewöhnlich ausfiel.

Erst als sie an der Landungsbrücke den kleinen Katamaran bestiegen, um endlich auf die Düne zu fahren, ließ der Druck in seinen Eingeweiden nach. Am Anleger auf der anderen Seite der Reede hielt Leon die Nase in den Wind. Die Luft wirkte hier frischer, als auf der Hauptinsel, obwohl die nur einen oder zwei Steinwürfe entfernt war. Er konnte den Strand schon riechen!

„Wir müssen nach links und dann immer geradeaus”, gab sein Vater die Richtung vor.

„Da geht's lang!”, rief Dominik und deutete den Weg am Anleger entlang. „Wer als erster da ist!”

Leon zuckte die Achseln und ließ ihn laufen. Als er den Durchgang zum Nordstrand erreichte, erwartete sein Bruder ihn mit einem breiten Grinsen.

„Du hast mal wieder verloren, Trantüte!”

„Wir machen hier Urlaub”, sagte Leon. „Der Weg

zum Strand ist kein Rennen."

„Das ganze Leben ist ein Rennen!", gab Dominik zurück und grinste noch breiter als zuvor.

Leon hoffte inständig, dass der Strand eine beruhigende Wirkung auf seinen Bruder haben würde. Und auf seinen Vater.

Doch am Strandkorb angekommen, war ihm kaum eine halbe Stunde vergönnt, in der er sich auf seinem Handtuch räkeln und in sein Buch vertiefen konnte.

Sein Vater hatte ein Volleyball-Feld am Strand entdeckt, und wie es aussah, wurden weitere Mitspieler benötigt. Zumindest war es das, was er seinen Söhnen sagte.

Leon beschlich das Gefühl, dass die anderen Spieler auch gut ohne sie auskamen. Er konnte sich bildhaft vorstellen, wie sein Vater so lange auf sie einredete, bis sie endlich nachgaben.

„Volleyball! Cool!", rief Dominik und klatschte in die Hände.

Leon kniff die Lippen zusammen und hielt sich zurück. Nur ein leises „das Buch ist gerade richtig spannend", war zu hören.

„Du bist so mega-öde!", befand Dominik und verdrehte wieder einmal die Augen.

Die Mannschaften waren schnell eingeteilt. Einer der Spieler legte eine Pause ein und sie spielten vier gegen vier. Leons Vater winkte einen schlaksigen Dunkelhaarigen heran, der etwa zwei Jahre älter als Dominik war, und rief kurzerhand das Team „Papa und Söhne" aus.

„Los geht's!" Er klatschte in die Hände und schnappte sich den Ball.

Leon zog sich ans Ende des Feldes zurück.

Volleyball war nicht wirklich sein Sport und noch vor dem ersten Ballkontakt verspürte er das typische Brennen an den Unterarmen und Schmerzen in den Fingern.

Seine Leistungen im Spiel hielten mit seinem Sportsgeist mit und brachten ihm die entsprechenden Kommentare von Vater und Bruder ein. Nur der Dunkelhaarige hielt sich zurück und warf ihm zwischendurch allenfalls einmal einen fragenden Blick zu. Nachdem seine drei Mitspieler mit Ach und Krach den ersten Satz für sich entschieden hatten, legten sie eine Pause ein.

Der Dunkelhaarige griff nach einer Flasche Wasser und bot Leon etwas an.

„Du spielst Volleyball nicht wirklich gerne, oder?"

Leon lächelte und seine Augenbrauen zuckten kurz nach oben. „Fällt das auf?"

„Kaum", grinste der Dunkelhaarige und und musterte ihn aufmerksam. „Darf ich dir mal eine Frage stellen? Wenn du eigentlich nicht spielen willst, warum tust du es dann trotzdem?"

Eine sinnvolle Antwort auf diese Frage fand Leon nicht. Sie spielten zwei weitere Sätze, dann war die Mittagszeit gekommen, und sein Vater stellte fest, dass ein leerer Magen nur selten einen Sieg davon trug.

Nach einem Imbiss entzog Leon sich seiner Familie und folgte einem Ratschlag, den der Dunkelhaarige ihm gegeben hatte. Er suchte an der Wasserlinie nach versteinerten Tentakeln, den sogenannten Donnerkeilen. „Eine wunderbare Sache, wenn man mal den Kopf freibekommen will", hatte sein neuer Bekannter gesagt.

Leon war sich nicht sicher, ob ihm das weiterhelfen würde, doch zumindest hatte er hierbei seine Ruhe. Die Anzahl von gefundenen Donnerkeilen eignete sich zwar hervorragend als Mittel, um Sieger und Verlierer festzustellen, aber die Suche an sich war für Dominik viel zu langweilig.

Leon schlenderte den Strand entlang und suchte die Steinfelder ab, die die Gezeiten aufgespült hatten. Zu Anfang fand er hauptsächlich Meerglas, kleinere Glasstücke, die von der See rundgeschliffen waren und eine samtweiche Oberfläche hatten. Doch jedes Stück Glas zog seine Aufmerksamkeit an und lockte seinen Blick in ein bestimmtes Areal. Und nach einer Weile fand er so immer mehr Donnerkeile.

„Wenn du nicht spielen willst - warum tust du es dann?"

Diese Frage ging Leon nicht aus dem Kopf. Als der Dunkelhaarige sie ausgesprochen hatte, war ihm nicht viel mehr übrig geblieben, als mit den Schultern zu zucken. Seine Erwiderung war so nichts sagend gewesen, dass er sich kaum an sie erinnern konnte. Aber jetzt kehrte die Frage mit Macht in seine Gedanken zurück und drängte darauf, beantwortet zu werden.

„Weil ich es gut kann", war definitiv keine passende Antwort. Als Volleyballspieler war er ein Totalausfall.

Spaß machte ihm die Sache auch nicht. Er rieb seine Unterarme, die nach wie vor brannten.

Vor allem aber zwangen solche Spiele ihn in den Wettbewerb mit seinem Bruder. Zweifellos würde ihr Vater ihnen heute Abend auflisten, wie viele Punkte Dominik und wie viele Leon gemacht hatte.

Eine Welle überspülte seine Füße und legte beim

Abfließen einen besonders großen Donnerkeil frei. „Wie soll ich denn dazu ‚Nein' sagen!" Lächelnd hob er die Versteinerung auf und steckte sie in seine Tasche.

Für einen Moment versuchte er sich vorzustellen, wie er zu seinem Vater „Nein!", sagte. Das Bild verschwamm augenblicklich vor seinen Augen und ein gnädiger Nebel legte sich über alles, was dieser Antwort folgen würde. Nur Dominiks Fratze und dessen Augenverdrehen blieben sichtbar. Eine unangenehme Wärme durchflutete ihn.

Aus dem Augenwinkel sah er etwas Buntes auf dem Wasser. Etwa zwanzig Meter vom Strand entfernt sah er ein in schillernden Farben lackiertes Kajak. Ein Mann paddelte mit geschmeidigen Bewegungen die Düne entlang und strahlte dabei die ruhige Zuversicht eines Menschen aus, der wusste, wohin er wollte.

Plötzlich stellte der Mann sein Paddel quer und bremste ab. Reglos saß er da und beobachtete die Wasseroberfläche. Leon stutzte, dann entdeckte er einige Meter vor dem Kajak den Kopf einer Kegelrobbe.

Für einen Moment musterten die beiden sich gegenseitig. Die Robbe verharrte auf der Stelle und ließ ein gut vernehmliches Prusten hören. Der Mann rührte sich nicht. Erst als das Tier sich zur Seite bewegte, tauchte er sein Paddel wieder ins Wasser und drehte sein Kajak in Richtung Strand. Langsam glitt er vorwärts. Die Robbe sah ihm eine Sekunde lang hinterher, dann verschwand sie.

Der Mann nahm den ursprünglichen Kurs auf und setzte seinen Weg fort. Nach zwanzig Metern schlug eine jagende Möwe dicht neben seinem Kajak ins

Wasser ein. Er würdigte sie keines Blickes und paddelte mit gleichmäßigen Schlägen weiter.

Leon sah ihm nach, bis er nur noch ein bunter Fleck in der Ferne war, der zu guter Letzt hinter den Wellenbrechern des Nordstrandes verschwand.

„Ich würde diese Inselrundfahrt wirklich gerne machen", sagte er leise.

Gegen Abend kehrte die Familie von der Düne zurück. Angesichts der Uhrzeit entschloss man sich, ohne den üblichen Umweg ins Hotel direkt zum Essen zu gehen.

„Bloß nicht wieder Pizza", grummelte Leon, als sein Bruder sich zielstrebig in Richtung Pizzeria bewegte. Doch dort fanden sie nur eine elend lange Schlange und eine unüberschaubare Anzahl von hungrigen Mäulern, die auf ihre Bestellung warteten.

„Was ist denn mit dieser Fischbude am Hafen?", fragte seine Mutter. „Ich hab jetzt schon mehrfach gehört, dass die sehr gut sein soll."

Leon folgte den anderen in Richtung der Hummerbuden, wo sich allmählich Feierabendstimmung breitmachte.

Mit der Abfahrt der Schiffe waren die Touristenströme verschwunden. Die Geschäfte hatten ihre Aufsteller in die Läden geholt und die Türen verschlossen. Ruhe war eingekehrt. Nur das Nordseewasser war zu hören, wie es leise in das kleine Hafenbecken schwappte und die Fender der Boote knarzen ließ, wenn es sie an die Kaimauer drückte.

Selbst die Möwen hatten das Feld geräumt. Lediglich ein einzelner Vogel harrte auf einer Laterne aus.

Aus einer letzten Bude drang noch Musik durch die geöffnete Tür. Sie war gedämpft und für Leon klang sie, als wollte sie den nahenden Feierabend ankündigen.

„Wetten, dass ich mein Essen vor dir habe?” Dominik knuffte ihn in die Schulter und rannte los. „Mal sehen, ob du überhaupt noch was kriegst!”

Leon schwieg und ließ seinen Bruder laufen. Sein eigener Hunger hielt sich in Grenzen.

„Beeil dich mal ein bisschen”, rief sein Vater. „Die machen sonst gleich zu!”

Leon schloss zum Rest der Familie auf. Während die anderen sich für Backfisch und Pommes entschieden, bestellte er sich ein Krabbenbrötchen. Erleichtert nahm er zur Kenntnis, dass seine Wahl dieses Mal nicht in Frage gestellt wurde.

„Wette verloren”, freute er sich, als er mit seinem Brötchen hinter Dominik den Laden verließ. Statt eines vollen Tellers hatte sein Bruder einen Signalgeber in der Hand, der brummen und blinken würde, wenn er sein Essen abholen konnte.

Kaum aus der Tür heraus, bemerkte er einen Schatten, der auf ihn zukam.

Ein Mann, hochgewachsen und kräftig, kam auf ihn zu. Leon schätzte, dass er etwas jünger als sein Vater war. Er trug eine schwarze Sonnenbrille und eine ebenfalls schwarze Wollmütze, die, obwohl äußerst dünn, nicht recht zu dem sommerlichen Wetter passen wollte. Aus den Ärmeln seines T-Shirts ragten muskulöse Arme heraus.

Der kann zupacken, war Leons erster Gedanke. Irritiert stellte er fest, dass der Mann bei seinem Anblick plötzlich innehielt. Einen Herzschlag lang wirkte er unentschlossen, dann sprang er auf Leon zu!

„Hau bloß ab!", schrie er ihn an. Der Mann baute sich vor ihm auf, machte sich größer, als er ohnehin schon war und fuchtelte mit den Armen.

Leon zuckte zusammen.

In seinem Kopf überschlugen sich die Gedanken und das Herz schlug ihm bis zum Hals. Er duckte sich und machte einen Satz nach hinten. Etwas streifte seinen Hinterkopf und fast hätte er sein Brötchen fallen lassen.

Dann er sah die Möwe wegfliegen.

„Essen transportiert man hier am besten dicht am Körper", sagte der Mann. Er nahm die Sonnenbrille ab und lächelte Leon an. „Oder unter dem Regenschirm. Ob man's glaubt oder nicht: Die Dinger werden hier nicht nur aus Jux und Dollerei ausgegeben." Er zeigte auf einen Kasten neben der Essenausgabe, in dem mindestens zehn blaue Schirme steckten.

„Danke", sagte Leon und atmete tief durch. „Ich werde es mir merken."

Er ging zum Rest der Familie und setzte sich.

„Mann, bist du blöd!", sagte Dominik. „Lässt dir fast das Essen von einer Möwe klauen."

„Wo ist eigentlich dein Backfisch?", sagte Leon und biss herzhaft in sein Brötchen. Er ignorierte die Erwiderung seines Bruders und sah nachdenklich dem Mann hinterher, der gemächlich an der Kaimauer entlangschlenderte. Kurz vor dem Ende des Hafenbeckens stieg er an einer Leiter hinunter.

Für einen Moment kaute Leon langsamer und überlegte, was er dort unten zu tun haben könnte.

Auf dem Tisch brummte es. Der Signalgeber vibrierte und an den Ecken des handtellergroßen

Gerätes blinkten rote Lämpchen. Dominik sprang auf und lief zur Essensausgabe.

Leon schluckte den Rest seines Brötchens hinunter. „Ich bin gleich wieder da", sagte er und ging dem Mann hinterher.

Am Fuße der Leiter dümpelte ein Börteboot vor sich hin. Auf einer Bank, die sich einmal an der gesamten Länge der Reling entlangzog, lag eine aufgeschlagene Werkzeugtasche. Die Motorklappe war geöffnet und in ihr verschwand der Mann kopfüber bis zur Hüfte. Leon hörte eine Knarre ratschen und ein leises Summen.

„Entschuldigung ...", sagte er vorsichtig.

Das Summen ging weiter. Mit einem Mal schwoll es an und nahm einen angestrengten Klang an. Ein Fluchen wurde hörbar.

„Hallo ...", sagte er, dieses Mal etwas lauter.

Der Oberkörper erhob sich aus der Klappe und der Kopf samt Wollmütze kam zum Vorschein. „Ah, du bist es. War mir doch gleich so, als ob ich was gehört hätte ..."

„Ich hab da mal eine Frage", begann Leon.

„Kann ich mir denken", sagte der Mann und grinste. „Es war eine Silbermöwe ..."

„Bitte?"

„Es war eine Silbermöwe, die es auf dein Brötchen abgesehen hatte. Aber keine Sorge – außer einem Klatscher mit dem Flügel passiert einem nichts, wenn sie ..."

„Das meinte ich eigentlich nicht."

„Oh ... Was kann ich dann für dich tun?"

„Ist das ihr Boot?"

„Mit allem, was dazu gehört. Insbesondere einem Haufen Arbeit."

„Machen sie damit auch Inselrundfahrten?"

Der Mann wischte sich die Hände an einem Lappen sauber und schüttelte den Kopf. „Das Boot ist nur ein Hobby. Wenn du eine Rundfahrt willst, guckst du am besten an der Landungsbrücke. Da gibt es Aushänge mit jeder Menge Angeboten."

„Da war ich schon. Mein Vater hat das alles als Touri-Quatsch abgetan", seufzte Leon.

Der Mann lachte leise auf. „Na klar ... Auch eine Möglichkeit, sich etwas entgehen zu lassen. Abgesehen davon: Ihr seid doch Touristen, oder?"

Leon nickte.

„Dann redet dein Vater Unsinn. In Paris würdet ihr euch garantiert den Eiffelturm ansehen, oder?"

„Vermutlich", erwiderte Leon. Allzu sicher war er sich allerdings nicht. Es sei denn, dass Dominik und sein Vater einen Wettlauf bis ganz nach oben veranstalten wollten.

„Wie dem auch sei ...", sagte der Mann. „Wenn du eine Inselrundfahrt machen willst, dein Vater aber nicht ..."

Leon hob gespannt die Augenbrauen.

„... dann wirst du deinen eigenen Weg finden müssen. Oder verzichten."

Der folgende Tag begann mit einem Telefonanruf. Wie es aussah, bekamen einige „Idioten" im Büro „einfachste Abläufe nicht auf die Reihe", und so kam Leons Vater die Aufgabe zu, diese aus dem Urlaub per E-Mail und Telefon zu regeln. „Ohne mich läuft es halt nicht", sagte er grinsend.

Damit er seine Kompetenz voll zur Geltung bringen konnte, war aber ein Maß an Ruhe nötig, das bei

Anwesenheit der Familie nicht herzustellen war. Für die anderen bedeutete das, dass sie zunächst ohne ihr Oberhaupt auf die Düne fahren mussten.

Leon war erleichtert.

Als sie am Strandkorb ankamen, wurde er von zwei Jungen aus dem Strandabschnitt nebenan eingeladen, mit ihnen die „größte Sandburg" des Sommers zu bauen.

Er sagte zu und ließ Dominik lästernd und mit verdrehten Augen, vor allem aber alleine zum Volleyball-Feld gehen. Für ein paar Stunden hatte er Ruhe und genoss die Freuden eines Sommertages am Strand.

Dann kam sein Vater nach ...

Leon erkannte die Silhouette schon von weitem. Aus den Augenwinkeln beobachtete er, wie sie sich dem Strandkorb näherte, sich dort umsah und schließlich auf ihn zukam.

„Kann sein, dass ich gleich wegmuss", sagte er zu den anderen beiden und wappnete sich innerlich gegen die Ansprache, die er zweifelsohne jeden Moment zu hören bekommen würde. Doch das erwartete ärgerliche, zumindest aber ernste Gesicht seines Vaters blieb aus.

Stattdessen kam er mit einem breiten Grinsen auf ihn zu. Was die Sache für Leon nicht besser machte. Im Gegenteil.

„Hier steckst du", sagte sein Vater. Er rieb sich die Hände und zog einen Zettel aus seinen Shorts. „Ich habe eine Überraschung für dich! Hier!"

Leon nahm das Papier entgegen. „Halunder-Cup" stand da in fettgedruckten Lettern. Und dass in drei Tagen eine Regatta stattfinden sollte. Unter den

Wettkampfklassen war auch eine für jugendliche Segler vorgesehen.

„Und?", fragte Leon und reichte den Zettel zurück. „Ich bin schon seit Ewigkeiten nicht mehr gesegelt."

„Dann wird es mal wieder Zeit", erwiderte sein Vater weiterhin lächelnd. „Das ist auch die perfekte Gelegenheit, um herauszufinden, wer von euch beiden der bessere Segler ist."

„Ich weiß nicht ..."

„Aber ich. Außerdem habe ich euch beide schon angemeldet."

Leon erstarrte und sah seinen Vater mit großen Augen an. „Wie bitte?"

„Aber sicher! Warum denn nicht?"

„Vielleicht weil ich gar nicht segeln will?", sagte er und spürte augenblicklich den brennenden Blick, der auf ihm ruhte.

„Die Sache ist geklärt", sagte sein Vater mit der leisen Stimme, die sogar Dominik als „Ruhe vor dem Sturm" bezeichnete. Beide Brüder fürchteten diesen Tonfall, wie der Teufel das Weihwasser.

„Ihr seid angemeldet und segelt mit. Da kommst du nicht mehr drum herum."

Leon sah seinem Vater zu, wie der auf dem Absatz kehrtmachte und ihn stehen ließ. Er schluckte trocken. Als er die Ankündigung der Regatta in die Hosentasche seiner Badeshorts steckte, schrumpfte sein Magen auf die Größe einer Erbse zusammen.

„Ich will das nicht", sagte er.

***

Die Regatta lag Leon noch schwerer im Magen als die Pizza zwei Tage zuvor. Stundenlang wälzte er sich hin und her, bis er endlich in einen Zustand verfiel, der dem des Schlafes zumindest nahekam.

Entsprechend verknittert erschien er morgens zum Frühstück. Als er hörte, dass er in einer Stunde am Tennisplatz seinen Bruder anfeuern sollte, kannte seine Begeisterung keine Grenzen.

„Großartige Idee", grummelte er. Die Brötchen waren an diesem Morgen pappig und schmeckten fade.

Missmutig zog er nach dem Frühstück seine Schuhe an und wartete vor der Tür auf Dominik und seine Eltern.

Der Tag hatte kaum angefangen und kam doch schon wie eine Katastrophe daher. Lustlos kickte er ein Steinchen durch die Gegend. Nur um Haaresbreite verfehlte er einen telefonierenden Fußgänger. Entschuldigend hob er die Hand.

Der Mann winkte zurück und widmete sich wieder seinem Telefonat.

„Die Tour nach München habe ich abgesagt", hörte Leon ihn sagen. „Warum? Ich habe schlicht und ergreifend keine Lust. Weißt du, wie lange ich da unterwegs bin?"

Bedauernd sah Leon zu, wie sich mit dem Mann auch das Gespräch entfernte. Er hätte gerne gehört, wie es weiterging.

„Ich habe schlicht und ergreifend keine Lust ..." Dieser Satz ging ihm genauso wenig aus dem Kopf, wie neulich die Frage des Dunkelhaarigen vom Volleyball. Er hallte in ihm nach und verschwand nur langsam, wie ein abziehendes Gewitter.

„Wo ist eigentlich die Anmeldestelle für die

Regatta?", fragte er, als sie die Treppe zum Unterland heruntergingen.

„An der Landungsbrücke", sagte sein Vater. „Wieso fragst du?"

„Es wäre doch gut, wenn ich mal nachsehen würde, ob sie da ein paar Informationen für die Teilnehmer haben. Was zum Beispiel die Strecke angeht, die Regeln ... Vielleicht kann ich mir auch schon mal die Boote ansehen."

„Und das Tennis-Match?"

„Dominik kommt locker ohne mich klar. Die Regatta ist mir wichtiger. Wenn ich da schon mitsegle, will ich auch gewinnen", sagte Leon und leckte sich die trockenen Lippen.

Sein Vater grinste ihn verschwörerisch an.

„Verstehe. Das gibt dir einen Vorsprung vor den anderen. Insbesondere vor deinem Bruder."

Leon zwinkerte ihm zu. Sein Herz klopfte wie verrückt. „Man muss jeden Vorteil nutzen, den man kriegen kann", sagte er.

„Gefällt mir ... Gefällt mir ..." Sein Vater lächelte vergnügt. „Dann lauf mal los und sammel alles an Informationen ein, was zu holen ist. Aber danach kommst du zu den Tennis-Plätzen."

Am Fuß der Treppe trennte Leon sich von den anderen und lief durch Nebenstraßen in Richtung Landungsbrücke. Ein großer Aufsteller, auf dem in leuchtenden Buchstaben „Halunder-Cup" prangte, wies ihm den Weg.

Er betrat die Anmeldestelle für die Regatta und wartete einen Augenblick, bis drei ältere Jungen sich für die Teilnahme registriert hatten. Dann trat er vor und legte seine Anmeldung auf den Tisch.

„Die würde ich gerne stornieren", sagte er. Das Herz schlug ihm bis zum Hals und das Blut rauschte in seinen Ohren. Jeden Moment rechnete er damit, dass sich die Hand seines Vaters wie ein Mühlstein auf seine Schulter senkte.

„Wie schade", sagte die Frau hinter dem Tresen. Sie sah sich die Anmeldung näher an und runzelte die Stirn. „Wie ich hier sehe, hast du dich nicht selber angemeldet."

„Das war mein Vater", sagte Leon.

„Dann kann ich ja das Startgeld nicht auszahlen. Hier ... Siehst du? Da ist der Vermerk, dass bereits bezahlt wurde."

„Und?", fragte er.

„Ich kann ja schlecht deine Absage annehmen und dann das Geld einbehalten. Das wäre ja auch nicht richtig."

„Und wenn sie das Geld an mich auszahlen?"

„Aber du hast es ja nicht eingezahlt ... Du verstehst, was ich meine?"

Leons Eingeweide verklumpten und strahlten eine Eiseskälte in den Rest seines Körpers aus. „Soll das heißen, dass ich selber nicht absagen kann? Sondern, dass ich meinen Vater mitbringen muss, damit der das macht?"

Die Frau sah ihn bekümmert an. „Ich fürchte, genau so sieht es aus."

Leons Schultern sackten nach unten und mit dem Reglement in der Hand verließ er die Anmeldestelle. Vor ihm glitzerte die Sonne auf dem Wasser am Südstrand und spielende Kinder kreischten. Er bemerkte weder das eine noch das andere.

„Hier bist du aber falsch", lachte jemand hinter ihm.

Leon drehte sich um und sah, wie der Mann auf ihn zukam, der am Tag zuvor die Möwe verscheucht hatte.

„Das ist die Anmeldestelle für die Regatta. Die Inselrundfahrten gibt es da hinten." Er zeigte auf einen Eingang am Ende des flachen Gebäudes.

„Das ist mir schon klar", sagte Leon.

„Dann willst du bei der Regatta mitsegeln?" Der Mann nahm seine Sonnenbrille ab.

Leon faltete den Zettel mit den Regeln zu einem unförmigen Paket zusammen und gab ein Schnauben von sich. „Ich hatte vor, meine Teilnahme abzusagen."

„Keine Zeit?"

„Keine Lust."

„Warum hast du dich dann angemeldet?"

„Hab' ich doch gar nicht!" Leon wurde unvermittelt lauter.

Der Mann trat unwillkürlich einen halben Schritt nach hinten. „Ist ja gut ...", sagte er lachend.

Leon fuhr seine Attacke wieder zurück. „Das war mein Vater", ergänzte er leise.

„Ohne dich vorher zu fragen? Interessant ..."

Auf Leons Gesicht machte sich Trotz breit und er stemmte die Fäuste in die Hosentaschen. „Das tut er gerne. Mein Bruder hat kein Problem damit. Meistens sind es ja auch Sachen, die ihm Spaß machen."

„Bei dir scheint das anders zu sein."

„Könnte man so sagen ..."

Sie gingen zum Rand der Landungsbrücke und der Mann, der sich als Birger Thiems vorstellte, lehnte sich ans Gitter. Er rückte seine Wollmütze zurecht und sah Leon prüfend an.

„Hast du deinem Vater gesagt, dass du nicht segeln willst?"

Leon schüttelte den Kopf. „Das wird er nicht hören wollen.”

„Und? Es gibt viele Möglichkeiten, um nicht tun zu müssen, was man nicht tun will. Es auszusprechen, ist eine der Einfachsten. Das funktioniert selbstredend nicht immer, aber es kann helfen.”

„Der reißt mir glatt den Kopf ab”, grummelte Leon.

Birger Thiems zwinkerte ihm fröhlich zu. „So schlimm wird’s nicht werden.”

„Und die Sprüche meines Bruders, kann ich mir jetzt schon vorstellen. Die kann ich mir dann für die nächsten hundert Jahre anhören!”

Leon schweifte ab, bis er ein leises Schniefen hörte und den durchdringenden Blick bemerkte, den Birger Thiems auf ihn richtete.

„Dann lass ihn sabbeln”, sagte er. „Kümmer dich nicht drum, auch wenn es schwerfällt. Was dein Bruder von deiner Entscheidung hält, ist völlig egal. Und für deinen Vater gilt übrigens das Gleiche.”

Leon hörte die Worte. Er verstand ihren Inhalt, sah sich aber außerstande, ihnen Glauben zu schenken. Sie klangen wie ein zaghaftes Kratzen an einem alten Burgtor, das sich, verrammelt, wie es war, jedem Versuch einer Öffnung widersetzen würde.

Was Birger Thiems sagte, schien so leicht zu sein, genauso leicht, wie es ihm offensichtlich fiel, es auszusprechen. Aber je mehr Leon darüber nachdachte, desto stärker schwoll das Kratzen zu einem Klopfen an und rief die Burgwache auf die Zinnen.

„Irgendwann gelangst du an einen Punkt, an dem es nur auf dich und deine Entscheidung ankommt. Denn früher oder später sind Eltern nicht mehr da. Und was möchtest du am Ende deines Lebens sagen? Ich bin meinen Weg gegangen? Oder lieber: Ich habe immer getan, was man mir gesagt hat?"

Leon zuckte sichtbar zusammen und verschränkte die Arme vor der Brust.

Birger Thiems lächelte. „Am besten sprichst du mit deinem Vater. Vielleicht klappt es ja."

„Und wenn nicht?"

„Dann bist du nicht schlechter dran als jetzt. Aber du hast wenigstens ein Zeichen gesetzt, dass du mit seinem Vorgehen nicht einverstanden bist. Und außerdem", er zwinkerte ihm verschwörerisch zu, „kann etwas, das man nicht tun will, immer auch eine Gelegenheit sein. Zum Beispiel, um andere Dinge anzugehen, zu denen man viel mehr Lust hat."

Was das für eine Gelegenheit sein sollte, war Leon schleierhaft. Er trottete die Kurpromenade am Nordosthafen vorbei und gesellte sich an den Tennisplätzen zu seinen Eltern. Mit Genugtuung stellt er fest, dass sein Bruder mit dem Gegner mehr Probleme hatte als erwartet. Wenigstens etwas, dachte er.

„Da bist du ja wieder", sagte sein Vater, ohne den Blick vom Spielfeld abzuwenden. Dominiks Schmetterball geriet zu kurz. Der andere spielte ihn zurück und der Ballwechsel setzte sich fort. „Der gehört an die Grundlinie!", rief sein Vater dazwischen. Begeistert klatschte er in die Hände, als der Punkt letzten Endes doch an seinen Sohn ging.

„Das hat aber lange gedauert", stellte er mit einem flüchtigen Seitenblick auf seinen Jüngsten fest.

„Es war voll", log Leon.

„Du weißt schon, dass es bei einer Regatta um

Geschwindigkeit geht, oder?" Er erhob sich halb, als der Gegenspieler seinen zweiten Aufschlag zu vorsichtig übers Netz brachte und Dominik in aller Ruhe Maß nehmen konnte.

Gemeinsam sahen sie, wie dessen Rückhand den Ball wie mit dem Lineal die Seitenlinie entlang schickte. Er passierte den Gegner, schlug kurz vor der Grundlinie auf und sprang unerreichbar aus dem Feld.

„Großartig! Weiter so!"

Der Vater setzte sich wieder. „Das war ein wichtiges Break! Jetzt hat er ihn", erklärte er. „Und du? Hast du alle Infos bekommen, um zu gewinnen?"

„Ich hab alles, ich brauche", wich Leon aus.

„Klingt gut. Dann steht deinem Sieg beim Halunder-Cup ja nichts mehr im Wege."

Leon lachte leise auf, ohne dass sein Vater es merkte. Er würde den Cup nicht gewinnen. Eher würde die Sonne morgen im Westen aufgehen und die Möwen aufhören, nach Brötchen zu jagen.

Nicht, dass er nicht gerne auf dem Wasser war. Im Gegenteil. Auf allem, was schwamm, fühlte er sich wohl und die Bootsklasse, mit der er teilnehmen sollte, konnte er durchaus handhaben.

Aber nicht, wenn es um Geschwindigkeit ging. Im Gegensatz zu seinem Vater war es für ihn klar wie Kloßbrühe, dass ihm dazu nicht nur das Wissen, sondern vor allem die Leidenschaft fehlte. Er war kein Segler. Und ein Regatta-Segler war er erst Recht nicht. Er wusste das. Und sein Vater würde es in wenigen Tagen herausfinden.

Leon beobachtete, wie Dominiks Gegner seinen Aufschlag ins Netz schmetterte und den Kopf hängen ließ. Was wohl die größere Enttäuschung sein würde?

Dass er teilnahm und nicht gewann? Oder dass er gar nicht erst ablegen wollte?

Er seufzte, als ihm klar wurde, dass es keinen Unterschied machte. Am Ende würde sein Vater enttäuscht sein, egal, was er tat oder wofür er sich entschied. Wie hatte Birger Thiems das ausgedrückt? Es gibt einen Punkt, an dem es nur auf dich und deine Entscheidung ankommt ...

„Ich war dort, um meine Teilnahme zu stornieren", sagte Leon.

„Warum solltest du das tun?", fragte sein Vater, ohne den Blick vom Tennisplatz zu wenden.

„Weil ich nicht teilnehmen will", sagte Leon. Seine Stimme blieb ruhig, aber sein Herz schlug ihm bis zum Hals. „Ich bin kein Segler und will auch keiner werden."

Sein Vater schwieg. Nur das regelmäßige „Plopp" der Schläger, wenn sie auf den Ball trafen, war zu hören, bis jemand laut „Aus!", rief.

„Vierzig dreißig", wurde der Spielstand verkündet.

Leon hörte das leise Rascheln der Kleidung, als sein Vater sich zu ihm umdrehte und ihn scharf von oben bis unten musterte. Zentnerschwer lastete dessen Blick auf ihm. Weder in den Augen noch im Gesichtsausdruck entdeckte er Enttäuschung. Nur unverhohlenen Ärger.

„Jetzt pass mal auf Sportsfreund", begann sein Vater. „Das diskutiere ich überhaupt nicht. Du bist angemeldet und dein Startgeld ist bezahlt. Damit hast du eine Verpflichtung. Und der wirst du ganz sicher nachkommen."

In Leon stieg Hitze auf und seine Hände suchten etwas Kaltes. Er schluckte trocken. „Diese

Verpflichtung bin ich doch gar nicht eingegangen", sagte er. „Du hast einfach entschieden, dass ich diese blöde Regatta segeln soll und mich nicht einmal gefragt!"

„Dich fragen?" Der Vater lachte spöttisch. „Du brauchst keine Fragen oder Vorschläge. Was dir fehlt, ist ein Tritt in den Hintern, damit du mal in die Gänge kommst. Sieh dir lieber mal deinen Bruder an. Der weiß, wie man gewinnt."

Tatsächlich hatte Dominik sich im Ballwechsel ein Übergewicht erspielt.

Er stand mittig an der Grundlinie und jagte seinen Gegenspieler von einer Ecke in die andere, ohne sich großartig anstrengen zu müssen. Es war nur eine Frage der Zeit, bis der Gegner den Ball nicht mehr ins Feld zurückbringen konnte.

„Und damit ist die Debatte beendet", sagte sein Vater. Seine Stimme hatte an Schärfe zugenommen. „Und du wirst dein Bestes tun, um zu gewinnen, damit das nur klar ist."

Leon wandte den Blick ab und schluckte seinen Widerspruch hinunter. Wortlos holte er das Reglement der Regatta hervor und begann es zu überfliegen. Wenigstens würden es Ein-Mann-Boote sein, dachte er. Da redete ihm keiner rein, während er verlor. Denn immerhin war er dann der Käpten an Bord.

Sein Blick fiel auf seinen Bruder, der in diesem Moment entschied, seine Rückhand zu umlaufen. Stattdessen setzte er zu einem weiteren Passierball mit der Vorhand an.

Es funktionierte und der Punkt ging an Dominik.

Leon blätterte ans Ende des Reglements und studierte den letzten Abschnitt.

„Ich muss noch mal kurz weg", sagte er. „Ich hab
was vergessen."

„Aber beeil dich", knurrte sein Vater. „Dein Bruder
braucht mit Sicherheit nicht mehr lange."

„Ich auch nicht", sagte Leon und lief los. Erst als er
außer Sicht war, erlaubte er sich einen tiefen Atemzug
und den Anflug eines Grinsens.

III

Am Tag der Regatta herrschte über Helgoland
bestes Segelwetter. Die Sonne schien und eine kräftige
Brise wehte frisch und beständig. Unter einem
wolkenlosen Himmel breitete sich die Nordsee tiefblau
um die Insel herum aus und auf den Wellen tanzten
vereinzelte Schaumkronen.

Am Kai stieg Leon in sein Boot, das gleich neben
dem seines Bruders lag und versuchte, dessen
Sticheleien zu ignorieren. Sein Rucksack rutschte ihm
von der Schulter und er quetschte ihn umständlich unter
die Querducht im Heck.

„Viel zu viel Ballast", sagte Dominik. „Aber du hast
ja eh keine Chance!"

„Dann sollte ich die nutzen", sagte Leon. Er sah auf
seine Uhr, die er mit der Funkuhr der Regatta
synchronisiert hatte. Noch hatten sie Zeit, bis sie
auslaufen und sich in Richtung der Startlinie begeben
mussten.

„Ihr wisst, wie es laufen wird?", fragte der Vater.

„Aber klar doch!", rief Dominik.

Leon hielt seine Uhr hoch. „Laut Starterliste sind
wir in Gruppe 3", sagte er.

91

„Richtig!", ging Dominik dazwischen. „Wir warten auf das Hornsignal und darauf, dass der Zahlenwimpel ‚3' mit den drei Startflaggen gehisst wird. Wenn es wieder tutet und die letzte Flagge eingeholt wird, geht's los."

„Seht zu, dass ihr so dicht wie möglich an der Linie bleibt. Und sobald der Start erfolgt ist, legt ihr los! Je schneller ihr an der Wendeboje seid, desto ungestörter könnt ihr manövrieren."

„Gar kein Problem!", sagte Dominik und wippte im Boot auf und ab.

Leon nickte. Er sah den Zweifel im Blick seines Vaters und wie dieser seinem Bruder ein aufmunterndes Zwinkern gönnte. Seine Hand tastete nach dem zusammengerollten Stück Stoff, das er unter seiner Jacke verbarg.

„Guten Tag die Herren", erklang die Stimme von Birger Thiems. Wie üblich trug er seine schwarze Mütze. Als er zu Leon schaute, nahm er die Sonnenbrille ab.

Leon grüßte mit einem Winken und bemerkte den missbilligenden Blick, den Vater und Bruder dem Neuankömmling zuwarfen. Er ging jede Wette ein, dass die Tattoos auf Birgers Unterarmen genauso bemängelt wurden wie der Thorshammer, den er um den Hals trug.

„Alles klar bei dir? Deine Strategie steht?", fragte Birger.

„Ich bin bereit", sagte Leon und klopfte auf seine Jacke.

„Was wissen sie denn von seiner Strategie?" Der Vater sah Birger mit unverhohlenem Misstrauen an.

„Wir haben uns neulich hier getroffen, als ihr Sohn

sich die Informationen zur Regatta besorgt hat", sagte Birger. Das Wort „Informationen" betonte er dabei etwas stärker als notwendig. „Sie müssen derjenige sein, der keine Inselrundfahrten mag."

„Touristischer Quatsch." Leons Vater holte sein Fernglas hervor und begann die Okulare zu putzen.

„So schlimm ist es nun auch wieder nicht", antwortete Birger. „Und viele Besucher mögen diese Fahrten."

„Tatsächlich? Viele Besucher sind mit Sicherheit auch Idioten."

„Sogar mehr als sie denken ..."

Birger Thiems ignorierte den empörten Blick, der ihn traf und gab Leon ein Zeichen. „Es ist gleich soweit. Besser du legst schon mal ab und versuchst, eine günstige Position am Start zu ergattern."

Leon machte die Leinen los und setzte Segel. Vorsichtig steuerte er sein Boot hinter seinem Bruder aus dem Hafen und nahm Kurs auf die Startlinie. Auf halbem Weg ertönte das erste lange Tuten, das den nächsten Start in fünf Minuten ankündigte.

An der Landungsbrücke wurde die Klassenflagge gesetzt und der Zahlenwimpel ‚3' flatterte im Wind. Der Beginn der Regatta stand unmittelbar bevor.

Am Kai beobachtete sein Vater ihn durch das Fernglas. „Hoffentlich versaut er den Start nicht", grummelte er.

„Der macht das schon", sagte Birger Thiems leise und nahm seinen Rucksack von der Schulter.

„Der Große auf jeden Fall. Bei dem anderen bin ich mir nicht so sicher ..."

„Da würde ich mir keine Sorgen machen."

„Ach ja?", sagte der Vater. „Und warum nicht?"

Birger Thiems zuckte die Achseln und grinste schief. „Keine Ahnung. Ist halt so ein Gefühl ...”

Leon näherte sich der Startlinie und richtete den Bug aus.

Sein Boot schwang in der Dünung auf und ab und die Wellen klatschten an den Rumpf. Die Brise rauschte leise in der Takelage und strich ihm beruhigend über den Kopf. Er umklammerte die Pinne und atmete durch. Es würde gutgehen, dessen war er sich sicher. Doch sein Herz schlug so laut, dass er meinte, es durch den Wind hören zu können.

Lange konnte es nicht mehr dauern. Jeden Moment musste das Signal ertönen und die Startflagge würde eingeholt werden.

Er lauschte auf die Geräusche von Wind und Meer und beobachtete die Landungsbrücke. Plötzlich wurde dort ein kleiner Rauchball in der Luft sichtbar, der schnell wieder zerstob. Einen Moment später trug die Brise den Knall an die Boote in der Reede heran und die letzte Flagge wurde niedergeholt.

Leon holte die Schot dicht. Sofort nahm er Fahrt auf und überquerte die Startlinie. Mit einer Hand hielt er die Pinne und steuerte in Richtung der ersten Wendeboje. Mit der anderen ertastete er wieder die Ausbeulung in seiner Jacke.

An Steuerbord rauschte ein Boot heran. Als Leon einen Blick auf den Skipper warf, sah der zunächst stur geradeaus und grinste ihn dann hämisch an.

Es war Dominik.

Schnell schätzte Leon dessen Kurs ab. Würden sie beide Richtung und Geschwindigkeit beibehalten, war die Kollision unvermeidlich. Aber ein

Ausweichmanöver würde ihn zu einem Umweg zwingen. Und er würde Fahrt verlieren.

„So nicht, Bruderherz", sagte er leise.

Er drehte die Pinne herum und legte das Boot auf den Steuerbordbug. Der Baum schwang über das Deck und binnen weniger Augenblicke, fuhr er nicht mehr parallel zu Dominik, sondern nahm direkten Kurs auf ihn.

Leon sah, wie sein Bruder ihn erst verwundert, dann erschreckt ansah. Im letzten Moment drehte er die Pinne die entscheidenden Zentimeter weiter und rauschte kaum eine halbe Bootslänge von Dominiks Heck entfernt durch dessen Kielwasser.

„Bist du irre?"

„Familienkrankheit!", rief Leon und ging zurück auf seinen ursprünglichen Kurs. Er richtete sein Segel neu aus, fixierte die Schot und nahm wieder Fahrt auf.

Sein Bruder war angesichts des Manövers derart aus dem Tritt gekommen, dass er schnell an Boden verlor. Ohne Probleme passierte Leon ihn auf der Leeseite und steuerte sein Boot in Richtung der Wendeboje.

Am Rande der Landungsbrücke setzte Birger Thiems das Fernglas ab und rieb sich die Augen. „Das war schon ein bisschen frech", sagte er, als Leon hinter Dominiks Heck durchrauschte.

„Das war vor allem dumm", erwiderte Leons Vater. „Aber gegen seinen Bruder hat er ja schon immer den Kürzeren gezogen. Jetzt ist er auf der Leeseite und es wird schwieriger, wieder Tempo aufzunehmen. Er hätte dagegenhalten sollen."

„Und eine Kollision riskieren?" Birger Thiems schüttelte den Kopf. „Fahrt rausnehmen wäre die bessere Lösung gewesen. Aber einfach weiterfahren ... Nee, nee ... Sicher ist sicher."

„Das ist eine Regatta. Kein gemütlicher Bootsausflug. Hoffentlich kapiert er das, bevor das Rennen zu Ende ist."

Birger hob das Fernglas wieder an die Augen. „Sieht ganz danach aus. So wie er gerade an ihrem anderen Sohn vorbeizieht, scheint ihn die Leeseite nicht sonderlich zu stören. Das bekommt man auch nicht oft zu sehen."

„Dafür ist sein Kurs selten dämlich", sagte der Vater. „Der geht viel zu weit an der Boje vorbei. Da muss er eine Wende fahren, die mindestens dreimal so lang ist, wie die der anderen Boote."

„Und wenn schon", sagte Birger und achtete genauer auf die Richtung, in die Leon steuerte. „Es geht ja nicht so sehr ums Gewinnen. Hauptsache die Jungs haben auf dem Wasser ihren Spaß."

„Sie kapieren aber auch gar nichts, oder?"

Birger antwortete mit einem wortlosen Seitenblick und sah dann wieder durch sein Glas. Schweigend verfolgte er Leons Fahrt. Seine Augenbrauen hoben sich und ein Lächeln umspielte seinen Mund.

„Ich glaube, sie sind derjenige, der etwas nicht kapiert", sagte er und grinste den Vater breit an.

„Was soll das denn heißen?"

Birger zeigte hinaus auf die Reede, wo die ersten Boote sich der Wendeboje näherten. „Schauen sie sich mal ihren Junior an. Ich glaube, der hat einen Plan."

Der Vater sah durch sein Glas. Als er das Boot seines Sohnes ausgemacht hatte, weiteten sich seine Augen. „Was zum Teufel geht da vor?", fluchte er. „Was macht er denn da?"

Birgers Lächeln ging in ein ungehemmtes Strahlen über. „Wenn sie mich fragen, macht er genau das, was er will!"

Für ein paar Minuten hielt Leon seinen Kurs und stellte erstaunt fest, dass er nicht der Letzte war. Doch dieser Umstand erfreute ihn nicht einmal annähernd so, wie er es vielleicht erwartet hätte. Langsam begann er abzudrehen. Eins nach dem anderen glitten die Boote der Regatta-Teilnehmer auf seine Luvseite. Stur hielten sie auf die Wendeboje zu, während Leon seinen Bug zum Südhafen ausrichtete.

Er fixierte die Pinne und nahm Fahrt heraus, bis er in der Dünung mehr dahindümpelte, als dass er vorwärtskam. Sofort gewannen die Geräusche des Meeres wieder die Oberhand. Zwei Möwen überflogen ihn und die Sonne glitzerte auf den Wellen.

Leon stellte sich an den Mast des Bootes und holte die Regatta-Flagge ein. Laut Reglement sollte das reichen, um ihn von der weiteren Teilnahme auszuschließen. Doch er wollte sichergehen.

Er zog ein schwarzes Tuch aus der Innentasche seiner Jacke und breitete es aus. Mit einem Kribbeln im Bauch, aber auch mit einem breiten Lächeln hisste er seine eigene Flagge.

Leons Vater starrte wie gelähmt durch das Fernglas. Hilflos musste er mitansehen, wie der Rest der Regatta-Segler sich der Wendeboje näherte, während das Boot seines Sohnes plötzlich auf den Wellen dahindümpelte und jegliche Geschwindigkeit verlor.

„Das darf doch nicht wahr sein!", rief er. „Warum holt er denn jetzt die Regatta-Flagge ein?"

„Ich würde sagen, dass er an der Wettfahrt nicht so wirklich interessiert ist. Ist aber bloß so eine Vermutung. Besser, sie geben nicht allzu viel darauf."

Feixend holte Birger Thiems eine Packung Kekse aus seinem Rucksack und öffnete sie.

„Aber ohne die Regatta-Flagge wird er nicht gewertet", sagte der Vater. Er fixierte Leons Boot weiter mit dem Fernglas, als könnte er so einen Einfluss auf die Ereignisse an Bord erzwingen. „Was macht er denn jetzt?"

Birger Thiems setzte sein Glas ebenfalls wieder an. „Er hisst eine neue Flagge."

„Aber dann ist er ja ..."

„... disqualifiziert. Korrekt." Lächelnd schob sich Birger einen Keks in den Mund. „Und wenn sie genau hinsehen, werden sie feststellen, dass er nicht irgendeine Flagge gesetzt hat."

Beide Männer stellten die Schärfe ihrer Ferngläser nach und richteten sie auf die Mastspitze. Ein Windstoß entfaltete das Tuch und brachte den Totenkopf auf schwarzem Grund mit den zwei darunter gekreuzten Knochen zum Vorschein.

Leons Vater stieg die Hitze ins Gesicht. Er ließ das Glas sinken und seine Finger umklammerten das Gitter an der Kante der Landungsbrücke, bis die Knöchel weiß hervortraten. „Was soll dieser Quatsch?", rief er. Langsam drehte er sich herum und stierte Birger Thiems mit zusammengekniffenen Augen an. „Haben sie ihm diesen Blödsinn eingeredet?"

„Aber nicht doch ... Auf die Idee ist er von ganz alleine gekommen. Er hat allenfalls einen kleinen Schubs gebraucht, um sich seine eigenen Gedanken zu machen."

„Eigene Gedanken, so ein Unfug!”

Wie ein eingesperrtes Raubtier ging Leons Vater am Gitter auf und ab und starrte auf die Reede. Das Boot seines Sohnes nahm wieder Fahrt auf und entfernte sich von der Flotte der Regatta-Teilnehmer.

„Wenn ich bloß wüsste, was er da vorhat”, schnaubte er.

„Also das ist doch nun offensichtlich!”

Birger Thiems sah verwundert auf und gewährte dem Keks, auf den er es abgesehen hatte, noch für einen Aufschub.

„Ach? Dann klären sie mich mal auf.”

„Sie wissen es wirklich nicht, oder?” Birger lachte leise und schüttelte den Kopf. „Was wollte ihr Sohn denn, seitdem er hier ist? Wonach hat er sie nicht nur einmal gefragt?”

Die Gesichtszüge des Vaters verhärteten sich. „Eigentlich ist das völlig egal”, sagte er. „Sie haben doch ein Boot, oder?”

Birger nickte.

„Wie viel muss ich ihnen zahlen, damit sie mich da rausfahren, um meinen Sohn einzusammeln? Der weiß am Ende gar nicht, was er da tut und bringt sich in Gefahr.”

„Vergessen sie's.”

Birger schüttelte den Kopf. Der Aufschub für den Keks war abgelaufen und er griff wieder in die Packung. „Ihr Sohn weiß genau, was er tut. Lassen sie ihn ruhig mal machen.”

„Hören sie: Ich habe keine Ahnung, was den Kleinen geritten hat. Aber das muss ein Ende haben. Sofort. Außerdem will ich ihm ein paar Takte erzählen.”

„Das wollen sie ganz sicher", sagte Birger. „Aber damit werden sie wohl warten müssen, bis er wieder hier ist." Lächelnd hob er die Packung und hielt dem Vater die Öffnung hin.

„Keks?"

Der Wind stand günstig und ließ Leon zügig in Richtung Westküste vorankommen. Wie ein Messer schnitt sein Boot durch die Dünung jenseits der Helgoländer Südspitze und Gischt spritzte ihm entgegen. Die Segel waren straff gebläht und an der Mastspitze flatterte seine Totenkopfflagge.

Vor ihm erstreckte sich die Nordsee. Am Horizont waren mehrere Frachter zu erkennen, ein Kreuzfahrtschiff und ein Containerriese, der selbst auf einige Meilen Entfernung ein respekteinflößender Anblick war.

Mittlerweile stand die Sonne hoch am Himmel. Leon holte eine Flasche Wasser und Sonnencreme aus seinem Rucksack und schmierte sich das Gesicht ein. Die häufigste Verletzung beim Segeln war der Sonnenbrand.

Er drehte nach steuerbord ab und hielt einen gebührenden Abstand von der Insel. Während eines Spazierganges bei Niedrigwasser hatte er vom Oberland einen Blick auf das Felswatt werfen können. Und er wollte nicht herausfinden, was die Klippen mit seinem Rumpf anstellen würden.

Auf Höhe des Vogelfelsens drehte er sich gegen den Wind und ließ das Segel killen. Schnell stoppte das Boot und er trieb auf der Stelle.

Von dieser Seite sah die Insel vollkommen anders aus. Eine massige Felswand beherrschte die Sicht und verlieh Helgoland trotz Leuchtturm und Sendemast den Charakter eines verlassenen Eilandes. Aus Leons Perspektive musste man die Details zu Hilfe nehmen, um auf die Anwesenheit von Menschen zu schließen. Die Brandungsmauer ... Das Gitter, das den Klippenkontrollweg absperrte ... Die Öffnungen, in der Felswand, die von den Bunkeranlagen herrührten ...

Mit dem Fernglas betrachtete er den Vogelfelsen. Erst jetzt bekam er einen Eindruck von der unüberschaubaren Anzahl von Vögeln, die dort nisteten und ihre Jungen ausbrüteten. Ihr Geschnatter drang bis zu ihm hinaus und selbst die Luft schien lebendig zu sein.

Leon blinzelte in die Sonne und lächelte zufrieden. Falls er in der Schule einen Aufsatz über sein ‚schönstes Ferienerlebnis' schreiben sollte, wusste er, was sein Thema sein würde.

Ein Geräusch, dicht an seinem Boot, lenkte ihn von Sonne und Vogelfelsen ab. Leon richtete sich auf und suchte gespannt das Wasser ab. Um ihn herum waren nur Wellen, ab und an ein paar Schaumkronen oder der Schatten eines vorüberfliegenden Seevogels.

Dann erklang das Geräusch erneut. Ein Schnaufen. Und es war hinter ihm …

Leon drehte sich um.

Achteraus war das Wasser in Bewegung gekommen. Irgendetwas war dort so schnell versunken, dass er nicht mehr erkennen konnte, was es war.

Nach einigen Sekunden tauchte das Schnaufen an Backbord wieder auf.

Kurz vor seinem Bug erhob eine riesige Kegelrobbe ihren Kopf aus dem Wasser und betrachtete ihn eingehend.

„Das sind keine dreißig Meter", sagte Leon leise. Offensichtlich handelte es sich bei dem auf der Düne vorgeschriebenen Mindestabstand nicht um eine allgemeingültige Regel, die für alle galt.

Auf diese Entfernung hatte die Robbe nichts Liebenswertes oder gar Possierliches an sich. In einem Flyer im Hotel hatte er gelesen, dass die Kegelrobbe Deutschlands größtes, in Freiheit lebendes Raubtier war. Und in diesem Moment lag die Betonung in dieser Umschreibung für ihn eindeutig auf ‚Raubtier'.

Die Robbe fixierte ihn, tauchte ihren Kopf kurz wieder ins Wasser und näherte sich.

Leons Nackenhaare stellten sich auf. Er hatte keine Ahnung von diesen Tieren. Er wusste nicht, ob sie aggressiv waren, ob sie Menschen attackierten oder welche Körpersprache einem Angriff vorausging. Hunde knurrten wenigstens, dachte er.

Behutsam ergriff er die Pinne und drehte sein Boot wieder in den Wind. Quälend langsam zog der Bug am Kopf der Robbe entlang, bis er endlich freie Fahrt hatte. Er richtete das Segel neu aus und holte die Schot dicht. Das Klatschen und Plätschern am Rumpf wurde lauter und ging allmählich in ein leises Rauschen über. Während sein Boot beschleunigte, entspannte Leon sich.

Bis das Schnaufen wieder da war.

Nahe an Steuerbord erhob sich der Kopf der Robbe erneut aus dem Wasser, dichter als die Male zuvor.

Für Leon sah es fast so aus, als wollte sie einen Blick ins Bootsinnere werfen. Er ging härter an den Wind. Sofort zog das Boot an und Gischtspritzer flogen ihm entgegen.

Erneut ertönte das Schnaufen, dieses Mal an

backbord. Das Tier war unter ihm durchgeschwommen! Als es wieder auftauchte, hatte Leon Gelegenheit, seine ganze Größe zu erahnen.

Eine Gänsehaut jagte seinen Rücken hinab und ließ ihn erschauern.

Die Robbe hatte gewaltige Ausmaße. Sie war fast so lang wie sein Boot! Und ihr Gewicht konnte er nicht einmal annähernd realistisch einschätzen. Es mussten dutzende Zentner sein.

Er trimmte das Segel und ging so hart wie möglich an den Wind. Jede noch so winzige Abweichung am Kurs korrigierte er, um alles an Geschwindigkeit aus dem Boot herauszuholen, was nur irgendwie machbar war. Schnell hatte er ein Tempo erreicht, mit dem er bei der Regatta eine Chance gehabt hätte.

An Backbord hielt die Robbe mühelos mit und kam ihm bedenklich nahe.

Eine innere Stimme sagte Leon, dass er ihr nicht davon segeln konnte. Er versuchte, sein Segel weiter zu trimmen, aber mehr konnte er aus seinem kleinen Boot nicht heraus holen.

„Augen zu und durch", sagte er leise. Er passierte die Brandungsmauer vor der langen Anna und drehte nach Steuerbord ab. Der Mastbaum schwenkte herum und Leon richtete das Segel neu aus.

Die Robbe blieb in seinem Kielwasser zurück. Eine Weile verharrte sie auf der Stelle und beobachtete ihn. Endlich tauchte ihr Kopf ab und verschwand in den Wellen.

„Bis irgendwann", grummelte Leon. Er atmete auf und sah wieder nach vorne.

Kurz vor seinem Bug entdeckte er eine Schaumkrone. Er passte seinen Kurs an, um den

Wellenkamm nicht frontal anzusteuern, und blinzelte zufrieden in die Sonne.

Erst im letzten Moment erkannte er, dass die Welle nicht bloß der Strömung folgte, sondern etwas überspülte. Das Wasser brach sich an einem Felsen.

Fluchend riss Leon das Steuer herum!

Mit einer rüden Bewegung schwang der Bug in Richtung der offenen See. Die Takelage ächzte unter der plötzlichen Belastung und das Boot krängte so heftig, dass Leon fast das Gleichgewicht verlor.

Ein hässliches Krachen wurde laut.

Ruckartig verkrampften sich Leons Eingeweide.

Die Erschütterung im Bootskörper ließ jede Faser seines Körpers erzittern und ihm wurde gleichzeitig heiß und kalt. Krampfartig umklammerte seine Hand die Pinne.

Er hatte den Felsen gestreift und war leckgeschlagen!

Zwischen Mast und Heck klaffte ein Riss. Wasser drang ein und breitete sich rasch im Bootsinneren aus.

Gedanken schwirrten wie Irrlichter durch seinen Kopf. Einige gingen davon aus, dass alles gut werden würde, andere wollten die Rettungsweste anlegen und an Land schwimmen. Und alle schrien gleichzeitig auf ihn ein.

Mit einem tiefen Atemzug unterdrückte er die aufkommende Panik.

Das wichtigste war erst einmal das Leck. Schnell zog er seine Jacke aus und stopfte sie in den Riss. Die Lösung war alles andere als optimal, aber zumindest konnte er das Eindringen des Wassers so verlangsamen. Jedenfalls hoffte er das.

Aber selbst wenn es funktionierte - ewig würde das

nicht halten. Er orientierte sich anhand der Küstenlinie der Insel und überlegte, wo er am schnellsten an Land gehen könnte.

Der Nordstrand war nicht weit weg. Er konnte durchaus versuchen, diesen zu erreichen. Aber bei Niedrigwasser hatte er gesehen, dass der Zugang von See aus nicht ohne Tücken war. Auch hier gab es mehr als genug Felsen, wie den, auf den er aufgelaufen war. Pfeiler der alten Uferbefestigungen ragten aus dem Meeresboden und waren jetzt vom Wasser überspült.

Außerdem war dieser Weg das Eingeständnis, dass er sich falsch entschieden hatte. Manch einer würde behaupten, dass er diese Rundfahrt nie hätte machen sollen.

Er selbst würde es ganz gewiss denken.

Bis zum Nordosthafen war der Weg erheblich länger. Leon betrachtete das Leck und versuchte abzuschätzen, wie viel Zeit ihm blieb. Viel konnte es nicht sein. Wenn er weiter zögerte, würde er es nicht mehr schaffen und mitten in der Reede Schiffbruch erleiden.

Leon ging wieder härter an den Wind. Das Boot würde mit dem Leck nicht mehr so schnell sein, wie zuvor. Er musste sich beeilen. Seine Jacke löste sich aus dem Riss und ein Schwall Wasser drang ins Innere.

„Verdammt!"

Mit zitternden Händen drückte er seinen behelfsmäßigen Flicken zurück in Position und sah sich nach etwas um, das er zum Ausschöpfen verwenden konnte. Doch das Boot war für ein Rennen ausgerüstet. Jedes unnötige Gewicht hatte man vermieden.

Das Wasser stieg. Als er die Mole umrundete und in die Reede einlief, saß er mit den Füßen in einer Pfütze, die bis über die Sohlen seiner Schuhe reichte und stetig anstieg. Kälte drang ein, kroch an seinen Beinen empor und ließ ihn erschauern.

„Du bist sowas von erledigt!", hörte er plötzlich jemanden rufen. Auf dem Nordostbohlwerk, das die Reede auf der Inselseite säumte, stand sein Bruder und grinste ihm hämisch entgegen.

Leon sah stur geradeaus, während sich Kälte und Nässe aus seinem Bewusstsein verflüchtigten. Sein Inneres begann zu summen und zu vibrieren wie ein Bienenstock. Angst breitete sich wie ein Buschfeuer in ihm aus. Seine Hand krampfte sich um die Pinne und versuchte, das zunehmend träger werdende Boot auf Kurs zu halten.

Er ließ den abgesperrten Teil der Mole hinter sich und passierte die Jugendherberge. Weit konnte es nicht mehr sein. Aber das Wasser stieg und das Boot sprach auf seine Korrekturen immer schwerfälliger an.

„Als ob man einen Sack Zement steuert", grummelte er.

Quälend langsam zog das Bohlwerk an ihm entlang, auf dem sein Bruder lachend neben ihm herlief und ihn mühelos überholte. Minuten dehnten sich zu Stunden aus und von Sekunde zu Sekunde verstärkte sich Leons Eindruck, nicht mehr durch Nordseewasser, sondern durch Kaugummi zu segeln.

Endlich tauchte vor seinem Bug die Hafeneinfahrt auf.

Träge schlingerte sein Boot in den Nordosthafen. Leon reffte das Segel und steuerte den erstbesten Liegeplatz an. Leute kamen zu ihm gelaufen und er hörte Stimmen durcheinanderreden. Nach der Stille auf dem Meer klangen sie fremd und unnatürlich.

Er ergriff die Leine zum festmachen, und warf sie der Person zu, die ihm am Anleger am nächsten stand.

Klatschend fiel sie seinem Vater vor die Füße und rutschte ins Wasser.

Leon sah seinen ihn nur kurz an. Der Blick, der ihn traf, war kalt und brennend zugleich. Gleich daneben hatte sich sein Bruder eingefunden. Dominik wippte feixend auf den Fußballen auf und ab. Die Vorfreude auf das Unausweichliche stand ihm ins Gesicht geschrieben.

Schweigend holte Leon die Leine wieder ein und und warf sie Birger Thiems zu, der sie routiniert auffing und festmachte. Im Hintergrund tauchte eine Gruppe älterer Herren auf, die sich schnell näherten.

„Wie war die Rundfahrt?", fragte Birger. Er lächelte ungehemmt und fing sich einen wütenden Seitenblick des Vaters ein.

„Gar nicht schlecht", sagte Leon und sprang auf den Anleger. Er machte das Boot mit einer zweiten Leine fest und deutete auf die Jacke im Rumpf. „Aber ich bin leckgeschlagen", sagte er.

Was bei Birger nur ein Zucken der Augenbrauen hervorrief, war für seinen Vater der letzte Funken, den er noch brauchte, um endgültig zu explodieren.

„Sag mal, spinnst du? Hast du vollkommen den Verstand verloren?"

Die Tirade ergoss sich über Leon wie eine Sturzsee, dröhnte in seinen Ohren und ließ ihn innerlich erzittern. Selbst Dominik zuckte zusammen und wich vor seinem Vater zurück. Unauffällig ging er am Ende des Anlegers in Deckung.

Leons Nackenhaare stellten sich auf und er atmete stoßweise. Ein Ziehen machte sich in Augen und Nase bemerkbar und Hitze stieg in seinem Gesicht auf. Ein ums andere Mal holte er Luft, wollte eine Erwiderung anbringen, wurde aber mit Gesten oder Worten umgehend zum Schweigen gebracht.

Sein Blickfeld schrumpfte, bis es sich auf seinen Vater beschränkte, der wie ein Vulkan vor ihm aufragte und statt Lava, Gift und Galle spie. Leon konnte sich nicht erinnern, ihn jemals so aufgebracht erlebt zu haben. Er biss die Zähne zusammen und ballte die Fäuste.

„Das reicht jetzt!", rief er irgendwann.

Wütend funkelte sein Vater ihn an und senkte bedrohlich die Stimme. „Was hast du gesagt?"

Leon atmete flach. Eiskalte Schauer jagten ihm über den Rücken und schienen seinen Brustkorb lähmen zu wollen. Er spürte das Beben seiner eigenen Stimme, als er weitersprach. „Das Boot muss gesichert werden", sagte er. „Ich habe das Leck notdürftig mit meiner Jacke gestopft, um überhaupt hierher zu kommen. Aber das wird nicht mehr lange halten."

Birger Thiems warf einen Blick ins Boot. „Er hat recht. Wir sollten uns erst einmal darum kümmern. Sie können ihrem Sohn den Kopf auch später noch abreißen."

„Werden sie nicht unverschämt!"

Birger ignorierte die Bemerkung und wandte sich direkt an die Organisatoren, die den Anleger betraten.

„Ein Leck?", hörte Leon einen der älteren Herren fragen. „Hauke, sieh dir das gleich mal. Ist der Junge in Ordnung?" Gemeinsam mit Birger kam der Mann auf ihn zu. Seine Miene drückte eher Besorgnis als Ärger aus, aber Leon war sich darüber klar, dass dahinter Fragen lauerten, denen er nicht entgehen konnte.

Für einen Moment wünschte er sich, die Regatta als Letzter beendet zu haben. Dann hätte er es nur mit den üblichen Vorwürfen seines Vaters und für ein bis zwei Tage mit Dominiks Hänseleien zu tun gehabt. Aber alles wäre gut, dachte er.

Außer, dass er sich immer fragen würde, warum er seine eigene Inselrundfahrt nicht gemacht hatte, als die Gelegenheit dazu da war. Er würde niemandem von der riesigen Robbe erzählen können. Und schon gar nicht, wie er erst aufgelaufen war und es dann trotzdem geschafft hatte, sein leckgeschlagenes Boot heil in den Hafen zu segeln.

Nichts wäre gut, dachte er und berichtete wahrheitsgetreu von seiner Tour und ließ kein Detail aus.

„Und dann hast du deine Jacke ins Leck gestopft?“, fragte der Organisator.

Leon zuckte mit den Schultern. „Etwas anderes war nicht da ...“

„Gut reagiert. Trotzdem muss ich die förmliche Disqualifikation aussprechen, weil du die Flagge gewechselt hast. Aber das ist dir wahrscheinlich klar“, sagte der Mann und zwinkert ihm zu. „Außerdem habe ich den Eindruck, dass dich das nicht besonders stört.“

Leon schüttelte den Kopf. Um seine Mundwinkel herum, zuckte es verräterisch.

„Du bist ein verdammter Egoist“, sagte sein Vater. Der Tonfall war leiser geworden, ohne dabei an Schärfe zu verlieren. „Hast du auch nur für eine Sekunde darüber nachgedacht, ob wir uns hier Sorgen machen, wenn du mit dieser Nussschale verschwindest? Du ziehst hier mir nichts dir nichts dein Ding durch und was andere davon halten ist dir völlig egal!“

„Dir war ja auch egal, dass ich nicht segeln wollte. Genauso wie die Sache mit der Rundfahrt." Leon sprach leise, fast flüsternd. Er sah seinem Vater fest in die Augen und bemerkte, wie sich dessen Lippen bewegten. Aber er hörte nichts.

Zum ersten Mal erlebte er, wie sein alter Herr um Worte rang.

Birger Thiems unterbrach die Stille und stellte sich lächelnd an Leons Seite.

„Ihr Sohn wollte eine Inselrundfahrt und hat sie bekommen. Das mag ihnen zwar nicht gefallen, aber eins ist sicher: Diese Fahrt war garantiert kein Touri-Quatsch!"

Schweigend ballte der Vater die Fäuste.

„Gut gemacht", sagte Birger und klopfte Leon auf die Schulter.

„Ich glaube, wir gehen jetzt ...", sagte der Vater. Er gab seinem Sohn einen Wink, ihm zu folgen, und stiefelte ohne ein weiteres Wort zum Ende des Anlegers, wo sein Ältester wartete.

Leon seufzte und machte den ersten Schritt ihm zu folgen.

„Moment", sagte Birger Thiems und sprang auf das Boot. Er holte die Piratenflagge vom Mast und reichte sie grinsend an Leon. „Die solltest du behalten. Als Erinnerung."

„Will ich mich an diese Geschichte denn erinnern?", fragte er leise.

„Das liegt bei dir", sagte Birger. „Es war deine Entscheidung und du musst mit ihr leben. Also horch mal in dich hinein. Was fühlst du, wenn du an diese Fahrt denkst? Wohl gemerkt ... An die Fahrt ... Nicht an das hier ..."

Leon nahm die Flagge und steckte sie ein. Das Lächeln erschien nur langsam auf seinem Gesicht. Aber es war ein Lächeln.

Schweigend gingen sie die Kurpromenade entlang. Erst auf Höhe der Bücherhalle sprach wieder jemand. Es war Dominik, der das Schweigen brach.

„Von dem Ärger hast du ein paar Wochen lang was", sagte er. In seinem Gesicht zeigte sich unverhohlene Schadenfreude.

„Ach halt doch die Klappe!" Leon betrachtete den Rücken seines alten Herrn und fragte sich, wann der die nächste Runde einläuten würde.

Im selben Moment blieb der Vater stehen und drehte sich zu ihm um.

„Wenn du mich noch einmal derart blamierst, gibt es ein Donnerwetter, von dem du dich nicht so schnell wieder erholst!"

Instinktiv machte Leon einen Schritt zurück. Dann aber ballte er die Fäuste und hielt dem Blick seines Vaters stand. „Wieso habe ich dich denn blamiert?", fragte er. „Hat dir irgendjemand einen Vorwurf gemacht? Oder versucht, dir die Schuld für das Leck in die Schuhe zu schieben?"

„Du hast mich hintergangen! Du hast diese Regatta völlig sabotiert! Du hast mich glauben lassen, dass du sie gewinnen willst, obwohl du von Anfang an vor hattest, für deine Disqualifikation zu sorgen!"

Leon nickte und stemmte die Hände in die Seiten. „Ich mag keine Wettbewerbe!", sagte er.

Neben ihm erstarrte Dominik und gaffte seinen Bruder mit offenem Mund an.

„Verstehst du das? Euer ganzer Kram, wer besser

ist, schneller oder sonst was, interessiert mich nicht! Ich will Dinge tun, weil ich sie gerne tue. Aus Spaß!"

„Großartige Einstellung", sagte sein Vater und lachte spöttisch. „Hauptsache wir haben Spaß, was? Hauptsache wir stellen uns nicht dem, was das Leben nun einmal ist. Aber keine Sorge, mein Freund ... Das bringe ich dir schon noch bei."

Leon starrte in das drohende Antlitz seines Vaters. Ein letztes Grummeln wurde in seinen Eingeweiden spürbar, dann verging es und hinterließ nichts als Leere. Er schüttelte den Kopf und lächelte mitleidig.

„Ihr solltet diese Rundfahrt einmal ausprobieren", sagte er. „Es war schön auf der anderen Seite." Und so friedlich, hätte er fast hinzugefügt.

Sein Vater trat einen Schritt auf ihn zu und bohrte ihm einen Finger in die Schulter.

„Die Reparatur des Bootes bezahlst du von deinem Taschengeld, dass das mal klar ist!"

Aus dem Augenwinkel sah Leon, wie Dominik die Augenbrauen hob und grinste. „Du bist ja sowas von pleite", hörte er seinen Bruder flüstern.

„Und du hast Hausarrest, wenn wir wieder zurück sind! Einen Monat! Mindestens!"

Leon schluckte. Damit waren die Ferien vorbei. Schweigend nickte er. In diesem Fall musste er sich eben zu Hause beschäftigen. Nicht schön, aber ein Problem sollte das nicht werden.

„Dein Streaming-Account kannst du übrigens vergessen! Das ist auf unbestimmte Zeit gestrichen!"

Neben ihm gluckste Dominik vor Schadenfreude.

„Und ich ändere das Passwort fürs WLAN. Das bekommst du erst wieder, wenn ich es sage!"

Leon atmete tief durch. Hausarrest war eine Sache.

Aber ohne WLAN? Wie es aussah, wollte sein Vater ihn zur Strafe zurück ins Mittelalter schicken. Sein Augenlid zuckte. Jeden Moment rechnete er damit, dass das Grummeln und Stechen im Magen wieder einsetzte.

Doch nichts geschah ... Eine ungewohnte Wärme breitete sich in ihm aus, als er begriff, was passiert war. Er schob seine Hände in die Hosentaschen und neigte den Kopf zur Seite.

„Ist gut", sagte er.

Er ließ seinen Vater stehen und machte sich auf in Richtung Hotel. Ein einziger Gedanke ging ihm durch den Kopf. Wieder und wieder erklang er und hallte nach, wie ein Echo, das von der Westküste hinaus aufs Meer getrieben wurde.

Das war es wert!

Taschenkrebse mögen keine Milch

Angewidert rümpfte Lukas Berger die Nase. Die Eingangstür des Mietshauses war noch meterweit entfernt, und dennoch waberte ihm der schimmelige Gestank dieses alten Gemäuers bereits entgegen.

Das Haus war eine Bruchbude. Ein abstoßender Fleck, in dem sich die wenigen verbliebenen Mieter ausschließlich um sich selbst kümmerten, und mit dem niemand sonst in der Straße etwas zu tun haben wollte.

Aber irgendjemand in der Dienststelle, der Hauptkommissar Berger angehörte, war der Meinung, dass es sich damit hervorragend als Standort für eine Observierung eignete.

Er selbst war fraglos anderer Auffassung. Hätte er sich mit seinem Team in der nächsten Querstraße einquartieren dürfen, könnten sie den schicken Neubau, in dem die Zielpersonen logierten, deutlich besser im Blick behalten. Und zwar, ohne dabei eine Schimmelinfektion zu riskieren. Oder Stromschläge, denn die Leitungen im Haus waren eine Katastrophe. Wie jeder andere im Team rechnete auch Berger täglich damit, dass beim Einschalten eines beliebigen Ausrüstungsgegenstandes der Sicherungskasten explodierte.

Und der Sommer würde in diesem alten Kasten garantiert eklig werden! Bei zu viel Regen würde die Feuchtigkeit in ihn und seine Kollegen hineinkriechen, wie ein Parasit in seinen Wirt. Und sollte es heiß werden, blühten an den Wänden ganz sicher Schimmelarten, von denen er nie gehört hatte.

Zögernd legte Berger eine Hand an die Türklinke. Für einen Moment verharrte er und kämpfte die nagende Besorgnis um seine Gesundheit nieder. Schließlich überwand er sich und trat ein.

Ein Schwall abgestandener Luft wehte ihm entgegen. Das Treppenhaus roch muffig und nach altem Staub. Es war kalt und dunkel und im Luftzug der sich schließenden Haustür bewegten sich Spinnweben hin und her.

Der Hauptkommissar hielt die Luft an und betrat die erste ausgetretene Stufe. Das Holz ächzte unter seinem Gewicht, wie ein gequältes Tier, das entweder eine Heilung oder einen schnellen Tod herbeisehnte. Zu Hause hatte er alle Werkzeuge, die er zum Ausbessern der Treppe brauchte. Mit dem richtigen Holz wäre das für den Heimwerker in ihm ein Fest! Mit jedem Schritt wurde das Jucken in seinen Händen stärker.

Im dritten Stock fand er die Haustür, an der das Namensschild die vielsagende Aufschrift „Meyer" trug. Er öffnete sie und betrat das Wohnzimmer.

Auch hier roch es muffig. Aber Zigarettenqualm und die Ausdünstungen alter Pizzakartons übertünchten die meisten Gerüche mit einer zweifelhaften Alternative.

Gegenüber vom Fenster hatte es sich Niklas Schweitzer in einem zerschlissenen Sessel bequem gemacht. Die Federn quietschten und an mehreren Stellen quoll die Füllung aus dem fadenscheinigen Bezug hervor. Das Möbel war genauso alt, wie Schweitzer als Kollege neu war. Und bislang hatte Lukas Berger nichts von ihm gesehen oder gehört, was zumindest ansatzweise Sympathie in ihm hätte aufkommen lassen.

Schweitzer hatte sich in eine Decke gewickelt und seine Füße auf einem Hocker abgelegt. Er war blass, hatte Ringe unter den Augen und erhob nur kurz den Blick, als Berger einen guten Morgen wünschte. Ein Schniefen war seine einzige Antwort.

Am Fenster saß Timo Lange, ein Kollege, den Berger schon seit Jahren kannte. Aufgeschreckt durch die unerwartete Begrüßung, sprang der auf und riss sich den Kopfhörer des Abhörgerätes herunter.

„Mann! Berger!"

Lange stierte den Neuankömmling aus geröteten Augen an. Sein Atem ging stoßweise.

Berger lächelte schwach. Er wusste, dass Lange immer das Gefühl hatte, etwas falsch gemacht zu haben, wenn man ihn ansprach. Meistens war das auch der Fall. Schon seit der Zusammenstellung des Überwachungsteams fragte Berger sich, womit er die Zuweisung ausgerechnet dieser fleischgewordenen Erfolglosigkeit verdiente. Wahrscheinlich hatte er etwas ausgefressen, wovon er selbst nichts wusste.

„Habe ich dich geweckt?", fragte er.

„Leck mich!"

Berger überging die Beleidigung und sah sich im Zimmer um. Er hatte erst zwei Becher Kaffee an diesem Morgen getrunken, was für ihn völlig unzureichend war. Und seine morgendliche Koffeinabhängigkeit war Lange seit Jahren bekannt. Was für Berger wiederum die Frage aufwarf, warum sein Kollege noch keine Gegenmaßnahmen ergriffen hatte.

„Ist das Spektiv schon da?", fragte er.

„Dieses Super-Fernrohr? Bisher noch nicht."

Mit einem Seufzen ließ sich Berger auf einem Stuhl

nieder. Er nahm einen Feldstecher zur Hand und warf einen Blick auf das Gebäude gegenüber.

„Irgendetwas Neues seit gestern Abend?", fragte er.

„Nick geht gerade die letzten Protokolle durch, falls wir was übersehen haben sollten."

Schweigend und wie in Zeitlupe hob Schweitzer einen Daumen zur Bestätigung und blätterte dann demonstrativ eine Seite um.

Berger nickte. „Verstehe."

„Irgendeine Vorstellung, bis wann wir in diesem Loch herumhängen müssen?", fragte Lange. „Ich bin ja einiges gewohnt und erwarte kein Fünf-Sterne-Hotel. Aber das hier ..."

„Schwer zu sagen ...", Berger zuckte die Schultern. „Könnte länger dauern."

„Länger klingt nicht gut."

Berger verzog das Gesicht. Er konnte sich auch spannendere Aufgaben als diese Observierung vorstellen.

Er sah sich ohnehin eher als Analysten und weniger als Überwachungsexperten, auch wenn er sich über die Jahre zu einem solchen entwickelt hatte. Abgesehen davon hatten ihn Aktionen wie diese einige Freundschaften und seine Ehe gekostet.

„Für heute habt ihr erst einmal Pause", sagte er. „Ich übernehme eine Doppelschicht und Verstärkung kommt im Laufe des Nachmittags. Geht nach Hause und schlaft euch aus. Kann nicht schaden, so, wie ihr ausseht."

Lange schüttelte den Kopf. „Herr Happe hat angerufen und lässt dir ausrichten, dass du deinen lausigen, völlig verblödeten und vergesslichen Hintern sofort ins Präsidium schaffen sollst."

„Aha. Was genau meint der Chef denn mit ‚vergesslich'?"

Timo Langes Augen leuchteten. „Vermutlich hat es damit zu tun, dass er dich nicht erreicht hat und deswegen hier anrufen musste."

„Ach verdammt ..."

Grummelnd und mit einer unguten Vorahnung holte Lukas Berger sein Smartphone aus der Jackentasche und betrachtete das tiefschwarze Display.

„Ich hab's mal wieder nicht aufgeladen", sagte er leise.

„Damit wäre das Thema ‚vergesslich' dann ja geklärt."

„Hat er gesagt, worum es geht?"

„Kein Wort. Aber es scheint extrem dringend zu sein", sagte Lange und schlug auf seinem Stuhl die Beine übereinander.

„Und warum glaubst du, dass es ‚extrem dringend' ist?" Bergers Blick suchte wieder die Kaffeemaschine und einen halbwegs sauberen Becher.

„Weil der Chef gesagt hat, dass ich dir einen kräftigen Tritt in den Hintern verpassen soll, falls du noch einen Kaffee trinkst, bevor du ins Präsidium fährst!"

Helmut Happe galt im Polizeipräsidium als „kompetenter Choleriker". Was die Polizeiarbeit anging, war er eine interdisziplinäre Koryphäe. Gleichgültig, ob es um Geldwäsche, Drogen oder Tötungsdelikte ging - Happe konnte überall mitreden und die Ermittlungen voranbringen. Das galt für Allerweltsvergehen genauso, wie für gewerbsmäßige Bandenkriminalität.

Die Anzahl seiner Verhaftungen war legendär. Jahrelang hatte Happe undercover ermittelt und dabei das organisierte Verbrechen mehr als einmal erfolgreich infiltriert.

Eine Bilanz, die heute dafür sorgte, dass er mit Verhaltensweisen durchkam, die für andere Dezernatsleiter völlig undenkbar waren.

Doch mit der Zeit hatte der Erfolg seine Spuren bei Helmut Happe hinterlassen. Die langen Jahre als verdeckter Ermittler hatten sein Kontingent an Selbstbeherrschung weitestgehend aufgebraucht und ihn über alle Maßen misstrauisch werden lassen. Schneller und häufiger als jeder andere im Präsidium witterte er Gefahren und Verschwörungen.

Lukas Berger war nicht der einzige, der bestimmte Züge im Verhalten seines Vorgesetzten mittlerweile als beginnende Paranoia empfand.

In Kombination mit der kurzen Lunte, die Happe beim kleinsten Anlass in die Luft gehen ließ, war der Dezernatsleiter damit alles andere als ein angenehmer Gesprächspartner.

Vor der Bürotür verharrte Lukas Berger einen Moment und atmete tief durch. Mit zusammengekniffenen Lippen klopfte er an die Tür und wartete, bis auf der anderen Seite ein „Herein!", gebellt wurde.

„Guten Morgen", sagte Berger und ging bis in die Mitte des Raumes. Er wusste, dass sein Chef Wert darauf legte, dass sich nur die Besucher hinsetzten, denen er zuvor einen Platz angeboten hatte.

Helmut Happe sah kurz auf und kritzelte einen Vermerk auf ein Stück Papier.

Die Ruhe vor dem Sturm, dachte Berger. Er seufzte

lautlos und beobachtete, wie sein Vorgesetzter die Brille abnahm und dann Zettel und Bleistift zur Seite legte.

Happe drapierte beides ordentlich neben einem Aktenstapel und faltete die Hände vor sich. Schweigend sah er seinen Besucher an und musterte ihn eingehend von oben bis unten. „Da sind sie ja endlich", sagte er nach einer Weile.

Der Hauptkommissar hörte in der Stimme seines Chefs ein leises Beben.

„Warum zum Teufel, statten wir Typen wie sie eigentlich mit der modernsten Technik aus?", schnauzte Happe ihn an. „Verdammt nochmal Berger! Muss man ihnen wirklich erst beibringen, dass elektrische Geräte Strom brauchen? Und dass diese Dinger, die man Akku nennt, gelegentlich aufgeladen werden müssen?"

Von einer Sekunde auf die andere bahnte sich Helmut Happes aufgestaute Wut ihren Weg ins Freie. Wie eine riesige Seifenblase quoll sie aus ihm heraus und platzte. Ein dicker, schmieriger aber unsichtbarer Film ergoss sich über Lukas Berger.

Er beherrschte sich und vermied ein erleichtertes Lächeln. Denn im Gegensatz zu der schweigsamen Art, mit der Happe seinen Vortrag eingeleitet hatte, war dieser Ausbruch völlig normal.

Nach der Einleitung über moderne Technik und Kommunikationsmittel, ertrug er im Anschluss die üblichen Beschimpfungen, die er ohnehin nicht mehr ernst nahm. Geduldig wartete er, bis Happe seine standardisierte Ermahnung zum Thema Zeitmanagement anbrachte.

„Wenn sie jemanden tatsächlich respektieren Berger", hob der Dezernatsleiter lautstark zu seinem wohlbekannten Schlussakkord an, „dann stehlen sie ihm gefälligst nicht seine Zeit!"

„Ich werde es mir merken, Chef", sagte Berger.

„Warum werde ich bloß das Gefühl nicht los, dass sie genau das nicht tun werden?"

Happe trommelte mit den Fingern auf dem Tisch. Erst nach einer weiteren Minute gab er den Versuch auf, mit seinem Blick ein Loch in die Stirn seines Untergebenen zu bohren. „Setzen", sagte er schließlich.

Berger machte innerlich einen Haken an den Gesprächsauftakt. Gleich würde Happe zum Punkt kommen und endlich erzählen, weshalb er ihn überhaupt hier hatte antanzen lassen.

Mit wachsender Anspannung sah er zu, wie sein Chef aufstand und durch die andere Tür seines Büros zwei weitere Personen in den Raum führte.

„Ich darf mal kurz vorstellen", sagte der Dezernatsleiter.

„Das ist Kriminalhauptkommissar Lukas Berger, einer meiner fähigsten Mitarbeiter. Jedenfalls wenn er sein Ladegerät nicht verbummelt hat und auch mal telefonisch erreichbar ist. Berger, das ist Jana Nowak, ganz frisch bei uns eingetroffen. Und Kommissar Bernd Seiffert kennen sie ja, wenn ich mich richtig erinnere."

Berger nickte beiden zu und reichte ihnen die Hand. Kurz und professionell nahm er die junge Kollegin in Augenschein.

Sie wirkte angenehm unaufgeregt. Entspannt lächelte sie ihn an, so als ob sie jeden Tag an Besprechungen mit Dezernatsleitern teilnahm. Ihre Augen blitzten lebhaft, aber ohne den Übereifer, den jüngere Kollegen gerne an den Tag legten.

So gut es ging, erwiderte er das Lächeln und fragte sich, welche Rolle sie hier zu spielen hatte.

Als er eine Sekunde später Bernd Seiffert ansah, zuckte er unwillkürlich zusammen. Sein ehemaliger Ausbilder und Vorgesetzter war merklich gealtert. Der Mann, der vor ihm stand, wirkte, als wäre sein Ruhestand bestenfalls eine Frage von Monaten. Doch Berger war sicher, dass Seiffert noch mindestens fünf Jahre bis zur Pension hatte. Vielleicht sogar mehr.

„Ist lange her, nicht wahr, Lukas? Schön dich zu sehen!"

„Ebenso", erwiderte Berger und gab das Grinsen zurück, bevor andere Gesichtsausdrücke die Oberhand gewinnen konnten. Er holte Luft, um noch etwas zu sagen, doch Happe fiel ihm sogleich ins Wort.

„Diese Wiedersehensfreude ist rührend. Aber wir sind hier nicht bei einem Ehemaligentreffen.

Berger, sie haben einen neuen Kunden. Nowak wird sie unterstützen, sie observieren undercover als Paar. Seiffert ist nicht nur einverstanden, sondern hat sie ausdrücklich angefordert."

„Wie sie schon sagten: Lukas ist ihr fähigster Mitarbeiter."

„Darf ich darauf aufmerksam machen ..."

„Nein!", versuchte Happe Bergers Satz abzuschneiden.

„... dass ich bereits in einen Fall involviert bin, der mich voll und ganz in Anspruch nimmt?"

„Und er tut es doch", sagte Happe und blitzte seinen Untergebenen an. „Halten sie die Klappe Berger! Sie kriegen einen neuen Fall! Basta! Den Jetzigen kann auch Lange übernehmen. Der ist nicht darauf angewiesen, dass sie ihm das Händchen halten."

Berger verzog das Gesicht und verkniff sich die Bemerkung, die ihm auf der Zunge lag.

Happe griff hinter sich und reichte Berger und Nowak zwei flache Hefter.

„Es geht um einen gewissen Tim Danner, anfang fünfzig, trägt auffallend oft schwarz, meistens diese Pullover mit Kapuze. Wir rechnen ihn dem linken Spektrum zu und fragen uns, inwieweit er gewaltbereit und vielleicht sogar mit der Planung eines Anschlags beschäftigt ist."

„Was macht er beruflich?", fragte Jana Nowak. Schnell zwinkerte sie Berger zu, als sie merkte, dass sie einen Tick zügiger gefragt hatte, als er.

„Genau das ist der Punkt", sagte Happe grollend. „Danner ist externer Mitarbeiter einer IT-Firma, die an unserem neuen Katastrophenschutz-System arbeitet."

„Dann müsste er überprüft worden sein", gab Berger zu bedenken. „Hat es dabei irgendwelche Erkenntnisse gegeben?"

„Nichts dergleichen. Aber das hat nicht unbedingt etwas zu sagen."

Happe lehnte sich in seinem Stuhl zurück und machte plötzlich einen mehr als selbstzufriedenen Eindruck.

„Ich habe eine Online-Überwachung angeordnet, deren Ergebnis ausgesprochen interessant war. Der Browserverlauf zeigte Suchanfragen zu Schlüsselbegriffen wie ‚Anthrax', ‚Anheuern eines Profi-Killers' oder ‚Rohrbomben'. Das Ganze mit entsprechenden Klicks auf den dazugehörigen Seiten."

Happe legte eine wohldosierte Pause ein, bevor er fortfuhr. „Und um die Sache noch besser zu machen, hat sich der Kollege vor Kurzem nach Helgoland abgesetzt. Abfahrt war vorgestern, eine Rückfahrt wurde nicht gebucht."

Lukas Berger warf erst Jana Nowak, dann Bernd Seiffert einen fragenden Blick zu.

„Und?", fragte er nach einer Weile. „Das macht ihn noch nicht zum Terroristen. Gibt es im Projekt Hinweise, dass er das Katastrophenschutz-System manipulieren will? Kann er es im Notfall gezielt sabotieren, um die Rettungsarbeiten zu behindern? Und warum sollte er ausgerechnet nach Helgoland fahren, wenn er einen Anschlag vorbereitet?"

„Weil er davon ausgeht, dass irgendjemand bei uns genau diese dusseligen Fragen stellt! Maschinenbaustudenten und Technische Universität klingen auch nicht nach Terror! Der 11. September hat uns da aber eines Besseren belehrt! Und damit ist die Debatte beendet!" Helmut Happe atmete einmal tief durch und sah von Berger zu Nowak und wieder zurück. „Sie beide werden nach Helgoland fahren, um dort mehr über die Aktivitäten dieses Tim Danner herauszufinden. Sie spielen das verliebte Paar, wobei sie, Berger, eine zusätzliche Tarnung als Vogelkundler annehmen. Dann fällt es nicht auf, wenn sie mit Ferngläsern und Fotoausrüstung durch die Gegend juckeln."

Lukas Berger kniff die Lippen zusammen. Sein Carport war vor zwei Tagen geliefert worden und wartete darauf, von ihm aufgebaut zu werden. Bei seiner Frau war er mit diesem Plan nie auf viel Gegenliebe gestoßen, aber die Scheidung hatte ihm in dieser Hinsicht ungeahnte Möglichkeiten verschafft. Seitdem er alleine war, konnte er ungehemmt seiner Leidenschaft als Heimwerker frönen.

Und danach wollte er sich um seine Terrassenmöbel kümmern. Abgesehen von einer neuen Schicht Holzschutzmittel, die schon im letzten Jahr fällig gewesen wäre, schrien einige reparaturbedürftige Teile immer lauter nach dem Hobby-Tischler in ihm.

Und jetzt sollte er auf Helgoland Kindermädchen spielen?

Er bedachte Jana Nowak mit einem schiefen Blick.

Die zuckte kaum merklich mit einer Schulter, als wollte sie versichern, dass diese Idee nicht auf ihrem Mist gewachsen war.

„Also gut", sagte er und nickte.

Vor der Tür stemmte er die Hände in die Hosentaschen und versuchte, das Grummeln in seinen Eingeweiden zu ignorieren. Er schnaufte vernehmlich, als die brüchige Maske seiner Selbstbeherrschung dahinging und ihm seine Gesichtszüge vollständig entglitten.

Volle vier Monate hatte er schon mit diesem Fall verbracht! Nicht, dass das eine Herzensangelegenheit war, aber verschwenden wollte er die bisherige Arbeit auch nicht. Und jetzt zog man ihn ab, um eine Person zu überwachen, deren größtes Verbrechen in ein paar seltsamen Suchanfragen bestand!

Ganz zu schweigen davon, dass man ihn dafür mitten ins Nirgendwo schickte, wo er nach Feierabend wie festgenagelt war. Helgoland! Ein Felsen draußen in der Nordsee! Sein Carport und die Terrassenmöbel konnte er erst einmal vergessen. Und dann sollte er als unlängst Geschiedener auch noch den verliebten Gockel spielen und auf dieses Küken aufpassen!

„So ein Mist", schimpfte er leise vor sich hin.

Unwillkürlich warf er Jana Nowak einen unfreundlichen Blick zu, so als wäre sie schuld an allem. „Hat nichts mit ihnen zu tun", sagte er schnell, als er merkte, dass sie ihn ansah. „Es ist nur so, dass ..."

„Ja, ich verstehe", sagte sie. „Ihr anderer Fall. Sowas gibt man nur ungern ab."

„Genau", brummte Berger und hoffte inständig, dass sie nicht bloß höflich war, sondern ihn tatsächlich nicht durchschaut hatte.

Wieder fluchte er, aber dieses Mal lautlos. Er musste Timo Lange anrufen. Der wusste garantiert noch nichts von seinem Glück. Es war nicht Happes Stil, ihn vorher einzuweihen.

„Entschuldigen sie uns bitte einen Augenblick, Frau Kollegin? In einer Minute haben sie ihn ganz für sich."

Berger spürte, wie Seifert ihn am Ellenbogen nahm und ein paar Schritte beiseite führte. Dann bekam er einen kräftigen Klaps auf den Oberarm.

„Jetzt komm mal wieder runter!", sagte Seiffert zu ihm. „Diese Aufgabe ist so ziemlich das Beste, was dir im Moment passieren kann."

„Ach ja? Und wieso?"

Seiffert verdrehte die Augen. „Du bist immer noch genauso ein verbohrter Bock, wie damals. Komplexe Fälle durchdringst du in Sekundenschnelle, aber wenn es deine eigene Situation angeht, siehst du den Wald vor lauter Bäumen nicht. Diese andere Sache wird noch Monate vor sich hinplätschern, ohne dass etwas Entscheidendes passiert."

„Sagst du."

„Sagt Happe. Sagt die Direktorin. Sagt eigentlich jeder außer dir."

Berger schwieg, aber sein Blick war Antwort genug.

„Hör mir zu", sagte Seiffert und boxte ihn gegen den Arm. „Karrieremäßig kann dir gar nichts Besseres passieren, als von dieser Sache abgezogen zu werden. Obendrein schickt man dich stattdessen auf eine Nordseeinsel. Zusammen mit einer ungemein netten - und wenn ich das mal unter uns Jungs so sagen darf - auch nicht gänzlich unattraktiven Kollegin."

„Na großartig", sagte Berger, ohne dabei seinen Unmut zu verhehlen. Weibliche Gesellschaft war so ziemlich das Letzte, was ihm gerade fehlte.

„Was möchtest du lieber?", fragte Seiffert. „Den schimmeligen Altbau, in dem du dir den Hintern plattsitzen kannst? Oder soll es doch eher der bezahlte Dienstaufenthalt an der Nordsee sein?"

Berger antwortete mit einem Grunzen.

„Ich habe dich übrigens ganz bewusst angefordert, als Happe mit dieser Geschichte zu mir kam."

„Weil ich einen Ortswechsel so dringend nötig habe?"

„Weil ich jemanden brauche, der die Kollegin Nowak in die Überwachungsarbeit einführt", sagte Seiffert. Er senkte seine Stimme und zog Berger noch ein Stück weiter auf die Seite.

„Und weil ich von Dir wissen möchte, wie ernst es ihr mit der Polizeiarbeit tatsächlich ist. Sie ist talentiert und hat einen sehr guten Abschluss gemacht. Aber ich habe so ein bisschen die Befürchtung, dass sie nur der Familientradition wegen bei uns gelandet ist."

„Jana Nowak ... Nowak, wie die Brüder von der Inneren?"

Seiffert nickte. „Ihr Vater und ihr Onkel. Aber keine Sorge ... Beide sind mittlerweile pensioniert. Da ist also nichts im Busch, worüber du dir Gedanken machen müsstest. Seht zu, dass ihr die Sache mit diesem Danner klärt. Persönlich glaube ich nicht, dass da was dran ist, aber das Thema Katastrophenschutz ist zu wichtig, um hier nicht auf Nummer Sicher zu gehen." Seiffert hielt kurz inne und nickte einem vorbeigehenden Kollegen zu.

„Vor allem führst du die Nowak aber in die Observierung in der Praxis ein", setzte er wieder an. „Sie ist übrigens wirklich nett und umgänglich. Viel besser als du, kann man es in dieser Ausgangslage kaum treffen."

„Ich bin ein Glückspilz, gar keine Frage."

Berger runzelte die Stirn und sah erst seinen ehemaligen Vorgesetzten und dann Jana Nowak schief an. Nett und umgänglich war sie ganz sicher. Aber vor allem war sie noch nicht trocken hinter den Ohren. Berger wollte zu einem weiteren Einwand anheben, doch Seiffert schien seine Gedanken erraten zu haben und bohrte ihm einen Zeigefinger in die Brust.

„Was ich dir eben gesagt habe, bedeutet selbstverständlich, dass du auch nett zu ihr bist. Wir wissen ja beide, was für ein Scheusal du sein kannst. Dass mir da keine Klagen kommen!"

Lukas Berger seufzte. In seiner Position und mit seinem Dienstgrad konnte er sich weder gegen Happe noch gegen Seiffert zur Wehr setzen. Und gegen beide zusammen schon gar nicht.

„Wenn du meinst", sagte er.

Dann sollte es eben Helgoland sein.

Er biss sich auf die Unterlippe und unterdrückte den nächsten Fluch, der ihm auf der Zunge lag.

Für die Vorbereitung gestattete man Berger und Nowak immerhin den Rest des Tages. Seiffert händigte ihnen ein Dossier mit ihrer Legende und weiteren Informationen sowie die Fahrkarten aus. Angesichts der knappen Vorbereitungszeit übernahm er auch die Zusammenstellung der Überwachungsausrüstung und kümmerte sich um den Transport. Anschließend schickte er beide nach Hause, damit sie sich mit den Unterlagen vertraut machen und ihre Sachen packen konnte.

Als Berger im Internet den Wetterbericht für Helgoland aufrief, verdüsterte sich seine Laune noch weiter. Die Vorhersage war so unbeständig, dass er sich kleidungsmäßig auf mindestens drei Klimazonen einstellen musste.

Er sammelte alles, was er brauchte, auf seinem Bett. Nach nicht einmal fünf Minuten stand er vor einem unüberschaubaren Berg aus Klamotten, unter dem sein Schlafplatz bestenfalls noch zu erahnen war.

Und das, obwohl seine Garderobe erhebliche Lücken aufwies. Genervt suchte er ein Fachgeschäft für Outdoor-Kleidung auf und versorgte sich mit einer warmen Mütze und Regensachen.

Als er zurückkam und durch den Geräteraum ins Haus ging, fiel sein Blick auf seine Werkbank. Er hatte sich für das nächste Wochenende schon alles zurechtgelegt. Schwingschleifer, Schraubenzieher, Pinsel ... Ein leichter Hauch von Pflegeöl und Leim lag in der Luft.

Er nahm die Strebe eines alten Stuhls zur Hand, an der er das neue Schleifpapier ausprobiert hatte. Das Holz sonderte seinen eigenen, unverwechselbaren Duft ab.

Er kniff die Lippen zusammen. „Dann eben später", grummelte er und ging ins Schlafzimmer.

Wider Erwarten schaffte er es, den Klamottenberg, der seine Matratze blockierte, vollständig in den Koffer zu stopfen und einen Rucksack zu packen, das er mit einer Hand tragen konnte.

Viel zu früh und ohne ausreichend Koffein stieg er am nächsten Morgen in das Taxi, mit dem Jana Nowak ihn abholte. Berger erwiderte ihren morgendlichen Gruß mit einem knappen Nicken und wies vorsorglich darauf hin, dass er erst zwei Becher Kaffee hatte. Für eine zwischenmenschlich einwandfreie Kommunikation war er schlicht noch nicht bereit.

Jana Nowak nahm es lächelnd zur Kenntnis.

An den Landungsbrücken blies ein frischer Wind und ließ Berger kurz erschauern. Hinter der Brücke, die zum Ponton führte, waren die Aufbauten des Katamarans zu erkennen.

Als er ihr Gepäck aus dem Kofferraum wuchtete, versuchte Berger sich selbst zu beruhigen. Gleich noch ein Becher Kaffee und dann würde es schon irgendwie werden. Vielleicht war alles gar nicht so schlimm, wie es sich gerade anfühlte.

Doch sein Optimismus erhielt schnell einen Dämpfer.

Ganze zwei Minuten vor der Abfahrt enterte eine Gruppe junger Männer lautstark den Katamaran. Alle waren mit Bierdosen bewaffnet und jeder Einzelne hatte einen Rucksack dabei, der zweifelsohne bis zum Rand mit Nachschub gefüllt war.

Berger verstaute sein Handgepäck hinter dem Sitz und verzog das Gesicht, als er sich neben seine Kollegin setzte. „Junggesellenabschied", grummelte er leise vor sich hin. „Auch das noch. Haben sie ihre Waffe dabei?"

Jana Nowak stieß ihn in die Seite. „Wir sind ein frisch verliebtes Paar", erinnerte sie ihn. „Das bedeutet erstens, dass wir nicht auf angetrunkene junge Männer schießen."

„Und zweitens?"

„Dass wir uns duzen, mein Schatz. Oder wie viele Paare kennst du, die sich siezen?"

„Guter Punkt", sagte er und nahm das Dossier über Tim Danner zur Hand. „Darf ich mich trotzdem noch ein wenig mit unserer Aufgabe vertraut machen?"

„Lies lieber ein bisschen in deinem Buch zur Vogelkunde. Dann wirkst du in deiner Rolle glaubwürdiger."

„Vogelkundler", grunzte Lukas Berger und schüttelte den Kopf. „Ich weiß nicht, wer sich solchen Blödsinn ausdenkt." Er begann in dem Buch zu blättern, legte es aber schnell wieder zur Seite.

„Schau mal, da drüben", sagte Jana Nowak und gab ihm einen kaum merklichen Wink mit dem Finger. „Die beiden sind doch süß, oder?"

Berger folgte ihrem Blick und sah eine knapp Zwanzigjährige mit verträumtem Gesichtsausdruck, die sich vertrauensvoll an ihren Begleiter schmiegte.

„Ja. Und?"

„Den beiden nimmt man garantiert ab, dass sie ein Paar sind."

„Wie schön." Bergers Augen verengten sich. Er ahnte Böses.

„Ich tu dann mal was für unsere Tarnung", sagte Jana Nowak und gähnte. „Außerdem bin ich auch noch etwas müde. Weck mich bitte nicht, bevor wir das offene Meer erreicht haben." Kurzerhand nahm sie seinen Arm, legte den Kopf an seine Schulter und schloss die Augen.

Berger hielt still, versteifte sich aber augenblicklich. „Kennst du eigentlich die einschlägigen Dienstanweisungen zum Thema ,sexuelle Belästigung'?"

„Keine Sorge", sagte Jana. „Ich gebe dir rechtzeitig Bescheid, wenn du mir zu nahe kommst."

Als sie gegen Mittag Helgoland erreichten, wusste Berger nicht mehr genau, wer ihn am meisten aufregte. Die Truppe vom Junggesellenabschied, die Kegelbrüder aus dem Rheinland oder die Horde Rentner, die unbedingt als Erste aussteigen musste und nun den Verkehr aufhielt.

„Und ich darf wirklich nicht schießen?", raunte er Jana Nowak heimlich zu. Aber er ahnte bereits, dass er damit nicht weiterkam.

Auf dem Anleger im Südhafen wurde es nicht besser. Um die Gepäckstücke, die am Kai zur Abholung bereitgestellt wurden, drängten sich dichte Menschentrauben. Auch hier waren die Senioren unerklärlicherweise wieder am schnellsten.

Demonstrativ ergriff Jana Nowak Bergers Hand und zog ihn zur Seite. „Lass sie machen", beruhigte sie ihn. „Wir haben Zeit."

„Stimmt", sagte Berger und grinste freudlos. „Wir schon."

Schneller als erwartet konnten sie zu ihren Koffern durchdringen und machten sich auf den Weg ins Hotel. Als sie aus dem Pulk heraus waren, der sich vom Hafen aus in Richtung des Inselinneren wälzte, atmete Berger auf. Aber sein Stresspegel sank nur quälend langsam.

Zumindest ging das Einchecken zügig vonstatten und viel formloser, als er es kannte.

„Hier sind ihre Schlüssel", sagte der Rezeptionist. „Und dann ist vorhin noch ein Paket für sie angekommen. Besser gesagt eine große Kiste. Wollen sie die gleich mitnehmen oder möchten sie sich erst einmal einrichten?"

„Geh doch schon mal vor", sagte Berger und reichte den Schlüssel an seine Kollegin weiter. „Ich kümmere mich hier um alles."

„Ja Schatz", sagte Jana Nowak und lächelte ihn schelmisch an. „Ich warte oben auf dich."

Berger nickte wortlos und bemerkte den vielsagenden Blick des Empfangschefs.

„Was?", fragte er.

Der Rezeptionist räusperte sich verlegen und wies ihm den Weg in einen Nebenraum. „Verzeihung. Hier entlang bitte."

Wenig später erklomm Berger, überladen wie der Packesel eines Goldsuchers, die letzten Stufen der Treppe und stolperte in ihr Zimmer. Ächzend schob er seinen Koffer in die nächstbeste Ecke und sah sich um.

Für einen Sekundenbruchteil erstarrte er und schnappte nach Luft. Seine Augen weiteten sich, nur um gleich darauf die Form scharfer Schlitze anzunehmen. Der Rucksack rutschte ihm von der Schulter und schlug laut vernehmlich auf dem Boden auf.

„Was ist das denn?", entfuhr es ihm.

„Man nennt es Doppelbett", erklärte Jana Nowak. „Eine irre Erfindung. Es können zwei Menschen gleichzeitig drin schlafen."

„Ja, aber doch nicht wir!"

„Na hör mal! Wir sind frisch verliebt!"

„Echt jetzt?" Berger ließ ein Schnauben hören und hob die Kiste auf den kleinen Schreibtisch, an der Wand. „Man kann es mit der Tarnung auch übertreiben", grummelte er.

„Ich nehme es nicht persönlich, wenn Du dich in den Sessel zurückziehst. Hauptsache du schnarchst nicht."

„Soweit kommt's noch. Lass uns lieber die Ausrüstung überprüfen.

Berger öffnete die Kiste und breitete den Inhalt auf dem Bett aus.

Zum Vorschein kamen zwei Feldstecher, Wanzen für den Innenbereich und baugleiche Exemplare für den Außeneinsatz. Weiter fanden sie diverse Mini-Kameras sowie einige digitale Sender, die zum Anbringen an der Zielperson gedacht waren. Ein spezielles Notebook diente als Empfangsstation und Aufnahmegerät.

Aus einer Schachtel holte Jana Nowak drei flache Scheiben hervor, die wie Eishockey-Pucks aussahen. „Und was ist das?", fragte sie.

Berger runzelte die Stirn. „Das sind auch Sender. Aber für Kraftfahrzeuge ... Die eine Seite ist magnetisch und wird unter dem Fahrzeug angebracht."

„Hast du hier Autoverkehr bemerkt?"

„Ist halt die Standardausrüstung."

„Sicher?", fragte Jana Nowak und zeigte in die Kiste. „Da sind noch zwei Kartons, die ziemlich neu aussehen. Ich glaube, die sind für dich."

Berger förderte ein Stativ zutage und etwas, das wie ein Fernrohr aussah. Er stieß einen leisen Pfiff aus. „Na, das ist ja mal ein Ding!"

„Was ist das?"

„Ein Spektiv", sagte er. „So eine Art Mega-Fernglas mit siebzigfacher Vergrößerung. Da hat Seiffert aber tief in die Tasche gegriffen."

„Kostet das so viel?"

„Mehr als du oder ich im Monat verdienen."

„Dann will er dir bestimmt noch sagen, dass du gut darauf aufpassen sollst", sagte sie und wedelte mit einem Brief. „Hier. Der lag ganz unten. Ist an dich adressiert."

Berger schnappte sich den Umschlag und ging auf den Balkon. Die Mitteilung war von Seiffert, natürlich. Aber abgesehen davon, dass der ihm den Hintergrund des Spektivs noch einmal damit erklärte, dass das zur Grundausstattung eines ambitionierten Vogelkundlers gehörte, ging es nicht um weitere Anweisungen für den Fall. Stattdessen versuchte sein ehemaliger Vorgesetzter, ihm ein paar gute Ratschläge mit auf den Weg zu geben.

„Versuch runterzukommen und nutz die Gelegenheit ein bisschen frische Luft zu tanken", las er da. „Genieß die angenehme Gesellschaft und vergiss nicht: In den nächsten Wochen arbeitest du da, wo andere Urlaub machen."

„Na klar", brummte Berger und sah über das Treiben vor dem Hotel hinweg auf den Südstrand. Die Aussicht war ganz ansprechend, das musste er zugeben.

Trotzdem. Solange er hier war, kam er mit seinen Terrassenmöbeln nicht weiter. Von seinem Carport ganz zu schweigen. Je schneller er ein Ergebnis in Bezug auf diesen Tim Danner vorweisen konnte, desto besser.

Er ging wieder ins Zimmer.

„Ich dreh schon einmal eine Runde, um mich zu orientieren", sagte er. „Kümmerst du dich solange darum, dass die Ausrüstung einigermaßen sicher untergebracht ist?"

„Ja Schatz", antwortete Jana Nowak wieder mit ihrem schelmischen Lächeln.

Berger verdrehte genervt die Augen und verließ grußlos das Zimmer.

Vor der Tür, stellte er fest, dass sein Timing kaum schlechter hätte sein können.

Es war bereits nach vier und die Straße am Südstrand wimmelte vor Menschen. Massen an Tagestouristen und Abreisenden strömten in Richtung der Schiffe und machten ein normales Vorankommen so gut wie unmöglich.

Irgendwie schaffte er es dennoch, sich an den Rand der Promenade durchzuschlagen und bis zu ihrem Ende zu gelangen. Doch als er nach links abbog, wo laut seinem Übersichtsplan eine Treppe auf das Plateau der Insel, das sogenannte „Oberland" führen sollte, brandete ihm die nächste Flut aus Menschen entgegen.

Schwer atmend erreichte er die Treppe. Schweißtropfen liefen ihm am Rücken herunter. „Ein Gedränge wie auf einer Demo", knurrte er und stieg die Stufen hinauf. Fünf Minuten später nahm er das erste Mal das Haus seiner Zielperson in Augenschein.

Es war eine nette Doppelhaushälfte, die in einer ruhigen Seitenstraße lag.

Berger inspizierte die Rückseite und stellte fest, dass diese nur bedingt einsehbar war. Schnell und routiniert prüfte er seine Umgebung. Als er sich vergewissert hatte, dass ihn niemand beobachtete, ging er auf den kleinen Hof und positionierte eine der Außenwanzen in der Nähe des Wohnzimmerfensters.

Die Vorderseite gestaltete sich schwieriger. Ein Rundblick überzeugte Berger davon, dass eine optische Überwachung durch ihn oder seine Kollegin nicht möglich war. Wenn er überprüfen wollte, wer das Haus betrat und es wieder verließ, musste er auf eine der Außenkameras zurückgreifen.

Er griff in seine Tasche und klemmte das kaum daumengroße Gerät schräg gegenüber des Eingangs in eine Astgabel. Innerlich machte er sich einen Vermerk, dass sie direkten Kontakt zur Zielperson herstellen mussten. Ein Sender an einer Jacke, vielleicht ein zweiter am bevorzugten Paar Schuhe ... Das sollte reichen.

Zwei ältere Ehepaare kamen samt Gepäck die Straße herunter. Neugierig schaute eine der Frauen ihn an. Berger setzte seinen Fuß auf eine niedrige Mauer und gab vor, seine Schuhe zuzubinden. Als die beiden Paare vorbei waren, richtete er sich wieder auf und sah ihnen hinterher. Er verzog das Gesicht, als er gewahr wurde, dass eine der Frauen sich umdrehte und ihm einen misstrauischen Blick zuwarf.

Um hier nicht aufzufallen, musste er sich mehr wie ein Tourist verhalten. Eine echte Herausforderung, denn im Gegensatz zu ihm, wollten die Touristen hier sein!

Er machte auf dem Absatz kehrt, stopfte die geballten Fäuste in seine Jackentaschen und lief die Straße zu Ende. Kurz danach ging er zum ersten Mal in seinem Leben den Klippenrandweg entlang, der ihn zur ‚Langen Anna‘, zum Vogelfelsen und auf den Pinneberg führte. Als er neben dem Gipfelkreuz stand und seinen Blick über den Horizont schweifen ließ, atmete er tief durch. Seine Hände öffneten sich. Um ihn herum war nur das Meer.

Schlagartig frischte der Wind auf. Von einem Moment auf den anderen pfiff er über die Insel und ließ weit entfernt ein klagendes Heulen ertönen. Lukas Berger fühlte das Zerren an seinem Haar und das Kribbeln im Gesicht. Zum ersten Mal an diesem Tag lächelte er.

Von einer kräftigen Bö kurzzeitig ins Wanken gebracht, begann Lukas den Abstieg vom Pinneberg. Er schloss den Reißverschluss seiner Jacke, schlug den Kragen hoch und machte sich auf den Rückweg ins Hotel.

Ein Schatten glitt über ihn hinweg und eine Sekunde später hörte er ein klatschendes Geräusch, das sich in schneller Folge wiederholte. Er spürte, wie ihn etwas von hinten an der Schulter traf und langsam an Rücken und Ärmel herunter lief. Angewidert betrachtete er den Vogeldreck, der an seiner Jacke klebte.

Zwei Spaziergänger warfen ihm mitleidige Blicke zu. „Willkommen auf Helgoland", sagte der eine.

„Kann nur besser werden", murmelte er und fingerte ein Taschentuch aus der Jacke. Zu Hause wäre das nicht passiert.

Und zu Hause würde er nach einem solchen Tag etwas bauen oder reparieren. Er hätte Werkzeuge, die schwer in der Hand lagen und beruhigend brummten. Und am Ende war irgendeine Kleinigkeit besser als zuvor.

Dummerweise war er nicht zu Hause.

Der erste Abend auf Helgoland bot Lukas nur wenig Gelegenheit, mit seinem neuen Einsatzort zu hadern. Er säuberte seine Jacke, überprüfte Kameras und Wanzen und ging anschließend mit Jana zum Essen. Als sie ins Zimmer zurückkehrten, war der Abend schlagartig vorbei.

Das Tagesende kam für ihn so abrupt, dass er sich kaum daran erinnern konnte, Zähne geputzt oder sich ausgezogen zu haben. Kein einziges Mal in den letzten Monaten und Jahren, war er so schnell eingeschlafen.

Als er am Morgen das erste Mal blinzelte, war alles fremd und ungewohnt. Der Schrank, den er sah, war nicht seiner und der Nachttisch, der in seinem Blickfeld auftauchte, kam ihm verwirrend unbekannt vor. Erst nach und nach wurde ihm bewusst, dass er in einem Hotelbett lag. Trotzdem hatte er so tief und fest geschlafen, wie schon seit einer kleinen Ewigkeit nicht mehr. Er rieb sich die Augen und reckte sich. Irgendetwas stimmte nicht. Es war nicht nur das Mobiliar. Oder die Bettwäsche. Da war noch etwas ...

Etwas Fremdes umgab ihn. Lukas erschnupperte einen süßlichen Duft. Er war angenehm, aber alles andere als vertraut. Und er weckte Erinnerungen in ihm. Erinnerungen an etwas, das unendlich weit weg war, und das er nur noch bruchstückweise aus einer längst vergangenen Welt kannte.

„Guten Morgen", erklang unversehens eine Stimme.

Von einer Sekunde auf die andere saß Lukas senkrecht im Bett! Er war nicht allein! Mit einem Anflug von Panik sah er sich im Zimmer um und erblickte Jana Nowak!

Natürlich! Er war ja nur die eine Hälfte eines Undercover-Teams.

„Meine Fresse!", rief er keuchend. Er ließ sich wieder in die Kissen fallen und raufte sich die Haare.

„Auch eine Antwort", sagte sie. Breit lächelnd hob sie ihren Becher an. „Kaffee? Du siehst aus, als würdest du es ohne kaum von der Matratze herunter schaffen."

„Kennen wir uns schon so gut? Oder verdankst du diese Erkenntnis deiner erstaunlichen Beobachtungsgabe?"

„Dass du ein Morgenmuffel bist, habe ich schon in Happes Büro bemerkt. Und die Tipps von Seiffert waren auch ganz hilfreich." Sie erhob sich aus ihrem Sessel und reichte ihm einen dampfenden Becher.

Lukas bedankte sich mit einem Nicken. Der Kaffee war pechschwarz. Wenigstens hatte Seifert ihr die richtigen Tipps gegeben.

Sein Blick traf ihren, als sie auf dem Sessel ein Bein anzog und den Kopf schief legte. Vorsichtig nippte er an dem Kaffee und versuchte, seine Aufmerksamkeit auf irgendetwas anderes zu lenken. Nur nicht auf Janas schwarzes Top. Oder die roten Boxershorts. Trotz aller Anstrengungen kam er nicht umhin, sie näher zu betrachten. Ihr Haar war von der Nacht noch durcheinander. Und alles an ihr erschien warm und weich.

Widerstrebend nahm Lukas die Bilder wahr, die ihr Anblick in seinem Inneren heraufbeschwor. Bilder, die er auf dem Friedhof seiner Erinnerungen begraben hatte. Und er wollte einen Teufel tun und sie jetzt wieder ausbuddeln. Er zog sich ein T-Shirt über und griff nach dem Notebook.

„Alles in Ordnung bei dir?", fragte Jana.

„Wieso?"

„Du wirkst extrem angespannt. Sogar im Schlaf."

„Tatsächlich?"

„Die meisten Menschen, sehen dabei wenigstens halbwegs entspannt aus. Selbst meinem Onkel sieht man dann an, dass er mal ein kleiner Junge war. Aber bei dir?" Sie schüttelte den Kopf.

„So schlimm?"

Jana zuckte mit den Schultern. „So viele Vergleichsmöglichkeiten habe ich auch wieder nicht. Aber wenn du so direkt fragst: Ich glaube schon."

Lukas schwieg und tippte am Notebook das Passwort ein. Er spürte ihren Blick. Offensichtlich erwartete sie eine Antwort, doch er konnte sich zu keiner Erwiderung durchringen. Als sein Smartphone brummte und den Code für die Mulitifaktor-Authentifizierung übermittelte, sah er aus dem Augenwinkel, wie sie langsam aufstand und einen Schritt in Richtung Bad machte.

„Wie es aussieht, willst du dich erst einmal um deine Technik kümmern. Ich gehe dann in der Zwischenzeit duschen. Möchtest du danach frühstücken oder gleich mit der Einsatzbesprechung für heute loslegen?"

„Besser wir machen das sofort", antwortete Lukas, ohne dabei vom Monitor aufzusehen.

„Das dachte ich mir", sagte Jana. Sie nahm ein T-Shirt und Unterwäsche aus ihrem Schrank und ging ins Bad. Einen Moment später flog ihr Topp hinaus.

Reflexartig folgte Lukas Blick dem Segelflug des Kleidungsstücks. Als es landete, sah er gerade noch, dass Jana die Tür hinter sich schloss.

Und dass auf ihrem linken Schulterblatt eine Windrose tätowiert war.

Lukas beschränkte die Einsatzbesprechung auf das Notwendigste und verdonnerte seine Kollegin kurzerhand zur Remote-Überwachung am Notebook. Er selbst würde am Haus der Zielperson die Kamera überprüfen. Nach einem Blick auf den Monitor schien sie perfekt positioniert zu sein, doch er wollte sichergehen, dass sie dabei so unauffällig war, wie er es in Erinnerung hatte.

Als Lukas die Mauer gegenüber dem Haus abschritt, war er zufrieden. Wenn man nicht wusste, dass eine Kamera im Baum klemmte, sah man sie nicht.

Damit war es an der Zeit, die nächsten Schritte anzugehen. Doch dazu musste er zurück ins Hotel. Und er käme nicht mehr umhin, sich weiter mit seiner neuen Kollegin auseinanderzusetzen. Schlimm genug, dass er direkt nach dem Aufwachen mit jemandem hatte reden müssen. Der Kaffee war ja eine nette Geste gewesen, aber ein leeres Zimmer hätte er vorgezogen. Allein zu sein, war manchmal gar nicht so schlecht ...

Er ging die Straße zu Ende und bog wie am Tag zuvor in Richtung Klippenrandweg ab. Es wehte nur eine leise Brise und die Morgensonne beschränkte sich für den Moment darauf, ihre Kraft anzudeuten. Vom Pinneberg aus sah er, wie sie das Oberland in ein goldenes Licht tauchte. In der Ferne glühte der Leuchtturm und das Neun-Uhr-Läuten der Kirchturmglocken glitt durch einen wolkenlosen Himmel.

Vom Nordstrand her drang das gleichmäßige Rauschen der Wellen an sein Ohr. Ein akustischer Ruhepol, dem sich die Basstölpel und Lummen auf der anderen Seite an den Klippen geräuschvoll widersetzten.

Lukas ging den Klippenrandweg entlang und stattete dem Lummenfelsen und der langen Anna einen kurzen Besuch ab. Auf halbem Weg zu den Schrebergärten hielt er mit einem Mal inne.

Weit vor ihm tanzte ein orange leuchtender Fleck durch die Landschaft, der wie ein tiefenentspannter Schmetterling mal hierhin, mal dorthin flatterte und überall nur kurz verweilte.

Erst bei näherem Hinsehen erkannte er, dass es sich bei dem Schmetterling um einen Mann handelte. Es war ein Müllmann, der in aller Seelenruhe von einem Papierkorb zum anderen schlenderte und die Hinterlassenschaften des Vortages in einen großen Sack umfüllte.

„Muss ja auch gemacht werden", dachte Lukas. Miese Jobs gab es halt überall.

Als sie fast auf gleicher Höhe waren, hob der Müllmann den Kopf und bedachte Lukas mit einem strahlenden Lächeln. „Moin, moin!", sagte er. „Na, noch einmal ordentlich frische Luft tanken, bevor der Tag losgeht?"

Lukas brauchte einen Moment, um zu realisieren, dass er gemeint war. „Genau", gab er zurück. Erst nach einem Augenblick erwiderte er das Lächeln. Da war es wieder, dieses seltsame Gefühl, dass er schon beim Aufwachen gehabt hatte. So als würde etwas ehemals Vertrautes nach langer Abwesenheit von Neuem in sein Leben treten.

„Das wird ein großartiger Tag", sagte der Müllmann mit Blick auf den Himmel. „Genießen sie ihn!"

„Ich werd's versuchen", sagte Lukas und ging zögernd weiter. Nach ein paar Schritten drehte er sich um und sah dem orangenen Fleck hinterher, der sich langsam und mit einem fröhlichen Pfeifen von ihm entfernte. Selten hatte er einen so gut gelaunten Müllmann bei der Arbeit gesehen.

In den folgenden Tagen zogen Lukas und Jana ihren Überwachungsring um den Verdächtigen immer enger. Außer dem Wohnzimmer war nun auch der erste Stock verwanzt und der Garten wurde von zwei weiteren Kameras beobachtet. Soweit es das Haus anging, war die Überwachung lückenlos.

Obendrein war es Jana gelungen, Tim Danner selbst zu verwanzen. Bei einem keineswegs zufälligen Rempler hatte sie einen Sender an dessen Jacke angebracht und dafür gesorgt, dass er den Einkaufsbeutel mit dem Totenkopf fallen ließ.

Schnell ging sie in die Hocke, um die Tasche aufzuheben - und klebte Danner einen weiteren Sender an die Schuhe.

Der bemerkte weder das eine noch das andere. Im Gegenteil. Er entschuldigte sich sogar wortreich, weil er die Schuld für den Zusammenprall offensichtlich bei sich selbst suchte.

Lukas beobachtete die Aktion aus sicherer Entfernung und musste sich eingestehen, dass er von der jungen Kollegin beeindruckt war. Ihr Vorgehen hätte jedem Taschendieb alle Ehre gemacht!

Doch ihre Erwartung, nun an Informationen und Hinweise zu gelangen, die den Anfangsverdacht erhärten konnten, wurde schneller enttäuscht, als eine Möwe ein Eis am Stiel verschlingen konnte.

Zwischen Danner und seiner Freundin tat sich nichts Nennenswertes. Zu hören waren nur Belanglosigkeiten, Gelächter und Diskussionen, die sie nicht interessierten, weil sie schlicht zu normal waren. Alltagsgespräche wechselten sich mit unverfänglichen Unterhaltungen über die nächste Serie, gemeinsame Bekannte oder Musik ab.

Außerhalb des Hauses war die Situation kaum besser. Der Verdächtige ging oft spazieren. Ab und an war er im Supermarkt zum Einkaufen, zweimal die Woche besuchten sie ein Restaurant oder trafen sich mit Freunden in der Kneipe. Und als das Wetter besser wurde, häuften sich die Besuche auf der Düne. Insgesamt ergab sich nichts, was Happes Verdacht auch nur ansatzweise rechtfertigte.

Nur ein einziges Mal wurde Lukas hellhörig und glaubte, dass endlich etwas Verwertbares passieren würde. Er hatte den Abhördienst weniger als fünf Minuten zuvor übernommen, als Danner ein politisches Thema anschnitt. Und ausnahmsweise waren er und seine Freundin sich einmal nicht einig. Kurzzeitig gewann die Stimme des Verdächtigen an Schärfe und er sprach mit einer Bestimmtheit, die Lukas von seinem Stuhl trieb.

Mit flackernden Augen ging er im Zimmer auf und ab und presste sich den Kopfhörer ans Ohr. Jeden Moment musste es passieren! Nur noch Augenblicke und Danner würde etwas sagen, dass Happes Verdacht bestätigte!

Doch die Halbwertszeit dieses Konfliktes beschränkte sich auf wenige Sekunden. Kaum eine Minute später hatten die beiden ihre Differenzen geklärt und es herrschte wieder tiefster Frieden.

Lukas ließ sich auf den Stuhl fallen und stützte den Kopf in die Hände. In den nächsten Stunden war er vor allem damit beschäftigt, nicht einzunicken. Als Film wären Danner und seine Freundin todlangweilig. Schlimmer noch: Diese permanente Harmonie ging ihm gehörig auf die Nerven!

Er hockte weiter vor dem Notebook und lauschte dem dahinplätschernden Leben zweier Fremder. Wenn er nach seiner Schicht wenigstens an seinen Möbeln arbeiten könnte! Aber er saß ja auf dieser Insel fest. Und obendrein war seine einzige Gesellschaft eine Kollegin, die mit einer Unbekümmertheit an ihren Auftrag heranging, die er nicht nur unangebracht, sondern schier unerträglich fand!

„Immerhin lachen die beiden viel", stellte Jana einige Tage später fröhlich fest, als sie ihre Nachmittagsschicht beendete.

„Toll", grummelte Lukas. „Hat sich auch was Verwertbares getan?"

Jana schüttelte den Kopf. „Sie war im Garten zugange und er saß in dem kleinen Zimmer im ersten Stock. ‚Kreativkammer' nannte er das vorhin."

Lukas hob die Augenbrauen. „Und?"

„Nichts und ... Er ist nach zwei Stunden wieder rausgekommen und das war's. In der Zwischenzeit war nur ein Klackern zu hören. Klang wie eine Tastatur."

„Klingt vor allem nicht wie Fortschritt. Haben wir einen Ansatz für heute Abend?"

„Sie will das Gleiche, wie ich."

„Aha. Und das heißt jetzt was?"

„Warte, ich spiele es dir vor", sagte Jana und klickte in die Audio-Datei vom Nachmittag. Die Stimme klang etwas blechern, war aber eindeutig die von Tim Danner.

„Muss ich das mitgucken?", fragte er. Sein Tonfall wirkte leicht gequält.

„Es ist Staffelfinale! Das guck ich auf jeden Fall!",
antwortete die Lebensgefährtin.

„Oh Mann ...", hörte man wieder Danner. „Ich mag
keine Arzt-Serien ..."

„Ach herrje ...", entfuhr es Lukas. „Der arme Kerl.
Und wenn du den gleichen Plan hast, such ich mir für
den Abend besser auch ein ruhiges Plätzchen."

„Das wäre total lieb von dir", sagte Jana und strahlte
ihn an.

Am Morgen nach dem Staffelfinale setzte Lukas
sich wieder ans Notebook und prüfte Sender und
Kameras. Die Bilder hatten an Schärfe verloren und aus
dem Lautsprecher erklang leises Knistern. Seine Miene
verfinsterte sich.

„Dreckstück", brummte er.

Die Tür öffnete sich und Jana balancierte ein Tablett
mit einer Kanne Kaffee, Bechern und zwei Croissants
ins Zimmer.

Lukas sah auf und schluckte. „Nicht du", schob er
schnell hinterher.

„Gut zu wissen", sagte sie grinsend. „Andererseits
bin ich von dir ja Kummer gewöhnt. Probleme?"

„Bildstörungen und Nebengeräusche von den
Mikros. Keine Ahnung wo das plötzlich herkommt." Er
rieb sich die Augen. Janas knallrotes T-Shirt blendete
ihn.

„Ich tippe auf die Luft", sagte Jana. „Draußen
scheint alles zu prickeln, wie in einer elektrischen
Wolke. Als ob ein Gewitter im Anmarsch ist."

Lukas nickte. „Und sonst?"

„Man macht sich Sorgen um dich."

„Bitte?"

„Ich bin gefragt worden, ob es dir nicht gut geht. Weil du für einen ‚Finkenpötter‘ so oft im Zimmer sitzt.“

„Was für ein Ding?“

„‚Finkenpötter‘. So nennen sie hier die Leute, die zur Vogelbeobachtung auf die Insel kommen. Du solltest häufiger mit deinem Mega-Fernglas durch die Gegend ziehen.“

„Du meinst das Spektiv.“

„Meinetwegen auch das.“

„Klar“, sagte er und verzog das Gesicht. Bisher hatte er sich vor diesem Teil der Ausrüstung ganz bewusst gedrückt. „Das ist ja ein reines Leichtgewicht. Wenn man das Stativ noch dazu nimmt, merkt man kaum, dass es da ist.“

Draußen wurde ein dunkles Grollen hörbar. Kurz darauf blitzte es.

„Mit dem Gewitter scheinst du jedenfalls Recht zu haben“, sagte Lukas und drehte den Empfänger der Wanzen etwas lauter. Das Knistern nahm zu. Für einen Moment konnten sie Tim Danner und seine Freundin problemlos verstehen, doch dann wurde das Gespräch von den Störungen immer stärker überlagert.

Als die Störgeräusche für eine Sekunde nachließen, meinte Lukas etwas von einem ‚Plan‘ zu hören. Er runzelte die Stirn. Die Stimme klang schnell wieder verzerrt, aber im letzten Augenblick hatte er noch verstanden, dass jemand eine Sache ‚durchziehen‘ und ‚Maßnahmen ergreifen‘ sollte, weil etwas ‚lille‘ war.

Fragend sah er Jana an, die den Kopf schüttelte.

„Ich versteh’ kein Wort“, sagte sie.

Angestrengt lauschte Lukas auf den Empfänger. Draußen blitzte es erneut und zwei Sekunden später folgte der Donner. „Verdammtes Gewitter", brummte er. „Das passt gerade überhaupt nicht!"

Von einem Moment auf den anderen verschwanden die Störungen. Tim Danners Stimme klang klar wie das Läuten einer Glocke aus dem Lautsprecher:

„Taschenkrebse mögen keine Milch!"

Sofort kehrten Knistern und Rauschen zurück. Die folgenden Worte waren unverständlich, bis Danner erneut klar zu verstehen war: „Ich wiederhole - Taschenkrebse mögen keine Milch!"

Ein ohrenbetäubender Knall ließ Lukas und Jana jäh zusammenzucken! Mit einem „Zapp!", gingen alle Lichter aus. Augenblicklich waren die Mikrofone tot und übermittelten nicht einmal mehr ein Rauschen. Die Übertragungen der Kameras waren nur noch tiefschwarze Anzeigen. „Signal offline" stand in den vier kleinen Fenstern.

„Verdammt!", Lukas Stimme polterte durch den Raum. „Ausgerechnet jetzt!"

„Zumindest haben wir den Schluss noch mitschneiden können", sagte Jana.

„Ja, aber was soll das bedeuten? ‚Taschenkrebse mögen keine Milch'?"

„Wahrscheinlich ein Codewort ..."

„Fragt sich nur für was. Und für wen ... So ein Mist!"

Im Hintergrund rollte ein merklich leiser werdender Donner über die Insel hinweg.

„Na klar, und jetzt zieht das Gewitter ab! Großartig!"

Lukas starrte auf den Monitor, als erwartete er, dass dort jeden Moment Ideen für ihr weiteres Vorgehen aufleuchten würden. Sekundenlang trommelten seine

Finger nervös auf der Tischplatte herum. Dann stand er unvermittelt auf.

„Du startest bitte das Notebook einmal durch", sagte er. „Und gib mir Bescheid, wenn die beiden Anstalten machen, das Haus zu verlassen. Setz auch eine Meldung an die Zentrale ab. Unsere Analytiker sollen dieses Codewort checken. Vielleicht finden die ja was."

„Und was hast du vor?"

„Ich prüfe die Ausrüstung vor Ort." Er holte das Spektiv aus dem Schrank. „Und nebenbei frische ich meine Tarnung auf und spiele diesen Spatzen, nein Finken ... Na, eben diesen Vogel-irgendwas ..."

„Finkenpötter."

„Es lag mir auf der Zunge."

„Viel Erfolg", grinste Jana und startete das Notebook neu.

Der Blitz hatte in die Kirchturmspitze eingeschlagen und die gesamte Insel elektrisiert. Als Lukas auf das Oberland gelangte, knisterte die Luft. Schäden konnte er am Kirchturm nicht erkennen, aber als er ein metallisches Geländer berührte, glaubte er für einen Moment, Funken zu schlagen.

Mit dem Stativ auf der Schulter ging er in Richtung der Schule. Sein Handy brummte.

„Die Bewegungssender und die Mikros funktionieren wieder", teilte Jana ihm mit. „Sie wollen mit dem zwölf Uhr Boot auf die Düne und setzen sich gerade in Bewegung."

Lukas sah auf seine Uhr. Das gab ihm die perfekte Gelegenheit, um alle Geräte zu überprüfen.

„Bereite dich darauf vor, den beiden zu folgen", sagte er. „Sobald sie weg sind, starte ich die Kameras neu. Du hast also genug Zeit, die Bilder zu checken, bevor du selber losmusst. Wenn alles glattgeht, sind wir spätestens in einer Stunde wieder auf Sendung."

Er beendete das Gespräch und stellte sein Stativ auf halbem Weg zu den Schrebergärten auf. Auf der Mauer sitzend gab er vor, sich mit seinem Smartphone zu beschäftigen, ohne dabei die Straße aus den Augen zu lassen. Er musste nicht lange warten, bis seine beiden Kunden herangeschlendert kamen.

Lukas warf einen Alibi-Blick durch das Spektiv in Richtung Jugendherberge und ließ Danner und seine Freundin an sich vorbeiziehen. Sobald sie außer Sicht waren, lud er sich das Stativ auf die Schulter und ging zum Haus der Verdächtigen. Per Knopfdruck startete er die Kameras neu. Einen Moment später erschien Janas Meldung auf seinem Handy:

„Alles live und in Farbe."

Er hielt einen erhobenen Daumen vor eins der winzigen Objektive, um zu zeigen, dass er verstanden hatte. Dann kontrollierte er vorsichtshalber noch einmal die Wanze am Wohnzimmerfenster. „Perfekt", gab er an Jana durch. „Wir sind wieder da!"

Ungesehen verließ er das Grundstück und trottete über das Oberland. Es war Zeit, den Vogelbeobachter zu spielen. Nur für den Fall, dass sich wieder jemand Sorgen machte…

Der Klippenrandweg zog sich länger hin, als gewöhnlich. Nach einer Weile schmerzte das Stativ auf seiner Schulter und er fragte sich, ob Seiffert diese Tarnung vorsätzlich für ihn ausgewählt hatte.

In der Nähe des Vogelfelsens legte er eine Pause ein. Der guten Ordnung halber sah er durch das Spektiv und tat so, als beobachtete er die Vögel tatsächlich.

Minuten später war er in den Anblick der auf dem Meer dahintreibenden und gelegentlich abtauchenden Trottellummen versunken. Basstölpel und Möwen zogen über ihm ihre Bahnen und Sonnenstrahlen glitzerten auf dem Wasser.

Er drehte das Objektiv auf die Klippe, wo eine ganze Kolonie nistete, und sah fasziniert zu, wie das Küken eines Basstölpels bei der Fütterung mit dem Kopf fast vollständig im Hals des Altvogels verschwand. Wieder brummte sein Handy.

„Bin auf der Düne. Sie gehen zum Nordstrand", besagte Janas Mitteilung.

„Jetzt schon?", murmelte Lukas. „Das ging aber schnell." Er sah auf seine Uhr und hob überrascht die Augenbrauen. Stand er schon so lange hier?

Er legte sich das Stativ wieder auf die Schulter und schleppte es den Klippenrandweg entlang zur Ostküste. Von dort warf er einen Blick auf die Düne. Details konnte er nicht erkennen, aber gemessen an der Entfernung leistete das Spektiv Erstaunliches. „Wo zum Teufel seid ihr jetzt?", knurrte er dennoch, während er den Strand absuchte. Schnell schickte er Jana ein knappes „Wo?", per Kurzmitteilung. Wenig später erhielt er die Antwort.

„Strandkorb ‚nebenan'. Mein T-Shirt und dann links."

Lukas hielt nach dem knallroten Hemd Ausschau und entdeckte es auf dem Dach eines Strandkorbs. Einen Korb weiter hatten es sich die Verdächtigen gemütlich gemacht. Sie las, während er ein Nickerchen machte. Terrorplanung sah anders aus, dachte er. Doch Lukas wusste nur zu genau, dass Leute, die es ernst meinten, extrem einfallsreich waren, wenn es darum ging, einen unauffälligen Anschein zu wahren. Hauptsache Jana rückte den beiden nicht zu dicht auf den Pelz.

Langsam drehte er das Spektiv zur Seite, bis er den Bereich mit ihrem Strandkorb im Blick hatte. Trotz der Entfernung konnte er ihr flatterndes T-Shirt auf dem Dach besser erkennen, als den Leuchtturm um Mitternacht. Gleich daneben stand eine splitternackte Jana Nowak und rieb sich mit Sonnencreme ein.

Lukas schluckte und musste sich bewusst daran erinnern, weiter zu atmen. Durch das Spektiv waren nicht alle Details zu erkennen, doch er spürte, wie seine Fantasie instinktiv versuchte, die Lücken in seiner Wahrnehmung zu füllen.

„Echt jetzt?", sagte er leise. Dann sah er, wie sie plötzlich innehielt. Mit einer Hand beschattete sie die Augen vor der Sonne und schien direkt in seine Richtung zu gucken. Langsam hob sie den Arm und winkte. Ruckartig richtete Lukas sich auf. Sie konnte ihn unmöglich gesehen haben!

Dennoch hätte er schwören können, dass ein Schmunzeln über ihr Gesicht glitt. Er setzte die Abdeckung auf die Linse des Spektivs und holte sein Smartphone hervor.

„Hier ist alles soweit klar. Ich checke nochmal die Gesamtanlage", textete er.

Jana schickte drei Smileys zurück.

Die Wochen auf Helgoland plätscherten dahin. Tag um Tag verfolgten Lukas und Jana über die Kameras und die Abhöranlagen, wie die Verdächtigen sich in ihren alltäglichen Belanglosigkeiten ergingen.

Auch von den Analysten gab es nichts Neues. Dass

Taschenkrebse keine Milch mochten, schien niemanden in Alarmzustand zu versetzen. Die wenigen Reaktionen waren für Lukas kaum mehr, als die latente Anspannung, die ein Rätselfreund empfand, wenn man ihm ein neues Problem vorlegte.

Und je öfter er in seinen Berichten Phrasen wie „keine Entwicklung" oder „keinerlei Anhaltspunkte auf" verwenden musste, desto mehr begann er an der Operation zu zweifeln.

Aber er kannte Happes legendären Riecher. Nicht nur einmal hatte der entgegen allen Hinweisen - und vor allem entgegen jeder Logik - auf Einsätzen bestanden, die jeder andere schon längst abgebrochen hätte. Seine spektakulärsten Erfolge waren auf diese Art entstanden.

Lukas fragte sich, ob dies hier abermals so ein Fall werden würde. Wieder und wieder ging er auf seinen Spaziergängen alle möglichen Varianten durch. Und je öfter er die Hinweise und Tatsachen zusammenfasste, desto größer wurden seine Zweifel. Sein Gefühl sagte ihm, dass Happe dieses Mal falsch lag. Doch es sagte ihm auch, dass sie auf Nummer Sicher gehen mussten. Für eine Stadt wie Hamburg war ein funktionierendes Katastrophenschutz-System wichtig.

Doch genauso wichtig war es für Lukas mittlerweile, vom Pinneberg aus aufs Meer zu sehen! Eine Angewohnheit, die sich langsam aber sicher in seine täglichen Routinen eingeschlichen hatte, und die er in vollen Zügen genoss.

Auch an diesem Abend drehte er seine Runde, die selbstverständlich vor allem dem Haus der Verdächtigen galt. Anschließend zuckelte er mit dem Stativ auf der Schulter weiter in Richtung Pinneberg.

Er stellte sich auf eine der alten Betonplatten und hielt die Nase in die sanfte Brise. Die Luft war frisch und hinterließ ein samtweiches Gefühl auf seiner Haut. Die tiefstehende Sonne spielte mit den Wolken und zauberte glitzernde Reflexe aufs Wasser und Pastellfarben an den Horizont. Sein Atem ging langsam und gleichmäßig und für einen Moment gestattete er es sich, genießerisch die Augen zu schließen.

Das Brummen seines Handys lockte ihn kurz aus seiner neuen Wohlfühlzone.

„Wollen wir nachher zum Italiener?", fragte Jana per Kurzmitteilung.

Lukas schickte ein „Gerne" zurück. Eine Sekunde später brummte sein Handy erneut. Überrascht hielt er die Luft an. Jana hatte mit einem Kuss-Symbol geantwortet.

Irritiert sah er auf die Nachricht, die er ihr geschickt hatte.

Er hatte seinem „Gerne" einen Smiley hinzugefügt, der keine Augen hatte.

Sondern zwei Herzen ...

Im Restaurant wurden sie mit einem herzlichen „Buonasera" begrüßt. Luigi, der Kellner, behandelte sie wie alte Bekannte und führte sie an einen der Außentische mit einem herrlichen Blick über die Reede auf die Düne.

„Habe ich extra freigehalten, als ich Eure Reservierung gesehen habe", erklärte er augenzwinkernd. „Ein Limoncello, ein ‚Birra', wie immer?", fragte er.

„Gerne Luigi. Sehr aufmerksam", antwortete Jana und bedachte den Ober mit einem strahlenden Lächeln.

Lukas nickte und ging hinter der Speisekarte in Deckung. Er musste sich der bedeutsamen Entscheidung widmen, was er an diesem Abend essen würde. Sollte er eine Pizza oder doch wieder die Saltimbocca nehmen? Es war faszinierend. Eine derart simple Frage war plötzlich so schwerwiegend, dass er sich ihretwegen kaum von der Karte lösen konnte.

„Ist alles in Ordnung bei dir?", fragte Jana. Mit einem Seitenblick versuchte sie, um Lukas laminierten Schutzwall herumzuschauen.

Gezwungenermaßen legte der die Speisekarte beiseite und sah ihr das erste Mal an diesem Abend in die Augen. „Sicher. Warum?"

Jana grinste breit. „Weil du so souverän wie ein Dreizehnjähriger wirkst, der beim Rauchen erwischt worden ist. Dein Smiley war ein Versehen, oder?"

Lukas zuckte mit den Schultern und wiegte den Kopf hin und her. Er wusste beim besten Willen nicht, was er darauf antworten sollte. Hoffentlich kam sie ihm als Nächstes nicht auch noch mit einer Freud'schen Fehlleistung!

Unvermittelt sprang Luigi ihm bei und stellte mit einem fröhlichen „Prego!", die Getränke auf den Tisch.

Dankbar für die unverhoffte Unterbrechung entschied Lukas sich spontan für die Saltimbocca und bestellte dazu eine Flasche Wein.

„Ahh Luca", zwinkerte Luigi ihm verschwörerisch zu. „Ich glaube nicht, dass du den Vino brauchst. So wie ich die Sache sehe, ist die Signorina auch so sehr angetan von dir."

Lukas verschluckte sich an seinem Bier und hustete. „Wie bitte?"

„Scusi", sagte Luigi und schaute betroffen drein.

„Ich wollte nicht indiskret sein. Aber so ein schönes Paar sieht man nicht oft ...”

„Schon gut”, sagte Lukas und rang sich ein Lächeln ab. „Das kam nur etwas überraschend.”

Als Luigi von dannen gezogen war, sah er zu Jana, die es tatsächlich schaffte, noch breiter zu grinsen als zuvor.

„Wenn du gleich sagst, dass unsere Tarnung funktioniert, haue ich dich”, sagte sie.

Lukas entspannte sich und grinste schief zurück. „Dann sag ich's eben nicht.”

Bis das Essen kam, schaffte er es, das Gespräch auf ein für ihn vertrauteres Terrain zu verlagern. Während sie Saltimbocca, Spaghetti Frutti di Mare und einen hervorragenden Nobile vom Montepulciano genossen, läutete die Dämmerung das Ende des Tages ein. Als Lukas den letzten Bissen zu sich genommen hatte, tauchten Tim Danner und seine Freundin auf. Mit einem Winken begrüßten sie Jana.

„Hallo, Frau Nachbarin”, sagte Danner.

Lukas sah überrascht von Jana zu Danner und zurück.

„Wir haben den Strandkorb neben ihrer Frau”, erklärte die Lebensgefährtin.

Lukas antwortete mit einem unverfänglichen „ach daher” und nickte beiden freundlich zu. Als sie sich entfernt hatten, sah er Jana mit unverhohlener Skepsis an.

„Für meinen Geschmack kommen wir zu dicht ran”, sagte er.

Jana zuckte nur die Schultern. „Wir werden sehen. Aber beim jetzigen Stand unserer Erkenntnisse kann ein wenig mehr Nähe nicht schaden.” Genüsslich leckte sie einen Rest Pastasauce von ihrer Gabel. „Teilen wir uns noch ein Tiramisu?"

Lukas entschied sich, seine Bedenken vom Abendessen hintenan zu stellen und den Dingen zunächst ihren Lauf zu lassen. Nach einer Mischung aus Einsatzbesprechung und Frühstück, setzten sie ihre Aktivitäten mit gleichbleibender Einteilung fort.

Jana folgte den Verdächtigen auf die Düne und versuchte, den Kontakt zu vertiefen. Lukas pflegte währenddessen seine Tarnung und zog mit dem Spektiv über die Insel. Lange bevor Jana sich auf den Weg zur Dünenfähre machte, brach er auf und nahm neuerdings auch die Kamera samt Teleobjektiv mit. Angeblich, um besser vorgeben zu können, dass er tatsächlich Vögel beobachten wollte.

Er ging zum Lummenfelsen und baute sein Stativ auf. Der Wind stand günstig. Landewillige Basstölpel flogen die Brutplätze schräg an und bremsten in einem perfekten Winkel über ihm. Mit wachsender Begeisterung schoss Lukas Foto um Foto.

Als er die Speicherkarte der Kamera wechseln musste, zog er die Jacke aus. Er war durchgeschwitzt und spürte, wie die überschüssige Körperwärme durch den Kragen seines T-Shirts entwich.

Die Sonne stand mittlerweile hoch am Himmel und brannte auf ihn nieder. Irritiert stellte er fest, dass schon wieder einige Stunden vergangen waren. Es war Zeit, sich seiner eigentlichen Aufgabe zu widmen.

Aber ein paar Fotos von den Basstölpeln waren noch drin …

Erneut vergaß er die Zeit und bis er sich endlich auf den Weg machte, wehte der Wind aus der Ferne den

Klang der Kirchturmglocke an sein Ohr. Sein Magen knurrte. Es war weit nach Mittag. Vorsichtig sah er zur Düne herüber, wo Jana ihrer beider Arbeit tat und den Kontakt zu den Verdächtigen hielt.

Andererseits sitzt sie dabei am Strand, dachte Lukas.

Heute würde ohnehin nichts mehr passieren. Besser er besorgte sich etwas zu essen und pflegte dann seine Tarnung. Er schulterte sein Gerät und machte sich auf zum Mittelland. Wie er gehört hatte, gab es im Gebüsch des sogenannten Kringels so einiges zu entdecken.

Allmählich verstand er, warum die ‚Finkenpötter' nach Helgoland kamen.

Am frühen Abend saß er allein in ihrem Hotelzimmer und recherchierte die Vögel, die er in den Stunden zuvor fotografiert hatte. Neunzig Prozent der beobachteten Exemplare hatte er noch nie gesehen, geschweige denn, dass er von einem einzigen überhaupt schon einmal gehört hatte.

Immer wieder fragte er sich, wie man auf Bezeichnungen wie Schwarzstirnwürger, Sumpfrohrsänger oder Weißbart-Grasmücke kam. Gab es irgendwo ein Ornithologen-Komitee, das sich diese Namen ausdachte?

Unvermittelt flog die Zimmertür auf und riss ihn aus seinen Gedanken.

Atemlos und mit verzerrtem Gesicht starrte Jana ihn an.

„Du musst mir helfen", japste sie.

„Ist was passiert?", fragte Lukas und legte das Notebook beiseite.

Jana drehte sich um und zog vorsichtig ihr T-Shirt aus.

„Du lieber Himmel!", entfuhr es ihm. „Bist du unter die Krebse gegangen?"

Janas Rücken leuchtete in einem grellen Rot, das einem klassischen Carpaccio alle Ehre gemacht hätte. Auf der Haut konnte es aber nur eines bedeuten.

Schmerzen!

Schmerzen aus dem tiefsten Kreis der Hölle!

„Hast du irgendein After Sun, eine Feuchtigkeitscreme? Egal was, Hauptsache viel, und tu mir bitte einen Gefallen: Sei ganz vorsichtig, wenn du mir den Rücken eincremst."

„Setzt dich erst einmal hin und trink was. Tut es sehr weh?"

Jana nickte und ließ sich auf der Bettkante nieder. Sie griff nach der Flasche Wasser, die Lukas ihr reichte und trank sie in einem Zug halb leer.

„Trink die andere Hälfte auch noch", sagte er. „Dein Körper braucht die Flüssigkeit. Ich gehe zur Rezeption und frage, ob wir etwas Quark bekommen können."

Wenig später kehrte er mit einer großen Schüssel, einem Holzspatel und frischen Tüchern zurück. Jana legte sich bäuchlings aufs Bett und biss die Zähne zusammen, während Lukas sie verarztete.

Vorsichtig trug er eine dünne Schicht Quark auf ihren geschundenen Rücken auf. Als er einmal mit dem Spatel zu druckvoll über die Windrose auf ihrem Schulterblatt strich, sog sie kurz aber scharf die Luft ein.

„Entschuldige", murmelte er und verzog das Gesicht, als wäre der Schmerz auf ihn übergesprungen.

„Nein, schon in Ordnung", sagte sie und wandte den Kopf zur anderen Seite. „Du machst das großartig."

Lukas deckte ihren mit Quark eingestrichenen

Rücken mit dem Tuch ab und strich ihr beruhigend übers Haar. „Das muss jetzt etwas einwirken", sagte er sanft.

Ihre Augen waren gerötet und unter ihrer Wange hatte sich auf dem Laken ein kleiner, feuchter Fleck gebildet.

„Keine Sorge, das wird wieder", sagte er.

Nach einer Viertelstunde spülten sie den Quark ab und wiederholten die Prozedur. Die kühlende Wirkung linderte Janas Schmerzen und langsam entspannte sie sich. Nachdem die letzte Packung abgewaschen war, legte sie sich wieder hin und ließ sich von Lukas vorsichtig mit After Sun eincremen. Wie bei einer Massage hatte sie den Kopf zur Seite gedreht und die Arme längs an ihrem Körper ausgestreckt.

„Ich habe nachgedacht", sagte sie.

Lukas hielt in seinen Bewegungen inne.

„Ich meine, was unseren Verdächtigen angeht. Könnte es sein, dass an der Sache überhaupt nichts dran ist?"

„Wie kommst du darauf?", sagte Lukas und trug vorsichtig noch etwas mehr Creme auf.

„Weil ich mit beiden in den letzten Tagen mehrfach gesprochen habe. Die sind total nett und freundlich. Und völlig offen. Eigentlich genau die Sorte Mensch, mit denen man abends gerne mal was trinken geht. Oder eine Party feiert." Für einen Moment hielt sie inne und schloss die Augen.

Lukas beobachtete, wie eine Welle aus Schmerz durch ihren Körper floss und biss selber die Zähne zusammen, bis sie schließlich verebbte.

„Gut", setzte Jana wieder an. „Er ist ab und an ein bisschen schweigsam. Aber wenn das ein Kriterium für

Terrorverdacht wäre, müsste ich dich sofort in U-Haft nehmen."

„Happe glaubt, dass da was im Busch ist."

„Und wenn er sich irrt?"

Lukas legte sich neben Jana aufs Bett und lächelte sie milde an. „Darf ich dabei sein, wenn du ihm das sagst?"

„Verstehe", sagte sie leise und erwiderte gequält das Lächeln.

Zum ersten Mal bemerkte Lukas das Grübchen in ihrer Wange. Gedankenverloren strich er ihr über den Kopf und versuchte, eine widerspenstige Strähne zu bändigen, die ihr partout in die Stirn hängen wollte.

„Ich weiß, was du meinst", sagte er schließlich. „Die Überwachung hat bislang nichts ergeben und unsere Begegnung gestern im Restaurant hat bei mir auch nicht gerade den Eindruck erweckt, dass wir es mit einem kriminellen oder gar terroristischen Superhirn zu tun haben. Aber das wird Happe kaum interessieren. Und ich bin mir sicher, dass dieses Codewort ihn nur noch in seiner Auffassung bestärkt hat."

„Taschenkrebse mögen keine Milch", murmelte Jana. „Klingt zugegebenermaßen komisch, ist aber vielleicht doch ein bisschen dünn. Ich meine, als Grundlage für das, was wir hier tun."

„Mag sein." Lukas richtete sich kurz auf und betrachte Janas nackten Rücken. Die Rötung war noch deutlich zu sehen, schien aber zurückgegangen zu sein. „Hast du für diese Verbrennungen zweiten Grades wenigstens was über die beiden rausgefunden? Idealerweise etwas, das deine These bestätigen könnte?"

„Sie haben hier ein Haus und leben zeitweise auf der

Insel. Im Moment wissen sie gar nicht genau, wann sie wieder aufs Festland zurückfahren."

„Ein Haus? Dann sind die regelmäßig hier. Der Aufenthalt hätte damit weder einen besonderen Anlass noch wäre er irgendwie ungewöhnlich."

Jana schmiegte ihre Wange an das Kissen und schloss die Augen. „Das denke ich auch."

„Ich kann mir nicht vorstellen, dass Happe das hören will", grummelte Lukas. „Wirklich so gar nicht."

„Meinst du, dass er uns dann von dem Fall abzieht?"

„Happe kann unglaublich stur sein", sagte Lukas kopfschüttelnd. „Abziehen wird er uns erst, wenn wir tatsächlich den Beweis für eine Terrorplanung oder Ähnliches finden. Aber in der jetzigen Situation?" Er starrte an die Decke und überlegte, ob seine eigene Schlussfolgerung ihm gefiel. Eine vage Erinnerung an Terrassenmöbel schwebte durch seine Gedanken.

„Der lässt uns Danner solange überwachen, bis sein Budget alle ist. Oder er die Geduld verliert", sagte er leise.

„Sehr gut", sagte Jana. „Das dauert hoffentlich ein bisschen."

Sie streckte sich und schaffte es auf unerklärliche Weise, ihr Gesicht noch dichter an das Kissen zu schmiegen.

Als wollte Helgoland besondere Rücksicht nehmen, zog sich der Himmel während der Nacht zu. Eine dichte Wolkendecke legte sich über die Insel und blieb zwei Tage, die Jana zum Auskurieren und Lukas zum Beobachten weiterer Vögel und gelegentlich auch der Zielperson nutzte.

Obwohl das Wetter nicht mehr unbedingt als

strandtauglich durchging, zog es Tim Danner und seine Freundin weiter auf die Düne. Und das sogar so zeitig, dass Lukas auf seine übliche Morgenrunde um das Oberland verzichtete, um an den Verdächtigen dranzubleiben.

Er rechnete zwar nicht mit bahnbrechenden Erkenntnissen, wollte aber sicherstellen, dass sie nichts übersahen. Wie zufällig folgte er ihnen zum Strandkorb und ließ sie auch dann nicht aus den Augen, als beide anfingen, die Wasserlinie abzugehen. Geradlinig wie zwei Stubenfliegen und in einem Tempo, gegen das jede Zeitlupe wie ein Zeitraffer aussah, suchten sie den Strand ab und hoben hin und wieder etwas auf.

Lukas beobachtete das Schauspiel aus sicherer Entfernung und folgte ihnen erst nach einigen Minuten. Was die beiden am Wasser sammelten, war ihm ein völliges Rätsel. Tief in seinem Inneren vermutete eine misstrauische Stimme, dass es ein Ablenkungsmanöver war. Ein Versuch, seine Aufmerksamkeit langsam, aber sicher einzuschläfern. Und wenn er am wenigsten damit rechnete, würden sie blitzartig zuschlagen!

Aber diese Stimme wurde immer leiser, während andere deutlich lauter wurden. Sie klangen wie die Schreie der Möwen oder das Quietschen der Austernfischer. Nach einer Weile übertönte das Meeresrauschen jedes Misstrauen und dämpfte die Überlegungen, die er ohnehin nur noch rein instinktiv anstellte.

Er schloss die Augen, spürte den feuchten Sand unter seinen Füßen und schmeckte das Salz auf seinen Lippen. Befreit atmete er durch und blieb solange stehen, bis eine eisige Welle seine Knöchel umspülte. Schnell sprang er zur Seite.

Ein wohliges Kribbeln durchlief ihn. Aus seinem Bauch heraus nahm es seinen Lauf, strömte in Arme und Beine und hinterließ eine unbeschreibliche Leichtigkeit.

Er kehrte zum Strandkorb zurück und überließ die beiden Verdächtigen dem Strand und dem Meer. Ab und an warf er einen halbherzigen Blick auf sie, aber eine professionelle Observierung brachte er nicht mehr zustande.

Als sie abends endlich wieder auf ihrem Zimmer waren, packte ihn eine Art von Müdigkeit, die er längst vergessen geglaubt hatte. Es war ein natürliches Bedürfnis nach Schlaf, so wohltuend, dass es mit der reinen Erschöpfung, die in den vergangenen Jahren seine ständige Begleiterin gewesen war, nichts mehr zu tun hatte.

Am nächsten Morgen erwachte er so frisch und ausgeruht, wie lange nicht mehr. Und zum ersten Mal zwickte ihn so etwas wie ein schlechtes Gewissen, weil er Jana im Hotelzimmer zurücklassen würde.

Während er sich für seine Tour fertigmachte, sicherte sie einige der von den Wanzen erstellten Audiodateien. So, wie sie aus dem Bett gestiegen war, saß sie mit einem Becher Kaffee in der Hand am Notebook und erledigte ihre Arbeit.

Als er die Tür hinter sich schließen wollte, glitt sein Blick über sie hinweg. Er betrachtete ihr verwuscheltes Haar, die noch leicht gerötete Haut unter ihrem weit geschnittenen T-Shirt, die sanfte Rundung ihrer Schultern. Er konnte dieses Bild riechen, ja, fast schon schmecken. Die Wärme, die es verströmte, ließ seine Handflächen prickeln.

168

Seine Hand begann zu schmerzen. Er löste die Türklinke aus der Umklammerung seiner Finger und machte sich auf den Weg.

Mit dem Bollerwagen des Hotels zog er an der Küste entlang. Das kleine Gefährt erleichterte sein Leben erheblich. Kein Stativ, das auf der Schulter drückte, ein entspannteres Gehen und obendrein konnte er mehr Ausrüstung mit sich führen. Spektiv, Kameratasche, sein Rucksack mit Regensachen und einer Thermoskanne Kaffee ...

Am Zugang zum Breithorn bog er ab. Er ließ den Wagen an den Stufen zum Aussichtspunkt stehen und stellte sein Stativ direkt am Zaun auf. Richtung Norden hatte er den perfekten Blick auf den Lummenfelsen. Die Morgensonne schien auf die Felskante und ließ das Gestein rot erglühen. Ein Windhauch glitt wie ein Streicheln die Küste entlang und streifte samtweich seinen Kopf.

Sonne und Wolken lösten sich ab. Ein riesiger Schatten zog über ihn hinweg, verdunkelte das Rot der Felsen und ließ das Meer in einem dunkleren Blau erstrahlen. Der Windhauch wurde stärker, zerrte kurz an ihm und verflüchtigte sich, als ob er nie dagewesen wäre.

Das hier würde ihr gefallen, dachte Lukas. Jana schien die Atmosphäre der Insel ohnehin viel intensiver in sich aufzunehmen und manchmal sorgte er sich um ihre Reaktion, wenn er ihr mitteilen musste, dass der Einsatz beendet war und sie zurück aufs Festland sollten. Irgendwann würde dieser Tag kommen.

Langsam ließ Lukas das Spektiv über die Kolonie Trottellummen hinweggleiten und suchte sich seine Motive. Zwischen den Altvögeln tummelten sich mehr und mehr Küken, von denen einige sich immer dichter an die Felskante heranwagten. Bald würden sie sich todesmutig in den Abgrund stürzen. Er zückte den Fotoapparat und begann zu knipsen.

In das Klicken der Kamera mischte sich unvermittelt ein seltsames Geräusch. Ein Brummen, gepaart mit etwas, das wie ein Klavier klang.

„Verdammt! Ausgerechnet jetzt", knurrte Lukas und fischte sein Handy aus der Hosentasche.

„Ja?", meldete er sich, ohne vorher auf das Display zu schauen.

„Happe hier. Geben sie mal einen Status."

Verdammt!, ging es Lukas abermals durch den Kopf. Er holte tief Luft und verdrehte die Augen. Neben ihm fütterte ein Basstölpel sein Junges. Ein passendes Bild. Irgendwie musste er mit seinem Chef dasselbe hinkriegen.

„Im Norden nichts Neues", sagte er.

„Was soll das denn heißen?", bellte Happe in den Hörer. Es war zweifelsohne das unnatürlichste und damit unfreundlichste Geräusch, das in den letzten Jahren am Breithorn zu vernehmen gewesen war.

Lukas zuckte die Schultern, auch wenn er wusste, dass Happe das nicht sehen konnte. „Das heißt", sagte er langsam und gedehnt, so als würde er mit jemandem reden, der schwer von Begriff war, „dass hier nichts passiert. Die Verdächtigen verhalten sich still und lassen keine ungewöhnlichen Aktivitäten erkennen."

„Wir brauchen da mal ein paar konkrete Ergebnisse. Ihre Berichte waren diesbezüglich in letzter Zeit gelinde gesagt unbefriedigend."

Lukas schniefte und hätte fast darauf hingewiesen, dass zumindest sein Akku aufgeladen war. „Das ist mir klar", sagte er stattdessen. „Andererseits wäre es nicht statthaft, wenn ich mir hier irgendwas ausdenken würde. Ich bin allerdings der Auffassung, dass sich in den nächsten Tagen etwas tun wird. Wahrscheinlich hält der Verdächtige sich im Moment bedeckt, um sicherzugehen, dass er nicht unter Beobachtung steht."

„Hat er sie etwa bemerkt?" Wie ein Gewitter grollte Happes Stimme vom Festland herüber.

„Keinesfalls. Es gibt keinen Hinweis, dass er die Kameras oder Wanzen entdeckt hat. Davon abgesehen halten wir einen gebührenden Sicherheitsabstand und beobachten nur", erklärte Lukas. Dass mit ‚gebührend' zumindest zeitweise eine Distanz von nur lausigen drei Metern zwischen den Strandkörben gemeint war, verschwieg er seinem Chef vorsichtshalber.

„Hat die Analyse des Code-Wortes schon etwas gebracht?", versuchte er, das Thema zu wechseln.

„Mehr oder weniger. Eine konkrete Historie lässt sich nicht finden", brummte Happe. „Der Code ist definitiv neu und wurde bislang von keiner uns bekannten Gruppierung benutzt. Einige Analysten gehen davon aus, dass der Begriff ‚Taschenkrebse' auf eine Verwendung von Haftminen hindeuten könnte. Prüfen sie mal verstärkt, ob der Verdächtige sich im Bereich Wassersport engagiert, also Segeln, Tauchen oder Ähnliches ..."

„Mach' ich."

„Und sehen sie zu, dass sie endlich was Verwertbares herausfinden. Ich gebe ihnen noch eine Woche, dann liefern sie oder sie kommen beide zurück!"

„Verstanden Chef", sagte Lukas und beendete das Gespräch. Nachdenklich sah er zum Horizont.

Tim Danner und Wassersport? Selbst auf der Düne ging der kaum mit den Zehenspitzen ins Wasser!

Und die Taschenkrebse sollten auf Haftminen hindeuten? So so.

Er schüttelte den Kopf. Happes Instinkt und Erfolge in allen Ehren, aber wahrscheinlich lag Jana mit ihrer Vermutung richtig, und an der ganzen Sache war überhaupt nichts dran. Die nächste Woche würde daran kaum etwas ändern.

Lukas nahm sich Zeit und schoss noch einige Fotos. Der Morgen war zu schön, das Licht zu angenehm und die Luft zu weich, als dass er sich umgehend mit der harten Realität beschäftigen wollte. Happes Ansage konnte er Jana auch später noch mitteilen. Er sah keine Notwendigkeit, das sofort zu tun.

Erst nach mehr als einer Stunde packte er seine Sachen zusammen und machte sich auf den Weg zurück ins Hotel. Aus der Tiefe stieg das Schnattern der Vögel zu ihm herauf und hallte von den Felswänden wider.

Leise rauschend glitt ein Basstölpel über ihn hinweg. Mühelos schwebte der Vogel in Richtung der langen Anna, gewann mit zwei Flügelschlägen an Höhe und ließ sich von der Luftströmung nach Norden treiben. Es sah so leicht aus, so geschmeidig und elegant.

Lukas lächelte sanft und behielt den Basstölpel im Auge, bis dieser hinter der Klippe verschwand.

Er passierte die lange Anna und brachte seine Runde um das Oberland entspannt zu Ende. Am ‚Jägerstieg‘, der Treppe, die zum Nordstrand führte, hielt er an und sah auf die Düne.

Je nachdem wie Tim Danner und seine Freundin den Tag gestalteten, würden er und Jana ihre Zeit ebenfalls dort drüben verbringen. Lukas hatte mittlerweile beschlossen, häufiger mit ihr zu fahren, was selbstredend nicht nur damit zu tun hatte, dass er öfter am Strand sein wollte.

„Jemand muss ja aufpassen, dass du dich nicht wieder verbrennst", hatte er argumentiert und dabei amüsiert Janas Schmollen zur Kenntnis genommen. Das hatte allerdings vor allem der Tatsache gegolten, dass sie angesichts ihres Sonnenbrandes nur schwerlich widersprechen konnte.

Eine Woche hatte Happe ihnen gegeben. Sieben Tage, die er mit Basstölpeln und Trottellummen verbringen würde. Und am Strand. Mit Jana. Es sei denn, dass sie etwas herausfanden, das Tim Danner belasten konnte.

Aber Lukas glaubte nicht mehr daran. Entweder gab es tatsächlich nichts, oder der Verdächtige war cleverer als er. So oder so bedeutete es für ihn und Jana, dass sie in sieben Tagen die Insel verlassen mussten.

Schnaubend setzte Lukas seine Sonnenbrille auf. Er verschränkte die Arme vor der Brust und stampfte mit dem Fuß auf. Nachdenklich rieb er sich das Kinn. Als er das letzte Mal auf diese Weise reagiert hatte, musste er ungefähr acht gewesen sein …

Erneut störte sein Handy mit dem Piano-Riff Klingelton die Stille. Dieses Mal war es Jana.

„Die machen sich jeden Moment auf den Weg. Heute ist wieder Düne angesagt und wenn ich sie richtig verstanden habe, stellen sie sich auf einen langen Tag ein."

„Wieso?"

„Sie haben von einer Currywurst im Dünenrestaurant gesprochen. Da werden sie sich nicht schon um halb fünf wieder auf den Rückweg machen."

„Anzunehmen", sagte Lukas.

„Alles in Ordnung bei dir? Du klingst komisch."

„Tatsächlich?"

„Und so einsilbig."

„Ach."

„Ist dir eine Laus über die Leber gelaufen?"

„Nein. Happe." Lukas berichtete von dem Anruf und mit welchen Anweisungen der Dezernatsleiter das Gespräch beendet hatte. Als er fertig war, herrschte Stille in der Leitung. „Bist du noch dran?", fragte er.

„Musste ja so kommen", sagte Jana. Sie klang verdrossen.

Nach ihrer gemeinsamen Zeit konnte Lukas mittlerweile an ihrer Stimme hören, was für ein Gesicht sie machte. Jetzt gerade schmollte sie. Eine zauberhafte Vorstellung, die ihm ein leises Lächeln entlockte. Und trotzdem zog er ein anderes Bild von ihr vor. In ihm keimte eine Idee auf, die zweifelsohne gewagt war, aber die Situation entschärfen konnte.

„Wenn die beiden gleich in Richtung Düne aufbrechen, könnte ich die Gelegenheit nutzen, und mich einmal vor Ort ein bisschen genauer umsehen", sagte er vorsichtig.

„Was meinst du mit ‚vor Ort'?"

Er machte eine Pause und kniff die Augen zusammen. „Ich meine den Bereich, der nicht von den Kameras erfasst wird …"

Es dauerte einen Moment, dann brach es aus Jana heraus. „Das kannst du nicht machen!" Ihre Stimme klang wie Glas, das auf dem Boden zersplitterte.

Vor seinem inneren Auge sah Lukas deutlich, wie seine Kollegin und Mitbewohnerin aufgesprungen war. Garantiert tigerte sie in diesem Moment mit dem Telefon am Ohr im Zimmer auf und ab.

„Das nennt man Einbruch, verstehst du! Ach ja, und nur für den Fall, dass du das vergessen haben solltest: Das ist verboten! Auch und gerade für Polizisten."

Lukas hörte, wie Jana am anderen Ende der Leitung tief durchatmete. Er stellte sich vor, wie sie die Augen schloss, bevor sie weitersprach.

„Es sei denn, dass du einen Durchsuchungsbefehl hast ... Was aber nicht der Fall sein dürfte, weil du sonst schon längst davon Gebrauch gemacht hättest!"

„Da hast du natürlich Recht", sagte er. „Danke für den Hinweis. Folgst du den beiden?"

„Sicher. Und du kommst hoffentlich bald nach."

„Mach' ich."

„Bau keinen Mist, okay?"

„Auf gar keinen Fall."

Lukas beendete das Gespräch und setzte seinen Rückweg fort. Als er an Danners Straße vorbeikam, sah er, wie die beiden das Haus verließen. Nachdem sie in Richtung Treppe abgebogen waren, nahm er sich fünf Minuten und prüfte, ob sich seine Notfallausrüstung im Rucksack befand. Er fand eine Teleskopstange, eine Drahtschlinge und einen Schraubenzieher. Perfekt! Fehlte nur noch der USB-Stick. Augenblicke später holte er ihn aus einer der Seitentaschen hervor.

Er parkte den Bollerwagen in einem Kellereingang um die Ecke und ging zur Terrassentür. Schnell öffnete er mit Teleskopstange und Drahtschlinge die Tür und verschwand ungesehen im Wohnzimmer.

Irgendjemand in diesem Haushalt hatte

offensichtlich ein Faible für Single Malt Whisky, stellte er fest. Es wurde gerne Schokolade gegessen und ein flüchtiger Blick in die Küche zeigte ihm, dass man auch Pizza, Pasta und Burgern gegenüber nicht abgeneigt war.

Schnell ging er in den Keller. Wenn sich überhaupt etwas Konkretes finden ließ, dann am ehesten dort. Mit klopfendem Herzen glitt Lukas die Stufen hinab. Das Untergeschoß sah auf den ersten Blick verwinkelt aus. Sein Pulsschlag beschleunigte sich. In einem großen Schrank fanden sich allerlei Werkzeuge, Lötzinn und ein Haufen Drähte.

„Das ist doch mal vielversprechend", murmelte er. Wenn schon dieses ganze Zeug hier lagerte, gab es mit Sicherheit irgendwo auch eine Werkbank!

Er schloss den Schrank und betrat den ersten Raum. Doch dort fanden sich nur einige Regale, vollgestopft mit Büchern und Aktenordnern. Ein paar Kartons standen in einer Ecke. Lukas öffnete einen und stöhnte leise. Noch mehr Bücher! Im wesentlichen Romane und Bildbände über Künstler, die Renaissance und Impressionismus. Wenn wenigstens ein paar Chemiebücher dabei gewesen wären.

Er verschloss den Karton wieder. Die Werkbank musste nebenan stehen. Die Zeit zwischen zwei Herzschlägen reichte ihm, um die wenigen Meter dorthin zurückzulegen. Als er durch die Tür sah, hielt er die Luft an.

Er stand in einer Waschküche. In einer stinknormalen Waschküche!

Geräuschvoll atmete er aus. Während sein Puls sich beruhigte, schaute er sich jeden Raum noch einmal an.

Dieser Keller war vollkommen unauffällig.

Wenn es sich bei den ‚Taschenkrebsen' um Haftminen handelte, dann stellte Danner die nicht selber her. Jedenfalls nicht hier.

Lukas ging den Keller ein letztes Mal ab und prüfte alle Schränke und Regale. Kein Segelzeug, keine Taucherausrüstung, absolut und überhaupt gar keine Hinweise auf Wassersport.

Ernüchtert ging er in den ersten Stock. Er landete in einem Schlafzimmer, das genauso terrorverdächtig aussah, wie der Rest des Hauses. Gleiches galt für den Raum nebenan, der offensichtlich als Gästezimmer genutzt wurde.

Vorsichtig öffnete er die letzte Tür neben dem Bad. Er fand ein kleines Zimmer, eigentlich nur eine Kammer, die von der Dachschräge beherrscht wurde und kaum möbliert war. Ein Bett, ein Schreibtisch ...

Und ein Notebook!

Hier herrschte so etwas, wie kreatives Chaos. Vollgeschriebene Zettel und diverse Notizbücher lagen herum, ebenso einige USB-Sticks und eine externe Festplatte.

„Na also", murmelte er. Das musste es sein!

Lukas fegte ein paar Papiere beiseite und startete das Notebook über den mitgebrachten USB-Stick. Mit der darauf gespeicherten Software umging er die Betriebssystempartition samt Passwort. Er las die verfügbaren Programme aus und rief die drei zuletzt genutzten Dokumente auf. Schnell und routiniert überflog er ihren Inhalt.

„Oh verdammt", sagte er leise. Er öffnete ein paar weitere Dateien und griff sich einige der herumliegenden Zettel.

„Verdammt, verdammt, verdammt!", fluchte er. Er

wühlte in den Papieren herum, blätterte die Notizbücher durch und verglich immer wieder einzelne Angaben mit dem, was in den Dateien festgehalten war.

Als er das gesamte Material gesichtet hatte, sackte er auf dem Stuhl in sich zusammen. Ungläubig sah er auf das Papier in seiner Hand und dann auf den Bildschirm. Lautlos entglitt das Blatt seinen Fingern und segelte zu Boden.

„Das kann doch nicht sein", sagte er fassungslos.

Lukas richtete alles wieder so her, dass sein Eindringen nicht mehr nachvollziehbar war. Dann brachte er die Ausrüstung ins Hotel, packte seine Sachen und ging zur Landungsbrücke.

Der Weg auf die Düne verschwamm im Nebel seiner Gedanken. Wie eine Marionette bestieg er die ‚Witte Kliff', brauchte eine Extra-Aufforderung, um sie wieder zu verlassen, und hätte sich auf dem Weg zum Nordstrand fast verlaufen.

Eine Möwe entleerte sich im Überflug und verfehlte ihn nur um Haaresbreite. Lukas sah stur geradeaus und setzte mechanisch einen Fuß vor den anderen.

Am Strandkorb legte er seine Tasche ab und sah sich um. Nebenan war alles leer. Danner und seine Freundin waren an der Wasserlinie unterwegs. Auf einem Handtuch lag Jana im Eva-Kostüm und döste friedlich vor sich hin.

„Würdest du dir bitte kurz etwas anziehen?", sagte er.

Sie hob die Sonnenbrille und blinzelte ihn an.

„Ich bin aber ordnungsgemäß eingecremt. Oder stört es dich, wenn ich hier so liege?"

Lukas schüttelte den Kopf. Fast wäre ihm ein ‚ganz

im Gegenteil' herausgerutscht. „Wir müssten uns einmal kurz beruflich austauschen, und das fällt mir schwer, wenn du hier splitternackt die Sonnenanbeterin spielst."

„Wie du meinst", grummelte Jana. Sie griff nach ihren Shorts und hielt für einen Augenblick inne. „Du könntest dich ja auch ausziehen, dann hätten wir wieder Gleichstand."

„Gib mir einen Moment, dann sehen wir weiter", sagte er und lächelte matt.

Als Jana halbwegs bekleidet neben ihm saß, brach es aus Lukas heraus.

„Happe ist verrückt!", schnaufte er. „Völlig paranoid! Weißt du, was dieser Danner ist?"

Janas Blick verfinsterte sich.

„Vor allem glaube ich, zu wissen, was du getan hast. Du bist nicht ernsthaft bei Danner eingestiegen, oder?"

„Der Typ ist ein Hobby-Autor! Der hat bloß recherchiert! Anthrax? Wie man einen Killer anheuern kann? Der plant überhaupt nichts! Vielleicht einen Roman, aber garantiert keinen Anschlag!"

Lukas konnte körperlich spüren, wie das unheilvolle Funkeln in Janas Augen sich zu Blitzen sammelte, die nur für ihn bestimmt waren. Jeden Moment mussten heftige Vorwürfe auf ihn einprasseln, wie Hagelkörner aus einem eiskalten Wintersturm. Nicht völlig zu unrecht, denn was er getan hatte, war in ihrem Job kein Kavaliersdelikt.

Zu seiner Überraschung legte sich das wütende Flackern in ihren Augen schnell wieder und machte einem resignierten Seufzen Platz. Er sah, dass es in ihr arbeitete.

Dennoch sagte sie nichts weiter und ignorierte sein

Vorgehen. Sie schien sich stattdessen auf die Ergebnisse und ihre Auswirkungen auf den Fall konzentrieren zu wollen.

„Das klingt plausibel", sagte sie gepresst. „Aber was ist mit den ‚Taschenkrebsen'?"

Lukas zuckte die Schultern.

„Keine Ahnung. Haftminen sind es jedenfalls nicht!" Er zog die Fußbank aus dem Strandkorb heraus und legte seine Füße darauf ab. „An dem Fall ist nichts dran. Wir könnten hier Monate ermitteln und würden trotzdem nichts finden."

„Monate?" Jana knuffte ihn in die Seite und lächelte.

„Du weißt, was ich meine."

Jana stand auf, zog T-Shirt und Shorts wieder aus und kehrte auf ihr Handtuch zurück. Sie stützte sich auf einen Ellenbogen und grinste Lukas über den Rand ihrer Sonnenbrille hinweg an.

„Dann haben wir zumindest noch diese eine Woche. Sag Bescheid, wenn ich dir den Rücken eincremen soll."

Die nächsten Stunden verbrachte Lukas dösend im Strandkorb. Die Brise war weich und strich über seine nackten Beine. Das gelegentliche Schreien der Möwen verscheuchte seine trüben Gedanken und ersetzte sie durch das Wissen, dass es eine Welt gab, die mit Helmut Happes Verfolgungswahn nichts zu tun hatte. Das Rauschen der Wellen wiegte ihn in einen sanften Schlummer, der alle Verdächtigungen und Ermittlungsergebnisse vertrieb. Ein Schatten glitt über ihn hinweg und mit ihm tauchte eine freundliche Stimme auf, die ihn zurück in die Gegenwart holte.

„Du wolltest doch roten Flint sehen, oder?", sagte eine Frau.

Lukas schlug die Augen auf und sah verwirrt umher. War er gemeint? Was wollte er sehen?

Vor ihm sprang Jana von ihrem Handtuch auf und trat auf die Frau zu. „Habt ihr was gefunden?"

Die Frau nickte, dann sah sie Lukas an und lächelte freundlich. „Hallo. Ich bin Katja."

Lukas winkte zur Begrüßung und zuckte unmerklich zusammen. Vor ihm stand Tim Danners Freundin.

„Ein schöner Fund, oder?", sagte eine weitere Stimme.

Lukas drehte sich um und sah Tim Danner höchstpersönlich auf sich zukommen. Etwas irritiert stellte er fest, dass sowohl seine Zielperson als auch dessen Lebensgefährtin nackt waren. Als Einziger in der Runde trug er immer noch seine Shorts.

„Das ist ein roter Feuerstein", beantwortete Danner Lukas ungestellte Frage. „Und so, wie die Bruchstelle aussieht, wird das Innere schön marmoriert sein. Jetzt müssen wir nur noch eine Möglichkeit finden, das gute Stück in Scheiben zu schneiden."

„Und dann?", fragte Lukas.

„Dann können wir die als Knöpfe verwenden. Zum Beispiel bei Schranktüren, die durch Drücken geöffnet werden."

„Prima Idee", sagte Lukas. Erfolglos versuchte er, diesen Gedankengang mit einer möglichen Terrorplanung in Einklang zu bringen. Aktivierungsschalter von Haftminen wurden nur selten verziert.

„Du musst Lukas sein", sagte Danner. „Ich bin Tim. Wollt ihr einen Kaffee?" Ohne eine Antwort abzuwarten, kehrte er mit Bechern und zwei Thermoskannen zurück.

„Nimmt jemand von euch Milch?"

„Ich", sagte Jana.

Danner schenkte aus der einen Kanne ein und reichte ihr den Becher.

„Schwarz", sagte Lukas und erhielt den Zweiten aus der anderen. Der Kaffee dampfte und sein Duft vermischte sich wohltuend mit der Brise des Meeres.

„Und dich brauche ich ja nicht zu fragen, mein Schatz."

Lächelnd schüttelte Katja den Kopf. „Absolut nicht. Du weißt ja ..."

„Ja ja ja", lachte Danner und rollte dabei mit den Augen. „Taschenkrebse mögen keine Milch'."

Lukas zuckte zusammen und schaffte es, sich mit dem heißen Kaffee gleichzeitig die Lippen zu verbrennen und die Hand zu verbrühen. Er sog scharf die Luft ein und sah zu Jana herüber.

Der ging es kaum besser. Sie hatte sich übel verschluckt und kämpfte mit einem heftigen Hustenanfall.

„Alles gut bei euch?", fragte Danner.

„Warum nennst du Katja ,Taschenkrebs'?", keuchte Jana. Nur nach und nach bekam sie ihr Röcheln unter Kontrolle.

„Wie? Ach so ... Klingt wie eine geheime Botschaft, oder? Tatsächlich hat sich der Spruch neulich aber nur per Zufall entwickelt. Ich trinke meinen Kaffee nämlich mit Milch", sagte Danner.

„Was ich absolut widerlich finde!", ergänzte seine Freundin.

„Jedenfalls wollte ich neuen Kaffee aus der Küche

holen. Und da hab ich mir diese kleine Eselsbrücke gebaut, damit ich die Milch nicht in den falschen Becher einschenke."

„Und ich hatte eben den, mit den Taschenkrebsen drauf", schmunzelte Katja.

„Genau", lachte Tim. „Und seitdem gilt: ‚Taschenkrebse mögen keine Milch'. Das ist alles."

„Na dann", sagte Lukas und beobachtete aus dem Augenwinkel, wie Jana krampfhaft um ihre Selbstbeherrschung rang. Mit einem kaum wahrnehmbaren Quietschen presste sie die Lippen aufeinander und eine verräterische Träne lief ihr die Wange herunter.

Lukas Bauch zuckte lautlos und durch sein Gesicht zog sich das breiteste Grinsen, zu dem er fähig war. Eine herrlich warme Welle aus Heiterkeit rauschte durch sein Inneres. Er stellte seinen Becher auf dem Strandkorb ab, zog seine Shorts aus und warf sie beiseite.

„Und was macht ihr sonst so, wenn ihr nicht gerade Steine sammelt?", fragte er.

Auf das gemeinsame Kaffeekränzchen am Strandkorb folgte eine ausgiebige Siesta, die den ganzen Nachmittag dauerte. Erst am Abend machten Jana und Lukas sich auf den Weg in ihr Hotel. Etwas ratlos saßen sie später im Restaurant und hingen ihren Gedanken nach.

Als sie mit dem Essen fertig waren, schlenderten sie an der Küste entlang zur langen Anna. Die Luft war mild und strich kaum merklich als leichteste aller Brisen über die Insel. Sie ließen sich auf einer der großen Liegebänke nieder und sahen schweigend zu, wie eine vielfarbige Dämmerung hereinbrach und die letzten Lichtstrahlen mit den Wolken spielten.

Lukas schloss die Augen und konzentrierte sich auf seine Atmung. Langsam atmete er ein und genauso gemächlich wieder aus. Sein Körper war leicht und eine unbeschreibliche Ruhe erfasste ihn.

Als Jana seine Hand nahm, beschleunigte sich sein Puls.

„Wir müssen ja das verliebte Pärchen spielen", sagte sie lächelnd.

Er legte seinen Arm um sie und zog sie an sich.

Ihre Hand streifte seinen nackten Unterarm und hinterließ ein lang vergessenes Prickeln. Als ihr Kopf an seiner Schulter ruhte, drehte Lukas sich zu ihr um und küsste ihr Haar. Auf dem Klippenrandweg gingen zwei ältere Frauen an ihnen vorbei und lächelten ihnen zu.

„Es ist schön hier", sagte er leise.

Jana nickte schweigend. Ihr Atem ging ruhig und gleichmäßig und ihre Finger begannen, mit seinen zu spielen.

Mit der Dunkelheit kehrten sie ins Hotel zurück.

Lukas folgte Jana ins Zimmer und schloss die Tür. Der Raum war schummerig und die Umrisse des Mobiliars zeichneten sich nur schemenhaft ab. Er spürte, dass sie dicht bei ihm stand. Seine Hände fanden die ihren, dann entdeckten sich ihre Lippen. Janas Wärme umfing ihn wie ein schützender Kokon und er saugte ihren Duft in sich auf.

Sie ließen sich treiben und versanken ineinander, während der Raum um sie herum verblasste. Die Welt verschwamm und machte einem anderen Universum Platz, in dem alles weich und geschmeidig war.

Einige Lichtstrahlen drangen durch die Vorhänge und verkündeten die Rückkehr der Realität. Lukas erwachte und wollte sich instinktiv recken. Janas Hand auf seiner Brust hielt ihn sanft davon ab.

Vorsichtig strich er ihr über den Kopf und sah ihr für einen Moment beim Schlafen zu. Er genoss den friedlichen Anblick. Und ihren Duft, der den Raum erfüllte und an ihm haften blieb. Nach einer Weile hob er behutsam ihren Arm an und glitt aus dem Bett.

Leise zog er sich an und organisierte frischen Kaffee. Mit dem Notebook und einem dampfenden Becher zog er sich auf den Balkon zurück. Es war Zeit, den Abschlussbericht zu entwerfen.

Er dachte über den ersten Satz nach und öffnete ein leeres Dokument. Oben links blinkte der Cursor. Und blinkte ... Und blinkte ... Und blinkte ...

Lukas sah auf den Strand vor ihrem Hotel. Dahinter war das Meer vollkommen ruhig. Spiegelglatt lag es da, wie ein Ententeich. Ein Börteboot glitt tuckernd aus dem Scheibenhafen in die Reede und nahm Kurs auf die Südspitze der Insel. Zwei Möwen begleiteten es für eine Weile und drehten dann zur Düne ab. Hinter ihm öffnete die Brise die Balkontür einen Spalt und er hörte, wie Jana sich im Schlaf bewegte.

Er stand auf und ergriff die Tür. Im Zimmer zeichneten sich Janas Umrisse unter dem Laken ab. Ein wohliger Schauer durchlief ihn und noch einmal spürte er ihre Berührungen aus der letzten Nacht. Einen prickelnden Moment lang ließ er die Erinnerung auf sich wirken. Dann zog er die Tür wieder zu und kehrte ans Notebook zurück. Es half nichts.

Leise begann er zu tippen. Wort für Wort füllte er die Seite, immer darauf bedacht, das Ergebnis ihrer

Ermittlungen möglichst diplomatisch darzustellen. Der Verdacht, den sie bestätigen sollten, durfte in der Rückschau nicht zu absurd aussehen. Happe zu verärgern, war mit Sicherheit keine gute Idee.

Murmelnd las er sich den letzten Satz vor: „Es konnten keinerlei Hinweise gefunden werden, dass die observierte Person in kriminelle oder gar terroristische Aktivitäten, gleich welcher Art, involviert sein könnte." Mehr gab es dazu nicht zu sagen.

Wieder öffnete sich die Balkontür in seinem Rücken. „Hier steckst du", sagte Jana und trat an ihn heran. Vorsichtig strich sie ihm mit der Hand durch die Haare und über die Schulter.

Auffordernd legte Lukas den Kopf in den Nacken. Ihr Kuss war sanft und weich.

„Was machst du jetzt schon hier draußen?", fragte Jana. „Für senile Bettflucht bist du noch zu jung."

„Stimmt. Aber mir schwirren zu viele Gedanken durch den Kopf, die sortiert werden wollen."

„Die habe ich dir doch letzte Nacht alle ausgetrieben." Sie zog sich den zweiten Stuhl heran und setzte sich. „Sollte ich da etwa welche übersehen haben? Wie unaufmerksam!" Mit einem schelmischen Lächeln legte sie ihr Bein über seins. Dann überflog sie den Text, den er entworfen hatte. Als sie fertig war, runzelte sie die Stirn und sah für einen Moment zu Boden.

„Wenn du das abschickst, ist unser Einsatz hier beendet", sagte sie. „Dann müssen wir zurück aufs Festland."

„Und kriegen neue Fälle", ergänzte Lukas.

Jana nickte. „Vor allem müssten wir zurück", wiederholte sie leise.

Lukas starrte auf den Bildschirm und presste die Lippen zusammen. Er hielt die Luft an und drückte ,Steuerung A'. Der Text wurde vollständig markiert und färbte sich blau ein.

Jana zögerte kurz. Dann drückte sie „Entfernen".

Beim Frühstück besprachen sie das weitere Vorgehen. Für diesen Tag konnten sie sich noch in Schweigen hüllen, doch spätestens am nächsten mussten sie einen Bericht abliefern. Aber da sie sich entschieden hatten, die Wahrheit vorerst zu verheimlichen, kamen sie nicht umhin zu klären, was sie stattdessen schreiben sollten.

Doch während sie an ihrem Kaffee nippten und Lukas ihre Brötchen aufschnitt, stellten sie fest, dass die Sache nicht ganz so einfach war, wie sie sich das gedacht hatten.

Einen frei erfundenen Bericht zusammenzustellen war an sich kein Problem. Er musste aber wenigstens ein paar Details enthalten, die ihre Vorgesetzten in dem Glauben ließen, der Einsatz wäre weiterhin gerechtfertigt. War er zu belanglos, würde Happe sie am Ende sogar noch vor Ablauf dieser letzten Woche abziehen.

Zu reißerisch durfte er aber auch nicht klingen. Tim war im Grunde ein netter Kerl, den sie beide mochten. Und sie wollten ihn ungern in Schwierigkeiten bringen, indem sie Dinge über ihn berichteten, die den ursprünglichen Verdacht an Absurdität noch übertrafen.

Sie mussten eine gesunde Mischung finden.

Kurz vor Mittag hatte Lukas einen passenden Text fertig. Er ging perfekt auf Happes Aufforderung ein,

Danners Aktivitäten in Richtung Wassersport zu prüfen. Detailliert beschrieb er, dass der Verdächtige regelmäßig bei einem ‚Schiffsausrüster' einkaufte. Dass es sich bei einigen der Helgoländer Läden mit dieser Bezeichnung lediglich um Duty-free-Shops handelte, verschwieg der Bericht allerdings.

Dafür übermittelte Lukas ein neues Codewort, um die Analyseabteilung auf Trab zu halten.

„Hummer mögen es schwarz", fügte er zum Abschluss hinzu und machte sich eine Liste mit weiteren ‚Hinweisen', die er in den nächsten Tagen absetzen wollte.

„Fische nehmen keinen Zucker", „Der Oktopus nimmt nur, was aus der Maschine kommt" und „Möwen fressen alles" notierte er auf einen Zettel. Damit sollten sie für die folgenden Tage gewappnet sein.

Als der Bericht übermittelt war, fuhren sie auf die Düne und verlebten einen ereignisreichen Tag am Strand. Lukas fand seinen ersten Donnerkeil und lernte, dass Möwen durchaus in der Lage waren, Reißverschlüsse zu öffnen. Über eine halbe Stunde lieferte er sich ein Duell mit einem Vogel, der sich immer wieder einem der Nachbarstrandkörbe näherte und nur wenige Meter Abstand hielt, wenn er verjagt wurde.

Danach lag Lukas neben Jana im Sand und genoss ihre gelegentliche Berührung an seinem Arm.

Am frühen Abend nahmen sie eine Einladung von Tim und Katja an und aßen gemeinsam im Dünenrestaurant. Als die Dämmerung hereinbrach, kehrten sie mit der ‚Witte Kliff' auf die Hauptinsel zurück.

In ihrem Zimmer schnappte Jana sich das Notebook, loggte sich im System ein und erstellte eine Materialanforderung über neue Abhörmikrofone.

„Warum das?", fragte Lukas.

„Weil die Alten nicht mehr richtig senden. Also, seit dem Blitzeinschlag, wenn du verstehst", sagte sie und zwinkerte ihm zu.

„Ich verstehe", sagte Lukas. Er wartete, bis sie die Anforderung abgeschickt hatte, dann zog er sie in seine Arme. „Es war zwar nicht gerade ein Blitzeinschlag, aber irgendwie stehe ich neuerdings trotzdem unter Strom."

Die Berichte und Codeworte taten ihre Wirkung. Tagelang blieb es ruhig. Nicht einmal Janas Materialanforderung wurde in Frage gestellt. Als sie drei Tage später von der Düne kamen, überreichte der Rezeptionist ihnen ein Paket mit neuen Wanzen. Jana stellte es ungeöffnet in den Schrank und legte ein paar T-Shirts obenauf, so als handelte es sich um ein missglücktes Weihnachtsgeschenk, das man zwar nicht im Müll entsorgen, aber auch nicht ständig vor Augen haben wollte.

Lukas ging derweil unter die Dusche.

Als er fertig war, warf einen Blick auf die Uhr. „Noch eine halbe Stunde", sagte er und holte sich Unterwäsche aus der Schublade.

„Ich glaube nicht, dass Tim und Katja uns den Kopf abreißen, wenn wir fünf Minuten zu spät kommen. Außerdem habe ich ja nicht eine Ewigkeit im Bad gebraucht." Sie zog ihr Top aus und warf es nach ihm. „Sieh zu, dass du fertig wirst", lachte sie. „Nicht, dass ich am Ende schneller dusche, als du dich anziehst."

„Mach das ja ordentlich!", gab er zurück. „Ich guck mir das später bestimmt an."

Grinsend drehte Jana sich zu ihm um. Ihre Hand ruhte auf ihrem nackten Bauch.

Für einen Moment folgte Lukas mit den Augen den langsam kreisenden Abwärtsbewegungen, die sie vollführte und erwiderte ihr Grinsen. „Später sagte ich."

Das Klingeln seines Handys brach wie ein Gewitter über ihr Zimmer herein und riss beide aus ihrer neuen Welt. Lukas sah auf das Display.

„Happe", sagte er knapp und zog sich eine Hose an. Er tippte auf den Button zum Annehmen des Gesprächs und schaltete den Lautsprecher ein.

„Was gibt's Neues, Berger? Ihre Zeit läuft allmählich ab."

„Danke, Chef. Uns geht's auch gut", antwortete Lukas und setzte sich aufs Bett.

„Halten sie mich nicht mit Smalltalk hin, sie Experte. Sie sitzen mittlerweile seit Wochen auf diesem Felsen und bislang ist nichts dabei herausgekommen. Also los jetzt: Status."

Lukas räusperte sich. „Es gibt tatsächlich nicht viel Neues", sagte er. „Jedenfalls nichts, was nicht schon in den Berichten steht. Allerdings rechne ich in Kürze mit einem Durchbruch."

„Aha. Und warum gerade jetzt?"

„Wir haben mittlerweile einen vertrauensvollen Kontakt zu dem Verdächtigen aufnehmen können. Es ist daher davon auszugehen, dass wir binnen der nächsten zweiundsiebzig Stunden einen tieferen Einblick in das direkte Umfeld erhalten."

„Was soll das denn heißen?"

„Wir sind in einer halben Stunde bei Tim Danner und seiner Freundin zum Essen eingeladen."

Für ein paar Sekunden dröhnte Stille aus dem Lautsprecher. Dann erklang wieder Happes knurrende Stimme. „Gut, sie sind ja undercover dort. Aber da muss jetzt mal was bei rausspringen. Ziehen sie die Nummer heute Abend durch. Ich erwarte dann morgen um diese Zeit einen Bericht von ihnen. Persönlich!"

Lukas erhob sich und sah Jana an. Die schüttelte langsam, aber entschieden den Kopf.

„Das schaffen wir nicht Chef", sagte er. „Selbst wenn wir das Schiff morgen Nachmittag nehmen."

„Dann schicke ich ihnen notfalls einen verdammten Hubschrauber!"

„Sollen wir auch noch unsere Visitenkarten hier lassen? Oder Danner gleich heute Abend in Kenntnis setzen, dass wir ..."

„Schon gut, ich hab's verstanden. Achtundvierzig Stunden, Berger. Übermorgen sitzen sie hier in meinem Büro und erstatten Bericht. Alle beide. Und jetzt: Zurück an die Arbeit."

Lukas warf das Handy weg und fluchte leise vor sich hin. Erst als Jana ihr eigenes Smartphone aus der Tasche herauskramte, sah er auf.

„Was tust du?"

„Ich sage Katja Bescheid, dass wir etwas später kommen."

„Und warum?"

„Darum", sagte sie und nahm zwei Zettel vom Schreibtisch. Sie schubste ihn aufs Bett und legte sich neben ihn. „Ich hätte dir das schon früher sagen sollen. Und du musst natürlich selbst wissen, was du tust. Aber es gibt da gewisse Möglichkeiten ..."

Lukas las den ersten Zettel, den sie ihm reichte. „Strandkorbverleih?", fragte er.

„Katja kennt jemanden, der auf der Düne arbeitet und einen neuen Mitarbeiter sucht. Einen, der handwerklich begabt ist und Strandkörbe reparieren kann. Da musste ich gleich an dich denken."

Lukas runzelte die Stirn. „Warum sollte ich denn Strandkörbe reparieren?", fragte er.

Jana schlug die Augen nieder und mied einen Moment lang seinen Blick.

„Ich ahne etwas", sagte er und nahm den zweiten Zettel entgegen.

„Das ist meine Adresse hier auf der Insel. Jedenfalls ab dem nächsten Ersten."

„Ernsthaft?"

„Absolut." Sie legte den Kopf auf seine Brust und schmiegte sich an. „Ich weiß, was du sagen willst, aber ich habe mir das alles gut überlegt. Einen Job habe ich in Aussicht und genug Reserven, um bis dahin über die Runden zu kommen."

Lukas schwieg. In seinem Kopf tobten widerstreitende Gedanken durcheinander. Zum ersten Mal, seit sie sich nahegekommen waren, grummelte sein Magen und ein Unwohlsein kam in ihm auf. „Ich weiß nicht", sagte er nach einer Weile. „Das würde mein Leben völlig verändern."

„Dein Leben hat sich schon verändert. Zum Besseren, wenn du mich fragst." Verschmitzt lächelte sie ihn an. „Du bist nicht mehr so ein grantiger Klugscheißer, wie am Anfang. Selbst die grauen Haare, die ich bei unserer ersten Begegnung gesehen habe, sind verschwunden. Und wenn ich dich jetzt morgens im Bett liegen sehe, weiß ich, dass auch du mal ein kleiner Junge warst. Sogar ein ziemlich süßer." Ihre Hand glitt über seine Wange.

Wieder sah Lukas auf den Zettel mit der knappen Notiz „Strandkorbverleih" und einer Telefonnummer. Die feinen Härchen in seinem Nacken vibrierten und in den Händen spürte er ein Prickeln, wie es sonst nur vorkam, wenn er zu Hause sein Werkzeug hervorholte, um etwas zu bauen.

„Und du kannst dir vorstellen, hier zu leben?", fragte er.

Jana hob den Kopf und legte das Kinn auf seine Brust. Einen Moment betrachtete sie ihn eingehend, dann strich sie ihm durch die Haare. „Ich kann mir vorstellen, mit dir hier zu leben."

Gleich am nächsten Morgen sprach Lukas mit dem Leiter des Strandkorbverleihs. Der Mann war ihm auf Anhieb sympathisch und als er ihn in der Werkstatt herumführte, wirkte alles seltsam vertraut. Da waren diese Gerüche nach Sägemehl und Leim und die Ausstrahlung einer alten Werkbank, an der schon Generationen von Strandkörben gebaut und repariert worden waren.

Auf einem Stapel erblickte Lukas Holzteile, die darauf warteten verarbeitet zu werden. Unwillkürlich begannen seine Hände zu jucken und das altbekannte Vibrieren von Schwingschleifern und Elektrosägen vorauszuahnen. Ein Prickeln und Zittern durchfuhr seinen Körper.

Er atmete ein paar Mal tief durch. So hatte er sich zuletzt gefühlt, als er das erste Mal entscheiden musste, ob er von der Schusswaffe Gebrauch machen sollte. Damals waren ihm nur Sekundenbruchteile geblieben.

Dieses Mal hatte er mehr Zeit zur Verfügung, aber das schien der einzige Unterschied zu sein.

Lukas bat sich Bedenkzeit aus und verbrachte den Rest des Tages mit Spaziergängen auf der Düne und dem Oberland. In seinem Kopf überschlugen sich die Gedanken wie brechende Wellen am Strand. Einzelne Überlegungen flogen auf und kreisten über ihm, wie aufgeschreckte Möwen oder trieben dahin wie Flechten aus zähem Tang.

Am späten Nachmittag setzte er sich am Falm auf eine Bank neben dem Berliner Bären. Im Hafen erklang das Tuten eines Schiffshorns. Der erste Dampfer legte ab und nahm Kurs auf das Festland. Kurz danach folgten der zweite und der dritte und als Lukas sich von der Bank erhob, verließ zu guter Letzt auch der Katamaran Helgoland.

Er hätte schon vor Stunden im Hotel packen und auschecken müssen.

In aller Ruhe sah er zu, wie der Katamaran sich entfernte und immer kleiner wurde. Das unangenehm zerrende Gefühl in seinen Eingeweiden ließ nach und folgte den Schiffen, bis es sich in ihrem Kielwasser auflöste.

Lukas schlenderte den Klippenrandweg entlang und beobachtete vom Pinneberg aus, wie die ersten Anzeichen der Dämmerung sich bemerkbar machten. Vor ihm lag der Horizont. Eine scharfe Linie, die Himmel und Meer eindeutig voneinander trennte.

Er kehrte ins Hotel zurück und schrieb den Abschlussbericht.

Ohne das sprichwörtliche Blatt vor den Mund zu nehmen, entlastete er Tim Danner und ersparte Happe auch den Begriff der „Paranoia" nicht. Schlussendlich klärte er die Codeworte als missverstandene Eselsbrücken zum Auseinanderhalten von schwarzem Kaffee und Kaffee mit Milch auf und schloss mit dem vielsagenden Hinweis:

„Es liegen keine Erkenntnisse vor, dass der Betroffene in irgendeiner Weise kriminell oder gar terroristisch aktiv war oder werden könnte. Die der Observierung zugrundeliegenden Tatbestände konnten - soweit man sie denn überhaupt ernsthaft als relevant ansehen will - sämtlich widerlegt werden. Die Einschätzung, dass Tim Danner eine Gefahr oder auch nur eine potenzielle Gefährdung für die öffentliche Sicherheit im Allgemeinen oder das Katastrophenschutzsystem im Besonderen darstellt, ist absurd und entbehrt jeder Grundlage.”

Lukas las alles noch einmal durch und schickte den Bericht ab.

Danach verfasste er das Schreiben, mit dem er aus dem Polizeidienst ausschied.

Tags darauf gingen Jana und Lukas noch vor dem Frühstück gemeinsam zur Rezeption. Sie hatten zwei große Umschläge, die an die Personalstelle der Polizei adressiert waren und einen USB-Stick dabei. Gut gelaunt legte Jana das Speichermedium auf den Tresen.

„Könnten sie uns diese beiden Dokumente freundlicherweise ausdrucken?”, fragte sie, während ihre Finger mit Lukas Hand einen lautlosen Tanz aufführten.

Einen Augenblick später lagen die Schriftstücke vor ihnen und Jana bat um einen Kugelschreiber. Nachdem sie unterschrieben hatten, tüteten sie ihre Briefe ein und übergaben sie dem Rezeptionisten. „Wird erledigt”, bestätigte der und legte die Umschläge in einen Ablagekorb mit der Aufschrift „Wichtig".

Lukas Handy brummte. „Seiffert", sagte er, als er die Textnachricht durchgelesen hatte. „Er will wissen, warum wir nicht auf dem Schiff waren."

„Soll ich ihm antworten?", fragte sie.

Lukas schüttelte den Kopf. „Bin schon dabei", sagte er.

„Bericht ist raus. Wir bleiben hier", schrieb er und tippte auf ‚Senden'.

Er bemerkte eine Möwe, die ihn aus einem kleinen Ständer auf dem Tresen heraus ansah. Es war eine Postkarte, auf der der Vogel im Licht einer tiefstehenden Sonne über den Strand watschelte und schnell vergehende Spuren hinterließ. „Glück schmeckt salzig und wandelt auf weichem Sand", stand darüber geschrieben.

Lukas ließ sich eine geben und bezahlte. „Ich finde, der gute Bernd Seiffert hat etwas mehr an Erklärung verdient", sagte er und begann zu schreiben.

Interessiert sah Jana ihm über die Schulter.

„Wir bleiben hier. Danke für alles! Ich schulde dir was! Viele Grüße - Lukas."

„Ja", nickte Jana, „das ist viel ausführlicher als die Textnachricht gerade eben." Sie grinste und stupfte ihn mit der Nase an. „Lass uns packen", sagte sie.

Es dauerte lediglich eine Woche, bis Lukas im Strandkorbverleih endgültig angekommen war. Bei Arbeitsbeginn schnupperte er lächelnd nach den eigentümlichen Gerüchen, die ihn umgaben und abends auf der Rückfahrt mit der ‚Witte Kliff' freute er sich über alles, was er am Tag geschafft hatte.

In der Werkstatt bewegte er sich mit der Sicherheit eines Schlafwandlers. Er suchte Material und Zubehör nicht - er fand es. Und die Eigenarten eines jeden Werkzeuges waren ihm mindestens so vertraut, wie die winzige Wohnung, in die er mit Jana gezogen war.

Vor ihm auf der Werkbank lag eine Holzplatte mit zwei Ausschnitten für die Fußbänke des Strandkorbs. Das Holz sah arg mitgenommen aus. Er strich mit der Hand darüber und ertastete die Unregelmäßigkeiten in der Oberfläche. Ohne Vorbehandlung würde es die nächste Saison nicht überstehen.

Er setzte den Schwingschleifer an und genoss die Vibrationen, die das Gerät durch seine Hände bis in die Oberarme schickte. Als er den Lack heruntergeholt hatte, löste er die Halterungen an der Werkbank und drehte die Platte um. Die Rückseite benötigte seine Hilfe noch dringender.

Ein Kollege tippte ihm auf die Schulter. Lukas rückte den Gehörschutz ein Stück von seinem Ohr ab.

„Da möchte dich jemand sprechen."

Lukas sah hinter sich und verzog das Gesicht. Im hell scheinenden Rechteck der Werkstatttür zeichnete sich eine Gestalt ab.

Wie ein drohender Monolith stand sie da und rührte sich nicht.

„Ach du lieber Himmel", sagte er murmelnd und legte den Gehörschutz zur Seite.

„Verwandtschaft?"

Lukas schüttelte den Kopf. „Schlimmer", grummelte er. Er steckte die Schutzbrille in die Seitentasche seiner Shorts und ging zur Tür.

Er schob sich an dem Monolithen vorbei ins Freie und blinzelte im grellen Sonnenschein. Lächelnd musterte er seinen Besucher, der im dunklen Anzug mit Krawatte schwer atmend vor ihm stand.

„Was kann ich für sie tun, Herr Happe?", fragte er.

„Sie schulden mir eine Erklärung, Berger!"

„Ich wüsste nicht, wofür."

Happes Gesicht bekam einen leichten Rotstich, der so schnell kam, dass er keinesfalls von der Sonne herrühren konnte.

„Dafür, dass sie den Fall ‚Tim Danner' völlig versaut haben, zum Beispiel! Dafür, dass sie aus einer Laune heraus den Dienst quittieren. Und vor allem dafür, dass sie eine talentierte Mitarbeiterin in ihre Hirngespinste mitreinziehen!"

Schulterzuckend griff Lukas in seine Hosentasche und holte ein Päckchen Pfefferminz hervor. Er nahm sich ein Stück und bot Happe ebenfalls etwas an.

Die Augen seines ehemaligen Vorgesetzten glühten vor Wut. Ihr Blick schien ihn durchbohren zu wollen.

„Es gab nie einen Fall ‚Tim Danner'", sagte Lukas und steckte die Packung wieder ein. „Also kann ich ihn auch nicht versaut haben. Sie lagen dieses Mal einfach daneben."

„Danner hat im Internet ..."

„... für ein Buch recherchiert!", ging Lukas dazwischen. „Lesen sie den Bericht, zum Teufel! Da steht alles drin. Und wenn sie anderer Meinung sind, dann verschwenden sie ruhig weiter ihre Ressourcen. Aber mich lassen sie damit gefälligst in Frieden! Es ist ihre Paranoia, nicht meine!"

Happe schnaufte. Er wirkte wie ein Vulkan, der kurz vor dem Ausbruch stand.

„Sie müssen völlig den Verstand verloren haben, Berger! Haben sie mal an ihre Karriere gedacht?"

Lukas zuckte erneut die Schultern und gönnte sich ein weiteres Pfefferminz.

„Sie waren einer der Besten bei uns! Sie hatten ihr eigenes Team und die nächste Beförderung war nur noch eine Frage der Zeit. Wer weiß, vielleicht hätten sie irgendwann einmal mich beerbt. Sie hätten es verdammt weit bringen können, Berger! Geld, die Anerkennung der Kollegen, eine satte Pension. Sogar ein vorzeitiger Ruhestand wäre möglich gewesen! Und all das haben sie jetzt aufgegeben." Happe warf einen abschätzigen Blick auf das Werkstattgebäude und den Haufen ausrangierter Strandkorbteile, die daneben lagen.

„Für das hier, Berger! Wirklich?"

Lukas stemmte die Hände in die Hosentaschen. Schweigend sah er Happe eine Weile an. „Kommen sie mal mit", sagte er schließlich.

Ohne eine Antwort abzuwarten, stapfte er los. Ab und an warf er einen Blick hinter sich, um sicherzugehen, dass Happe noch bei ihm war. Er ignorierte alle Einwände und Fragen, wohin sie denn gingen, und lauschte nach einigen Minuten nur noch auf das Keuchen und Schnaufen, das ihm folgte.

Mit Happe im Schlepptau durchquerte er das Innere der Düne. Zielstrebig führte Lukas seinen ungebetenen Gast auf den Nordstrand. Auf halbem Weg zum Wasser blieb er mit dem Mann im Anzug stehen.

Einige Möwen beäugten sie neugierig. Strandbesucher rieben sich bei Happes Anblick verwundert die Augen. Die Volleyballer neben der DLRG unterbrachen ihr Spiel und zwei Kinder, die splitternackt und kreischend aus dem Wasser gelaufen kamen, blieben kurz stehen, um Happe zu begaffen.

Dann liefen sie weiter und ließen sich am Strandkorb von ihrer Mutter trocken rubbeln.

Lukas schmeckte das Salz in der Luft und fragte sich, ob Happe das überhaupt wahrnahm oder ob sogar die frische Brise unbemerkt an ihm vorbeiging. Mit ausdrucksloser Miene drehte er sich zu seinem ehemaligen Chef um.

„Vielleicht halten sie mir ihren Vortrag hier einfach nochmal", sagte er. „Vorausgesetzt, sie denken immer noch, dass er angebracht ist."

Happe schnaubte verächtlich. „Sie sind ein Träumer, Berger. Das hier ist Urlaub, nicht die wirkliche Welt."

Lukas lachte leise. „Genau da liegen sie falsch. Was sie hier sehen, ist so wirklich wie jede Observierung und jeder Tatort. Manchmal ist es sogar realer, als jeder Fall, an dem ich in den vergangenen Jahren gearbeitet habe. Lebendiger ist es allemal." Er hob einen Stein auf und rieb den Sand herunter. Doch es war nur Rost, der zum Vorschein kam. Lukas warf ihn wieder weg. Roter Feuerstein sah anders aus.

„Sie halten das hier für das wahre Leben? Sie werden ihr Altes schnell vermissen, Berger. Da bin ich mir sicher."

„Wie oft wurden sie schon geschieden, Herr Happe?", fragte Lukas. „Dreimal? Viermal? Ich musste das bis jetzt zum Glück nur einmal mitmachen. Und das eine Mal reicht. Auf weitere Erfahrungen dieser Art kann ich gut verzichten. Der Preis, für das, was sie das ‚wahre Leben' nennen, ist mir eindeutig zu hoch. Insbesondere, wenn ich mir ihre jetzige Verfassung ansehe. Gesund wirken sie nicht."

„Dafür werde ich mich in ein paar Jahren über eine stattliche Pension freuen."

„Falls sie die überhaupt erreichen. Aber wie dem auch sei: Ich werde sie mit Sicherheit nicht davon abhalten, ihr Leben mit der Karriere und dem Verdienen ihrer Rente zu verbringen. Das ist ihre Entscheidung. Meine ist eine andere."

In Happes Gesicht zuckte es.

„Dieser Staat hat viel Zeit und Geld in ihre Ausbildung als Polizist gesteckt. Sie schulden uns was."

„Sie haben meine Ehe und vierzehn Jahre meines Lebens. Ich denke, wir sind quitt."

Lukas nickte ihm zu und wandte sich zum Gehen.

„Ich werde sie nicht einfach so ziehen lassen, Berger!"

Lukas hielt kurz inne und zeigte auf die Dünen. „Sie sehen dahinten den Einschnitt, durch den wir gekommen sind? Gehen sie denselben Weg zurück und halten sie sich danach halb links."

„Und dann?"

„Dann sehen sie schon den Flughafen. Ich gehe davon aus, dass sie mit dem Flugzeug und nicht mit dem Schiff gekommen sind. Also, guten Flug." Lukas ließ Happe stehen und ging.

Als er einer Möwe zu nahe kam, erhob die sich in die Luft und flatterte davon. Ein paar Meter weiter hörte er eine helle Mädchenstimme.

„Mama? Was macht denn der Mann dahinten so ganz angezogen hier am Strand?"

Die Mutter beschirmte die Augen und sah irritiert zu Helmut Happe herüber. „Ich weiß auch nicht mein Schatz. Der hat sich bestimmt verirrt."

„Der Arme", sagte das Mädchen und widmete sich wieder seiner Sandburg.

Wie wahr, dachte Lukas. Als er an der Kleinen vorbeiging, winkte sie ihm zu.

Lukas winkte fröhlich zurück und machte sich auf den Weg in die Werkstatt.

Nach getaner Arbeit ging Lukas in den Supermarkt am Flughafen. Er kaufte zwei Bier und schlenderte weiter in Richtung Nordstrand. Am Ende des Bohlenweges zog er die Schuhe aus und genoss die Kühle des Sandes an den Füßen. Eiskaltes Kondenswasser tropfte von den Flaschen herunter und landete auf seinem Fuß. Ein wohliger Schauer durchlief ihn. Er hatte erst seit einer Viertelstunde Feierabend - und stand doch schon am Strand und sah aufs Meer.

„Da bist du ja endlich", sagte Jana, als er ihren Strandkorb erreichte. Sie nahm ihm die Flaschen ab und gab ihm einen Kuss.

„Ich wurde bei der Arbeit aufgehalten", sagte Lukas. „Und du wirst niemals glauben, von wem."

Fragend hob Jana die Augenbrauen.

„Happe war hier", sagte er und grinste.

„War er etwa der Depp, der heute im Anzug über den Strand gestiefelt ist?"

„Du hast ihn gesehen?"

„Ich bin erst später gekommen. Aber er war Tagesgespräch. Was wollte er?"

„Na, was schon. Mich zur Schnecke machen", sagte Lukas und lachte. „Hat mir einen Vortrag gehalten, dass ich an meine Karriere denken soll und an meine Pension. Und wie viele Ressourcen die Polizei in meine Ausbildung gesteckt hat."

Prüfend sah Jana ihn an. „Du hast dich doch nicht einwickeln lassen, oder?"

„Quatsch!", sagte Lukas.

Er nahm sie in den Arm und drückte sie an sich. Ihre Wärme drang durch sein T-Shirt und ihr Haar roch nach Wind und Sonne. Über Janas Schulter hinweg sah er Helgoland. Die Umrisse des Felsens leuchteten im tiefstehenden Licht und um das nördliche Ende der Insel flatterte unermüdlich ein Vogelschwarm.

Im Winter würde es hier anders sein, dachte er. Kälter. Und dunkel. Genau wie anderswo. Aber hier musste er sich wenigstens keine Gedanken wegen vereister Straßen machen. Und mit den Stürmen, die es spätestens ab Herbst geben würde, sollte er schon klar kommen. Eine seltsame Vorfreude überkam ihn.

Er bohrte seine Füße tiefer in den Sand. Unter der obersten Schicht war der Boden kühler. Und fester. Die jahrtausendealte Beständigkeit des Helgoländer Felssockels strömte in seine Beine und flößte ihm ein Gefühl von Sicherheit ein. Selbst wenn sich alles wieder änderte, würde ihn die Erinnerung an diese Zeit immer mit Dankbarkeit erfüllen.

Versonnen sah er Jana an und strich ihr eine Haarsträhne aus dem Gesicht.

Zum ersten Mal seit Jahren ruhte er wieder in sich selbst. Und in dem wohltuenden Gefühl, dort zu sein, wo er hingehörte.

Der verschwundene Brennmeister

Prolog

Leise quietschend schwang die schwere Eichentür auf und gab den Blick auf einen wunderbaren Schatz frei. In einem kleinen Lagerhaus waren Reihe um Reihe Eichenfässer gestapelt. Ein Hauch von Torf und Gerste lag in der Luft und vermischte sich mit dem Salz des nahen Meeres. Draußen brachen sich die Wellen am Strand.

Tim Wilke stieg über die Schwelle und knipste das Licht an. Während er die Reihen abging, tippelten seine Finger von einem Fass zum anderen, bis er das Richtige gefunden hatte. Nummer 03011952. Vorsichtig streichelte er über das glatte Holz und prüfte den Verschluss. Endlich war es so weit!

„Jonas?", rief er in Richtung Tür. „Ich brauche dich mal, Junge. Und bring die Sackkarre mit!"

Nur Augenblicke später erschien sein Gehilfe. Unter dem Arm des hochgewachsenen jungen Mannes wirkte die Karre geradezu winzig, fast wie ein Spielzeug.

Tim zeigte auf das Fass und wartete, bis Jonas seinen blonden Pferdeschwanz neu zusammengebunden hatte.

Gemeinsam wuchteten sie das Fass herunter und brachten es in den Arbeitsraum der Destille. Ächzend bockten sie es auf und drehten es, bis der Verschluss nach oben zeigte.

„Dann wollen wir mal", sagte Tim. Aus dem Regal hinter sich holte er ein großes Notizbuch hervor und legte es neben das Fass.

Es war in einen dicken Ledereinband eingeschlagen. „West Coast Distillery - Journal" war als Titel in das Leder eingearbeitet. Zusammen mit dem Logo war es von Lederriemen umrandet. Darunter war eine Strandlandschaft mit Wellen, Strandkörben und Möwen kunstvoll eingraviert.

Ein leises „Plopp" erklang, als sich der Stopfen aus dem Fass löste. Augenblicklich erfüllte ein Duft nach Eichenholz, vermischt mit einer süßlichen Note und einer gehörigen Portion Torf den Raum.

Tim wedelte die Ausdünstungen mit der flachen Hand in Richtung seiner Nase. „Der erste Eindruck ist gar nicht schlecht. Was meinst Du?"

Jonas zog die Augenbrauen hoch. „Man fragt sich, warum es nicht raucht."

„Sehr gut!", rief Tim. Leicht wie eine Feder drehte er sich auf den Fußballen und glitt zum Regal hinter ihm. So sicher, wie ein Zimmermann seinen Hammer schwingt, griff er mit der einen Hand nach zwei Gläsern und mit der anderen nach einer großen Pipette. Leise summend führte er den langen Glaszylinder in das Fass, verschloss mit dem Daumen die obere Öffnung und zapfte die ersten Tropfen seiner Kreation. Geräuschlos ergoss sich der Whisky und schimmerte golden.

Wie zwei Synchronschwimmer hoben Tim und Jonas die Gläser, hielten sie gegen das Licht und prüften die Farbe. Schweigend schnupperten sie, überzeugten sich, dass der anfängliche Eindruck durch den Duft bestätigt wurde, und prosteten sich zu.

„Slàinte!"

Ungefragt griff Tim nach dem ersten Schluck zu einer kleineren Pipette aus Plastik und einem Krug Wasser.

„Ich denke, ein oder zwei Tropfen würden ihm guttun", sagte er. „Dann kommen die Aromen besser zur Geltung."

„Gute Idee", sagte Jonas und hustete leicht.

„Also noch einmal: Slàinte!"

Ein warmer Hauch durchspülte Tims Mund. Er war erdig, so wie der Duft, der dem Fass entstiegen war. Das Eichenfass hatte für eine holzige Note gesorgt und die leichte Süße offenbarte, dass zuvor Sherry darin gelagert hatte.

„Die neue Gerste hat sich bezahlt gemacht", sagte Tim und nahm einen weiteren Schluck.

„Aber das Fass war nicht optimal", wandte Jonas ein.

„Meinst du?" Tim nippte noch einmal und wiegte nachdenklich den Kopf hin und her. „Ich glaube eher, dass wir die Gerste feiner schroten könnten. Und dann noch ein wenig mehr Zeit im Maischebottich ..."

„Vielleicht wäre es auch eine Möglichkeit, wenn wir auf Column Stills umstellen."

Tims Augenbrauen zogen sich zusammen und in der Mitte bildete sich eine Falte, die ihm unverzüglich ein unleidliches Aussehen verlieh. „Säulenbrennverfahren? Ich denke, wir bleiben lieber bei den Pot Stills!" Unwillkürlich huschte Tims Blick durch die Tür in den Raum, in dem seine Kupferbrennblasen standen. Die sollte er aufgeben? Sie waren das letzte Überbleibsel seines gescheiterten Versuches, auf Helgoland eine Destille aufzubauen.

„Vielleicht war das Fass wirklich noch ein bisschen jung", sagte er. „Oder er muss einfach noch etwas länger lagern."

„Ist der eigentlich zwei- oder dreifach gebrannt?" Jonas griff nach dem Buch und machte Anstalten, es aufzuschlagen.

Blitzschnell schoss Tims Hand vor und knallte auf den Ledereinband. „Nichts da!" Gereizt funkelte er seinen Gehilfen an. „Du weißt ganz genau, dass mir dieses Buch heilig ist. Und dass ich der Einzige bin, der darin Einträge vornimmt!"

„Aber ich wollte doch nur etwas nachlesen ..."

„Und ich bin auch der Einzige, der darin etwas nachliest!"

Jonas trat einen Schritt zurück und hob abwehrend die Hände. „Ist ja gut", sagte er und band seinen Pferdeschwanz neu zusammen. „Dann behältst du es eben für dich."

Langsam nahm Tim das Buch wieder an sich und legte es zurück in das Regal, außerhalb von Jonas Reichweite. Er würde sich einen Safe anschaffen müssen.

„Dieser Whisky ist dreifach gebrannt", sagte Tim nach einer Weile. „Das muss ich nicht mal nachlesen."

„Dann ist es das nicht. Also: Zustöpseln und weiter reifen lassen?"

Tims Handy piepte.

„Für morgen alles klar?", fragte Mark Stuppke per Textnachricht.

„Natürlich", textete Tim zurück und legte das Handy beiseite, nur, um es sofort wieder zur Hand zu nehmen, weil es klingelte.

Während er den Anruf entgegennahm, bedeutete er

Jonas, dass er das Fass tatsächlich wieder verschließen sollte. Der Gehilfe nahm den Stopfen zur Hand, und Tim lauschte der Mitteilung des Anrufers.

„Das ist schön, dass das klappt", sagte er. „Morgen bin ich noch unterwegs, aber danach ... Das sollte gehen ... Dann telefonieren wir, wenn ich wieder da bin." Tim legte das Handy weg und lächelte. Das waren gute Nachrichten!

Der Auftrag

Eine abendliche Brise strich sanft über die Elbe und den kleinen Museumshafen hinweg. Der Lärm des Tages verklang und alte Schlepper, Trawler und Lastenkähne lagen still an ihren endgültigen Ruheplätzen. Mit kaum merklichen Bewegungen prüften sie zaghaft die Festigkeit ihrer Leinen.

Nur an einem der äußersten Liegeplätze, nah am Strom, deuteten Geräusche darauf hin, dass der Tag noch nicht ganz vorüber war.

Die „Argyll", die erst wenige Jahre zuvor ihren Dienst auf der Route Bremerhaven-Cuxhaven-Helgoland eingestellt hatte, war auf Hochglanz poliert und aus ihren Fenstern und Bullaugen sickerte warmes Licht in die laue Abenddämmerung. Auf dem Freideck des alten Dampfers erklang leise Musik und ein halbes Dutzend Stehtische war mit weißen Tüchern eingeschlagen.

An einem dieser Tische stand Mark Stuppke und sah zufrieden in die Runde.

„Ein herrlicher Abend, nicht wahr?", sagte er.

„Läuft", antwortete Tim Wilke.

„Ich war mir zwar sicher, dass ein Tasting, das sich auf deutsche Whiskys konzentriert, funktionieren kann, aber das hier ..." Er knuffte Tim gegen die Schulter. „Wir sind sogar dreißig Prozent überbucht. Mehr ging nicht ..."

„Ich sag ja: Läuft."

Mark strahlte. Seit dem frühen Abend hatten sie fünf Whiskys verkostet. Die letzten zwei Stunden hatten Tim und er gemeinschaftlich mit dem Beantworten von Fragen verbracht. Wie stellt man Whisky her? Ist Whisky, der nicht aus Schottland kommt, tatsächlich ein Whisky und ab wann darf sich ein Scotch überhaupt Scotch nennen ...

„Ich glaube, es ist Zeit. Bist du soweit?"

Tim nickte und ging nach drinnen. Als er wieder auf dem Rückweg war, klatschte Mark in die Hände und erhob seine Stimme.

„Darf ich um ihre Aufmerksamkeit bitten? Wir kommen jetzt zum Höhepunkt des Abends", rief Mark die Gäste zusammen, während Tim drei Flaschen auf den Tisch stellte.

„Die neueste Kreation der West Coast Distillery! Ein Single Malt, drei Jahre am Meer gelagert und den Elementen ausgesetzt. Die meisten von ihnen kennen mich und wissen, dass ich ein Faible für Islay-Whiskys habe." Mark öffnete die erste Flasche, schnupperte daran und gönnte sich eine winzige Pause für ein genüssliches Lächeln. „Dieser hier steht seinen schottischen Kollegen in nichts nach. Außerdem kenne ich keine Destille auf Islay, die dichter am Meer ist, als die West Coast Distillery. Oder die bessere Zutaten verwendet."

Eins nach dem anderen füllte er die bereitgestellten

Gläser und verteilte sie an die Teilnehmer. „‚Tim's Tiny Treasure'. So heißt dieser edle Tropfen", erklärte Mark ein ums andere Mal. Schweigend stand Tim neben ihm und schenkte aus der zweiten Flasche ein. „Ich hole Nachschub", sagte er und verschwand wieder im Veranstaltungsraum.

Neugierig beobachtete Mark seine Gäste und versteckte seine Hände in der Hosentasche, damit er nicht aufgeregt mit den Fingern auf dem Tisch trommelte.

„Der Duft ist ausgesprochen rauchig", sagte ein älterer Mann mit schütterem Haar, dem man deutlich ansah, dass er sich in der Welt schon umgesehen hatte. Prüfend hielt er das Glas gegen das Licht und kniff ein Auge zu. „Hätte mich nicht gewundert, wenn der noch qualmt. Aber eine wunderschöne Farbe. Erinnert an Bernstein. Zuckerzusatz?"

„Keinesfalls!", sagte Mark.

„Für den Duft ist der erste Schluck überraschend mild", sagte die Begleitung des Mannes mit dem schütteren Haar. Sie war allerhöchstens dreißig, ausnehmend attraktiv und nach eigenen Angaben seine Tochter.

„Geben sie ihm einen Augenblick", sagte ein Mittdreißiger, der offensichtlich einen Aufhänger für eine Kontaktaufnahme sah. „Mit der Zeit kommt eine schöne Süße, der eindeutige Hinweis, dass hier ein Portweinfass im Spiel war."

Mark grinste zufrieden. Die Reaktionen reichten von Interesse bis hin zu offener Begeisterung. Als er die ersten Bestellungen entgegennahm, kehrte Tim mit zwei weiteren Flaschen zurück.

Mark klopfte ihm auf die Schulter. „Läuft wirklich",

sagte er. Er nahm sein Glas und deutete auf Tim. „Und das ist der Schöpfer von ‚Tim's Tiny Treasure'! Tim Wilke, Inhaber und Master Destiller der West Coast Distillery!"

Applaus brandete auf und eine warme Welle aus Zufriedenheit schwappte durch Mark. Er stellte sein Glas ab, drehte sich zu Tim und applaudierte ebenfalls. „Ehre wem Ehre gebührt, mein Freund", flüsterte er ihm leise ins Ohr. „Das war wirklich ein Geniestreich. Fast so gut wie deine Whisky-Pralinen."

„Was meinst du mit ‚fast?", sagte Tim. Zum ersten Mal lächelte er, wenn auch etwas gequält.

Ein sportlich aussehender Mann trat auf sie zu. Sein Jackett hatte er locker über die Schulter geworfen. „Ich muss mich leider verabschieden", sagte er und reichte ihnen nacheinander die Hand. „Arbeiten sie immer zusammen?"

„Nicht immer", sagte Mark. „Aber wenn, dann genießen wir es."

„Das freut mich zu hören", sagte der Mann und verließ das Freideck.

Mark sah dem Jackett nach, das immer noch auf der Schulter des Gastes ruhte und sich durch den Veranstaltungsraum zum Ausgang begab. Was für ein seltsamer Mensch!

Eine Stunde später begannen die Mitarbeiter des Caterers abzuräumen. Gläser klirrten in Kartons und die Tischtücher raschelten. Das Geräusch zusammenklappender Stehtische verkündete, dass der Abend endgültig vorüber war.

Mark gönnte sich einen stillen Moment an der Reling. Im Museumshafen war Ruhe eingekehrt. Nur ein paar letzte Stimmen drangen leise an sein Ohr. Ein Lachen wurde laut. Die Veranstaltung war ein voller Erfolg gewesen. Es war Zeit, sich bei dem Mann zu bedanken, ohne den es mit Sicherheit nicht so perfekt gelaufen wäre.

An der Tür zum Veranstaltungsraum stutzte Mark und ließ die Hand auf der Klinke ruhen.

Auf einer der Sitzbänke saß Tim, in sich versunken und umgeben von einer unüberschaubaren Anzahl kleiner Zettel.

„Alles in Ordnung, mein Freund?", sagte Mark. Er nahm sich einen Stuhl und setzte sich in sicherer Entfernung von Tims Zettelwirtschaft neben die Bank.

Tim hob den Kopf, als erwachte er aus einem tiefen Schlaf. „Was?"

„Ich wollte mich bei dir bedanken."

„Gern geschehen. Auch, wenn diese Art der Präsentation nicht unbedingt mein Favorit ist. Aber immerhin konnte ich eine Menge für mich dabei rausholen."

„Du meinst dieses Chaos da auf dem Tisch?"

„Das ist kein Chaos, mein Freund, sondern Feedback!"

„Aha. Trägst du sowas nicht normalerweise in dein Buch ein?", fragte Mark.

„Das nehme ich doch nicht mit!"

Mark sah sich mit einem Gesichtsausdruck konfrontiert, der ihm eindeutig die Frage stellte, ob er den Verstand verloren hatte. Er räusperte sich und sah seinen Freund schief an. „Was hat es mit diesem Buch eigentlich auf sich?"

„Jetzt fängst du auch schon an! Was habt ihr bloß immer alle mit meinem Buch? Das ist halt meins und das soll auch so bleiben."

„Und du möchtest nicht einmal einen Hinweis geben, was da drin steht?"

„Ich sag das nur einmal, okay? Ich bin der Einzige, der da etwas reinschreibt oder darin liest. Und es wird meine Destille nicht verlassen. Niemals. Nein. Auf gar keinen Fall und unter absolut keinen denkbaren oder undenkbaren Umständen!"

„Dann lass mich wenigstens auf meine Eingangsfrage zurückkommen", sagte Mark, der seinem Freund ansah, dass es sinnlos war, weiter zu insistieren. „Ist alles in Ordnung bei dir?"

„Ich bin bloß müde", sagte Tim und ließ seine Zettel ruhen. „In letzter Zeit war viel los. Aber der Abend hat gezeigt, dass sich der Aufwand lohnt. Hier. Lies mal." Er fischte einen der Zettel heraus und reichte ihn Mark.

„Vielleicht nicht der beste Whisky, den ich je getrunken habe, aber definitiv einer der Top fünf!", las Mark vor. „Nicht schlecht. Von wem ist das?"

„Von dem Älteren. Du weißt schon ... Der mit der attraktiven ‚Tochter'."

„Bestens." Mark räusperte sich. „Ich hatte mir, ehrlich gesagt, Sorgen gemacht, dass dich der Veranstaltungsort stört. Das hier ist schließlich ein alter Helgoland-Dampfer."

„Ach so ja ... Helgoland ... Das ist eben so eine ganz eigene Geschichte ... Na ja ... Halb so wild ..."

„Ich hab's erst heute mitgekriegt, sonst hätte ich umdisponiert. Nur, um sicherzugehen, bei dir keine unliebsamen Erinnerungen zu wecken. Tut mir leid."

„Wie gesagt: Halb so wild." Tim presste die Lippen aufeinander und wich Marks Blick aus. Mit fahrigen Händen raffte er die Zettel zusammen und stopfte sie in eine Tasche.

„Ich mach mich dann mal auf den Weg", sagte er und erhob sich.

„Fahr vorsichtig", sagte Mark und umarmte Tim.

Mark schenkte sich noch ein Glas ein und kehrte zurück an die Reling. Das Freideck war mittlerweile geräumt und die Musik verklungen. Im Museumshafen war es so still geworden, dass er die Gangway quietschen hörte, als Tim an Land ging und im Dunkel verschwand.

Ein gelungener Abend war zu Ende. Die Kunden waren zufrieden, er konnte mit einem guten Freund zusammenarbeiten und verdiente seinen Lebensunterhalt mit Dingen, die ihm Spaß machten. Über ihm funkelten Sterne und in Kürze würde er zu der Frau fahren, die er über alles in der Welt liebte. Viel mehr konnte man nicht erwarten.

Zwei Tage später schwebte Mark immer noch auf der Wolke seines Erfolges. Sein Unternehmen brummte. Die kommenden Wochen waren bis auf seine üblichen Erholungszeiten so gut wie ausgebucht und die Anzahl der Abonnenten seines Whisky-Blogs hatte sich allein im letzten Monat fast verdoppelt.

„Und wie es aussieht, könnte es so weitergehen …", sagte er, als das Telefon klingelte.

„Guten Tag Herr Stuppke!", meldete sich der Anrufer. „Kai Ebers hier."

Mark, überrascht von der unvermuteten Fröhlichkeit, die über ihn hereinbrach, brauchte einen Moment, bis er den Namen einsortiert hatte.
Dann aber hatte er das Jackett über der Schulter wieder vor Augen. Kai Ebers, das war doch dieser nicht

unsympathische, aber irgendwie seltsame Mensch, der
auf der „Argyll" früher hatte gehen müssen.

„Ich wollte mich noch einmal für den wunderbaren
Abend bedanken. Ich habe meine Freizeit selten so
angenehm verbracht."

Mark freute sich und wartete auf das unvermeidliche
„Aber". Stattdessen kam Ebers unumwunden zum
Punkt. Am siebzehnten des nächsten Monats plante er
für seine Software-Firma ein Jubiläum. Und als
Highlight hatte er eins von Marks Whisky-Tastings
vorgesehen. Allerdings unter gewissen
Nebenbedingungen, wie er sogleich erläuterte.

„Es muss auf jeden Fall ‚Tim's Tiny Treasure' dabei
sein! Und da sie beide mir in der Kombination extrem
gut gefallen haben, muss ich darauf bestehen, dass Herr
Wilke ebenfalls teilnimmt. Zusammen mit einem
entsprechenden Vorrat seines Whiskys."

„An welche Mengen dachten sie denn so
ungefähr?", fragte Mark und nahm Zettel und Stift zur
Hand. Lächelnd notierte er fünfzehn bis zwanzig
Flaschen und ein Fass von wenigstens zehn Litern. „Ich
frage mal nach, was Tim anbietet, und melde mich
dann noch einmal."

„Das Fass kann nach dem Event notfalls auch bei
mir bleiben!"

Mark lachte. „Okay, die Botschaft ist angekommen!
Den Termin muss ich selbstverständlich noch mit Herrn
Wilke klären, aber von meiner Seite aus, steht ihrer
Veranstaltung nichts im Wege."

„Wie gesagt: Es ist mir wichtig, dass sie als Team
auftreten."

„Ich kümmere mich darum ", sagte Mark.
„Spätestens übermorgen sollten sie eine verbindliche

Antwort erhalten."

Mark legte auf und rieb sich die Hände. Perfekt! Das war genau die Art von Win-Win-Situation, auf die er gehofft hatte. Er organisierte ein Tasting für einen neuen Kunden, der als Unternehmer mit Sicherheit bestens vernetzt war und Tim hatte den Kollegen ebenfalls an der Angel. Von den Interessenten, die sich beim Tasting zusätzlich ergeben würden einmal ganz abgesehen.

Er wählte Tims Nummer und sah auf die Uhr. Tim müsste jetzt im Laden stehen. Da hatte er meist gute Laune. Das Freizeichen tutete weiter.

Und wenn wenig los war, saß er entspannt mit einem Becher Kaffee vor der Tür. Aber das Freizeichen tutete immer noch ...

Als es in der Leitung schließlich knackte, richtete Mark sich unwillkürlich auf.

„Hier ist die Mailbox der West Coast Distillery ...", hörte er Tims Stimme.

„Mist!" Er legte wieder auf. Das war keine Nachricht für den Anrufbeantworter.

Den Rest des Tages verbrachte Mark außer Haus und sah sich weitere Veranstaltungsorte in der näheren Umgebung an. Zwischen den Terminen griff er immer wieder nach dem Handy, doch jedes Mal mit dem gleichen Ergebnis. „Hier ist die Mailbox der West Coast Distillery ..."

Auch seine Textnachrichten waren bislang unbeantwortet geblieben. Bevor er nach Hause fuhr, prüfte er seine E-Mails. Hatte er eine Nachricht von Tim übersehen, dass der heute nicht da sein wollte? Nichts. „Seltsam", sagte er und fuhr nach Hause. Im

Hausflur begrüßte ihn seine Frau.

„Du bist spät", sagte Anja.

„Nicht alle halten ihre Terminzusagen ein. Pünktlichkeit ist eine vergessene Tugend in unserer schnelllebigen Zeit."

„Und ich weiß, wie gerne du wartest ... War wenigstens was Schönes dabei?"

„Ein oder zwei ... Aber weniger als ich dachte. Viel wichtiger: Wie geht es dir? Seid ihr beide okay?"

Anja strich über ihren durch die Schwangerschaft schon deutlich gewölbten Bauch und nickte. „Alles wie es sein soll."

Mark lächelte und hängte seine Jacke auf. Als er seine Schuhe auszog, nahm sein Gesicht einen nachdenklichen Zug an. „Habe ich dir irgendwas erzählt, dass Tim heute unterwegs ist?"

„Nicht dass ich wüsste. Wieso?"

„Weil ich ihn den ganzen Tag lang nicht erreichen konnte und dringend mit ihm sprechen muss. Na, egal. Ich habe morgen Vormittag noch ein ziemliches Loch in meinem Terminkalender, da fahre ich sonst einfach mal zu ihm hin."

„Das wirst du ganz sicher nicht!"

„Nein?"

„Auf gar keinen Fall!"

„Und warum nicht?"

„Ultraschall", sagte sie und zeigte auf ihren Bauch.

„Oh! Na, dann ... Werde ich wohl nicht zu Tim fahren ..."

Anja gab ihm lächelnd einen Kuss auf die Wange. „Nein, wirst du nicht."

Mark brachte seine Tasche ins Arbeitszimmer und fühlte sich wie ein Schuljunge, der erfahren musste, dass eine Verabredung mit seinen Freunden kein Grund ist, nicht an einer Familienfeier teilzunehmen. Schnell sah er in seinen Kalender. Tatsächlich. Dienstag, zehn Uhr dreißig, Ultraschall bei Doktor Weber. Selbst wenn er gewollt hätte - da war nichts zu machen.

Er würde also weiter telefonieren müssen. Oder schaffte er es nach dem Ultraschall? Anja würde ihm die Hölle heiß machen, wenn er die ganze Zeit wie auf Kohlen da saß, und nur darauf wartete, dass er endlich loskonnte.

Zum ersten Mal kollidierte sein Familienleben mit seiner Arbeit und zwang ihn zu einer Entscheidung. Er stöpselte ein Ladekabel in sein Handy und ein zweites in sein Tablet. Auf beiden leuchtete das Bild von ihm und Anja aus ihrem Karibikurlaub auf. „Ein Entscheidungsproblem sieht anders aus", sagte er. Es gab keinen Grund, einen vereinbarten Termin mit seiner Frau - mit seiner schwangeren Frau! - zu verschieben oder gar abzusagen. Nicht einmal, wenn es um Tim oder um Whisky ging. Oder um beides!

Mark setzte sich auf die Couch und verschränkte die Arme. Weiter zu telefonieren war die einzige Möglichkeit. Und vielleicht war Tim morgen früh wieder da. Oder noch besser: Tim las die Textnachrichten und rief heute Abend zurück! Ansonsten musste er eben schlicht am Ball bleiben. Schon wegen des Auftrags von Kai Ebers. Und noch war so viel Zeit bis zur Geburt, dass er problemlos die nötigen Freiräume verschaffen konnte. In einigen Wochen würde sich das ändern.

Er ging ins Wohnzimmer und setzte sich Anja gegenüber in den Sessel. „Du hattest recht", sagte er.

„Womit diesmal?", fragte sie, ohne von ihrem

Tablet aufzusehen.

„Mit dem Termin. Den hatte ich nicht mehr parat. Entschuldige.”

„Denkst du an das Kinderbett? Das wolltest du auch noch aufbauen.”

„Aber das Kind kommt doch erst in ein paar Wochen!”

Anja ließ das Tablet sinken und lächelte milde, schon ganz wie eine verständnisvolle Mutter. „Da hast du ausnahmsweise recht mein Schatz. Und so begabt, wie du als Handwerker nun einmal bist, wirst du jeden Tag dieser paar Wochen dringend brauchen.”

Derart provoziert, holte Mark noch am selben Abend die Aufbauanleitung des Kinderbettes hervor. Und legte sie direkt wieder in den Karton zurück. Wer um alles in der Welt sollte das verstehen? Er wollte demnächst sein Kind schlafen legen und keine Rakete ins All schießen!

Wenigstens verlief der nächste Morgen problemlos. Er fand einen Parkplatz, sie waren pünktlich in der Praxis und Anja und das Baby waren kerngesund.

Mit einem zufriedenen Lächeln setzte sich Mark im Außenbereich eines Cafés in einen Korbsessel. „Ich finde, wir haben uns jetzt ein kleines Leckerli verdient”, sagte er.

„Wieso hast du etwas ‚verdient’, wenn bei mir alles in Ordnung ist?”

„Man nennt es Teamwork“, sagte Mark. „Möchtest du eine Schorle? Es ist recht warm.”

„Danke. Ich werde gegenüber einmal in den Babyladen gehen. Ich hätte da noch ein oder zwei

Ideen."

Mark schaute in die Richtung, in die Anja zeigte. Tatsächlich. Dort war ein Babymarkt. Passenderweise kaum einen Steinwurf von einer gynäkologischen Praxis entfernt. Mark verzog das Gesicht, als hätte er Zahnschmerzen. Er hatte die Zählung von Anjas Ideen bei ungefähr zweihundertfünfzig eingestellt. Wahrscheinlich würde das Kinderzimmer wie der Arbeitsplatz eines Spieleentwicklers oder eines Designers von Animationsfilmen aussehen. Aber auf ein, zwei weitere Ideen kam es nun wohl auch nicht mehr an.

„Dann genehmige ich mir so lange einen Espresso." Mark winkte der Bedienung und bestellte, während Anja sich auf zum Babymarkt machte.

Er griff zum Telefon und wählte zum gefühlt hundertsten Mal in den letzten vierundzwanzig Stunden Tims Nummer. Das Freizeichen erklang und Mark wartete auf die Mailbox.

„West Coast Distillery, sie sprechen mit Jonas."

Augenblicklich saß Mark mit durchgedrücktem Rücken auf der Kante der Sitzfläche.

„Jonas!", rief er. „Endlich geht mal einer ran! Ist Tim da?"

„Hab ihn heute noch nicht gesehen."

„Verdammt! Weißt du, wann er wieder da ist?"

„Nee ... Habe ihn auch nicht mehr gesprochen, seit er zu eurem Event im Museumshafen gefahren ist."

„Hat er gestern den Laden nicht aufgemacht? Ich hab mehrfach angerufen."

„Ich hatte gestern frei ..."

„Mist ... Ich hab da einen Neukunden an der Hand, aber der hat ausdrücklich Tim und seinen neuen

Whisky verlangt."

„Da kann ich dir nicht helfen."

Mark hielt für einen Moment die Luft an. Das klang nicht gut. „Was sagen denn die Bestände? Wie viel habt ihr von dem Tiny Treasure noch? Kommen da noch zwanzig Flaschen zusammen?"

„Lass mich mal im Lager gucken ..."

Aus dem Hintergrund erklangen Jonas schlurfende Schritte. „Wird knapp", sagte er schließlich. „Wenn ich das letzte Fass noch abfülle, kommen wir vielleicht auf siebzehn. Achtzehn mit ein bisschen guten Willen."

„Sagtest du ‚das letzte Fass'?"

„Jep."

„Aber das Ding ist doch brandneu! Wie kann es da schon alle sein?"

„Es ist das letzte Fass, an das ich rankomme. Tim sucht die Fässer, die in den Verkauf kommen immer selbst aus. Außerdem ist jedes Fass ein bisschen anders, sodass er die einzelnen Brände auch miteinander kombiniert. Und wie genau er das macht, weiß nur er."

Mark sog scharf die Luft ein. „Das macht ihr nicht zusammen?"

„Schon ... Aber alle wichtigen Details stehen in seinem Buch, in das außer ihm niemand reingucken darf."

„Verdammt!", sagte Mark. Tim und sein Spleen mit diesem Buch! „Ist in der Brennerei noch was?"

„Die Brennerei ...", sagte Jonas gedehnt. „Schauen wir mal nach ..." Im Hintergrund setzte das Schlurfen wieder ein. „Na das ist ja mal ein Ding", sagte Jonas plötzlich.

„Was denn? Hast du noch was gefunden?"

„Whisky? Nein ... Aber das Verrückte ist ... Tims

Buch ist nicht da!"

„Was soll das denn heißen?"

„Es ist weg. Ich stehe genau vor dem Regal, wo es immer steht, ob Tim hier ist oder nicht. Und da finde ich nur eine Lücke ... "

„Seltsam ..." Mark rieb sich nachdenklich das Kinn. Dass der Whisky, den er für Kai Ebers brauchte, zur Neige ging, war eine Sache. Aber wenn das Buch weg war, musste er davon ausgehen, dass für Tim das Gleiche galt. Und ohne Tim kam er hier nicht weiter.

„Und er hat dir gegenüber nichts verlauten lassen, dass er irgendwo hin will oder ein paar Tage nicht da sein wird."

„Nichts dergleichen ..."

Mark legte auf und ging seine Optionen durch. Er konnte Kai Ebers absagen oder hinhalten. Und er konnte sich aufmachen und Tim suchen. Schon wieder! Anja würde begeistert sein.

Wie aufs Stichwort tauchte sie vor ihm auf und drückte ihm die hellblaue Tragetasche aus nachhaltiger Papierwirtschaft in die Hand. „Fertig?", fragte sie mit Blick auf seine leere Tasse.

„Ich denke schon ..."

„Du denkst schon ... Na, dann lass uns los und du erzählst mir, was dich so beschäftigt."

„Du bist schon ganz die fürsorgliche Mutter", sagte Mark und lächelte.

„Ich bin mir nur bewusst, dass ich demnächst zwei Kinder habe, um die ich mich kümmern muss", sagte sie und lächelte zurück.

Freunde, Whisky und Schokolade

Zu Hause angekommen, zog Mark seine Sportklamotten an, um eine „schnelle Runde durch den Park" zu drehen. Der anfängliche Schmerz in den Waden lenkte ihn von der Tatsache ab, dass er nicht die geringste Ahnung hatte, wie er mit dieser Situation umgehen sollte.

Er hatte einen neuen Auftrag an der Hand, der nicht nur lukrativ erschien, sondern vor allem auch der Anfang einer langfristigen Geschäftsbeziehung sein könnte. Und um diesen Auftrag endgültig an Land zu ziehen, brauchte er Tim.

Aber Tim war verschwunden.

Und hatte er beim letzten Mal zumindest die Ortsangabe „Helgoland" als Ausgangspunkt gehabt, fehlte ihm jetzt jede Art von Information, mit der er eine Suche hätte beginnen können. Wenn Jonas schon nichts wusste, wer dann?

Außerdem war er nicht einmal mehr annähernd so flexibel, wie vor zwei Jahren, als er spontan nach Helgoland gefahren war. Abgesehen von seinen Veranstaltungen war da immer noch die Tatsache, dass er demnächst Vater wurde. Jeder Termin, den er vereinbarte, war für ihn ein Kompromiss zwischen seiner Arbeit und seiner Familie.

Allmählich hatte er sich warm gelaufen. Der Schweiß brach ihm aus und sein Körper begann die durch das Telefonat mit Jonas erzeugten Stresshormone abzubauen. Seine gute Laune kehrte langsam zurück und er begann wieder klarer zu sehen.

Als er an einem Spielplatz vorbei lief, boten die dort in einer großen Sandkiste spielenden Kinder, ein Bild von geradezu rührender Idylle.

Bis ein Dreijähriger mit einem Plastikeimer die Sandburg seines Spielkameraden einebnete. Mark rechnete mit lautem Gebrüll doch stattdessen betrachte der andere Junge den Schaden gleichmütig und führte eine kurze Sichtprüfung seiner Plastikschaufel durch. Offenbar befand er sie für stabil genug, denn in einer raschen Bewegung holte er aus und hämmerte sie dem gegenüber sitzenden Vandalen kurzerhand auf den Schädel. Jetzt wurde gebrüllt.

Mark grinste breit. Das Leben konnte so einfach sein.

Manchmal sogar so einfach, dass er selbst nicht mehr sah, was eigentlich klar vor ihm lag.

Tim musste es nach dem Hafen-Event nach Hause geschafft haben, denn sonst stünde das Buch da, wo es hingehörte. Sollte ihm danach etwas zugestoßen sein, müsste er in einem Krankenhaus liegen oder wenigstens ein Unfall gemeldet sein. Und all das konnte er per Telefon herausbekommen.

Er kürzte seine Runde ab, kickte zu Hause seine Schuhe in eine Ecke und startete im Arbeitszimmer seinen Rechner. Schnell hatte er die Krankenhäuser in der Nähe der West Coast Distillery gefunden und telefonierte sie eins nach dem anderen ab.

In keinem fand sich ein Patient namens Tim Wilke. Und auch mit bislang nicht identifizierten Unfallopfern konnte man nicht dienen. Mark atmete auf. Zumindest schien es ihm gut zu gehen.

Nächster Ansprechpartner war die Polizei. Unfälle mit Unbekannten, die in der Folge festgesetzt wurden? Fehlanzeige. Wieder ein Aufatmen, aber es machte sich auch Enttäuschung breit. Außerdem zog die Polizei eine Vermisstenanzeige gar nicht erst in Betracht. Tim war volljährig, Mark kein Verwandter, geschweige denn ein Vormund und musste sich dementsprechend mit dem Hinweis begnügen, dass dies ja „ein freies Land" sei. Wenn Tim sich absetzen wollte, war das sein gutes Recht.

„Fragen sie sonst andere Freunde, die er hat. Möglicherweise besucht er nur jemanden."

Ohne genau zu wissen, wofür, bedankte Mark sich und legte auf. Andere Freunde fragen? Er kramte in seinen Erinnerungen und versuchte, alles zusammenzutragen, was er über Tim wusste.

Er war ausgebildeter Konditor und Chocolatier ... Er hatte lange Zeit auf Helgoland gelebt, wo man ihn gehindert hatte, die Creag Dearg Distillery aufzubauen ... Und er war zur See gefahren.

Von einem Moment auf den anderen stand Mark das Bild vor Augen, wie Tim grinsend erzählte, dass er absolut seefest war und unter welchen Umständen er das herausgefunden hatte. Und dass außer ihm alle anderen an Bord seekrank gewesen waren. Bis auf einen.

Hinnerk Blohm!

Mark gab den Namen in eine Suchmaschine ein. Schnell hatte er ein Foto und die Kontaktdaten.

„Geht doch", sagte er.

Mark fuhr rechts ran und entdeckte auf der anderen

Straßenseite einen gelb geklinkerten Wohnblock. Laut Internet wohnte Hinnerk Blohm in dem Mittleren mit der Nummer 61. Das Haus fügte sich nahtlos in die Trostlosigkeit der Gegend ein. An der Haustür verstärkte sich der Eindruck. Der Lack blätterte vom Rahmen ab und die Fenster im Erdgeschoss sahen kaum besser aus.

Am Klingelschild versuchte er, unter all den fleckigen und teils halb herausgerissenen Namensschildern, dasjenige mit der Aufschrift „Blohm" zu finden. Ob er wohl einen Stromschlag bekommen würde, wenn er den Knopf drückte?

Bevor er Gefahr lief, es schmerzhaft herauszufinden, öffnete sich die Tür. Eine kaum zu übersehende Frau unbestimmbaren Alters, vollbepackt mit Plastiktüten, zwängte sich heraus.

„Stehen sie hier nicht so blöd im Weg rum!", raunzte sie ihn an, als sie ihn mit einer ihrer Tüten anstieß.

„Ihnen auch einen schönen Tag", sagte Mark und nutzte die unverhoffte Gelegenheit, einem Stromschlag zu entgehen. Im dritten Stock fand er Hinnerk Blohms Wohnung und klingelte. Die Tür öffnete sich einen Spalt und hinter einer Sicherheitskette wurde in einem dunklen Flur ein schemenhafter Umriss erkennbar.

„Ja?"

„Herr Blohm? Mein Name ist Mark Stuppke. Ich bin auf der Suche nach einem gemeinsamen Freund von uns ... Tim Wilke. Haben sie einen Moment Zeit für mich?"

„Was ist mit Tim?"

„Das möchte ich herausfinden."

Mark konnte Blohms Zögern körperlich spüren. Ein

misstrauischer Blick glitt von oben bis unten an ihm herab und es dauerte eine schier endlose Sekunde, bis das Schweigen im Treppenhaus gebrochen wurde.

„Kommen sie rein", sagte Hinnerk Blohm. Er öffnete die Tür und geleitete Mark in eine kleine Küche.

„Nehmen sie Platz. Kaffee?"

Mark nickte, bereute es aber sofort, als Hinnerk Blohm den Wasserkocher einschaltete und nach einem Glas mit Pulverkaffee griff.

Blohm war etwas kleiner als er, mit schütterem, aber immerhin noch dunklem Haar. Die Kleidung war unauffällig. Ein Lederhalsband war der einzige Schmuck. Schmal, fast schon asketisch gebaut, passte er perfekt in die gepflegte Küche, die bis ins letzte Detail auf Ordnung und Effizienz getrimmt war. Mark strich über den kleinen Küchentisch, auf dem man ohne Probleme, eine Operation hätte durchführen können. Einen größeren Genuss als ein Brot oder Pasta mit Fertigsoße ließ dieser seelenlose Raum kaum zu.

„Steckt Tim in Schwierigkeiten?", fragte Blohm.

„Schwer zu sagen ..." Mark lehnte sich zurück und berichtete von Tims Whisky, seinem Laden und ihrem gemeinsamen Auftrag von Kai Ebers.

Schweigend stand Hinnerk Blohm da, lauschte dem Vortrag und brühte den Kaffee auf. Schließlich reichte er Mark einen Becher.

„Sie haben also nicht die geringste Ahnung, wo er gerade ist?"

„Ich würde sonst nicht ihre Zeit in Anspruch nehmen."

Blohms Mund nahm einen spöttischen Zug an. Er pustete in seinen Becher und nippte vorsichtig. „Ich bin

Diabetiker, wissen sie. Ich konnte also mit Tims Schokoladen-Experimenten nie viel anfangen. Bedauerlich, denn die Optik war immer sensationell.”

Genauso wie die Originalität fügte Mark in Gedanken hinzu. Vom Geschmack ganz zu schweigen!

„Das mit dem Whisky kam erst später. Da hatten wir uns schon ein ganzes Stück aus den Augen verloren. Ein, zwei Telefonate im Jahr. Mehr nicht.”

„Wann haben sie Tim das letzte Mal gesehen?”

„Ist schon etwas her ... Fünfzehn Jahre? Plus minus ... Genau erinnere ich mich nicht mehr.”

„Verstehe ...”, sagte Mark. „Dann haben sie auch keine Vorstellung, wo er sein könnte?”

„Selbst wenn ... Ich kenne sie nicht und weiß nicht, ob ihre Geschichte tatsächlich wahr ist. Warum also sollte ich ihnen helfen?”

„Weil sie ein Freund von Tim sind. Genau, wie ich.” Mark holte eine Visitenkarte hervor und legte sie auf den Tisch. „Da sind meine Kontaktdaten drauf, inklusive meiner Website. Sie können also problemlos nachprüfen, ob ich der bin, für den ich mich ausgebe. Wenn sie in die Bereiche ‚Referenzen’ und ‚Letzte Events’ sehen, werden sie Fotos von Tim und mir finden. Im Bereich ‚Partnerunternehmen’ übrigens auch ... Dort ist auch ein Link zu seiner Destille.”

„Hilft mir auch nicht weiter. Die meisten meiner Organe arbeiten nicht ganz so, wie sie sollten. Die Leber ist da keine Ausnahme ...”

Blohm nahm die Visitenkarte und betrachtete sie nachdenklich, bevor er sie ein ums andere Mal herum drehte und schließlich mit zwei Fingern zusammenfaltete.

„Er hat früher gerne vom Harz geredet. Immer,

wenn er meinte, dass er über sich und das Leben nachdenken müsste, ist er da hingefahren." Hinnerk Blohm rieb sich das Kinn und grinste schief. „Er hat sich dann im Hotel „Zur alten Post" einquartiert. Ehrlich gesagt, habe ich mich darüber immer köstlich amüsiert. Tim und Harz war an sich schon eine Kombination, die ich mir nicht vorstellen konnte. Aber dann auch noch dieses Hotel?"

„Sie meinen mit einem Namen, der nach einem Heimatfilm aus den Fünfzigern klingt?"

Blohm nickte. „So ungefähr. Keine Ahnung, ob er wirklich da ist. Ist aber eine Möglichkeit ... "

Mark bedankte sich für den Kaffee und stand auf. An der Tür hielt Blohm ihn noch einmal zurück.

„Wenn sie Tim tatsächlich kennen, dann wissen sie auch, was er verdient hat, oder?"

Mark hob verwundert die Augenbrauen. Das klang nach einer Fangfrage. „Was verdient er denn?", fragte er vorsichtig.

„Loyalität", sagte Blohm knapp. „Loyalität und Freundschaft. Also bauen sie keinen Mist", fügte er hinzu und schloss die Tür.

Mark ging zum Auto. Laut Suchmaschine brauchte er ungefähr dreieinhalb Stunden, um den Heimatfilm aus den Fünfzigern zu erreichen. Das war alles andere als optimal, aber wenigstens ein Ansatzpunkt. Er prüfte, ob sein Notfallgepäck im Kofferraum lag und rief Anja an.

„Ich muss in den Harz", sagte er. „Aber ich bin spätestens morgen Nachmittag wieder da."

„Willst du mir sagen, warum?"

„Vielleicht nur so viel ...", sagte Mark. „Wenn ich nicht fahre, werde ich die nächsten paar Tage so richtig quengelig sein."

„Grüß Tim, wenn du ihn siehst", sagte sie. „Und fahr vorsichtig!"

Die Sonne stand tief und warf lange Schatten auf den Parkplatz, als Mark am Hotel „Zur alten Post" eintraf. Er nahm seine Tasche aus dem Kofferraum und ging zur Rezeption.

„Stuppke, mein Name", sagte er. „Ich hatte heute Nachmittag telefonisch reserviert."

Ohne ihn eines Blickes zu würdigen, klickte die Rezeptionistin in ihrem Buchungssystem umher. Sie musste etwa Mitte zwanzig sein und sah aus, als hätte man ihr die Livree als Zwangsmaßnahme übergestülpt. Sekundenlang starrte sie auf den Monitor und verzog plötzlich die Nase, als wäre sie dort auf etwas absolut Widerwärtiges gestoßen.

„Wie war nochmal der Name?"

Immer noch kein Blickkontakt. Mark holte tief Luft. Es ist ja nur für eine Nacht, sagte er sich und legte einen bewusst agentenmäßigen Tonfall in seine Stimme.

„Mein Name ist Stuppke. Mark Stuppke." Den Hinweis, dass er für die britische Regierung arbeitete, ersparte er sich vorsichtshalber.

„Hmmm ... Ich hab hier nichts für Stucke ..."

„Nicht Stucke. Stuppke ..." Mark griff nach einem Kugelschreiber, der auf dem Tresen lag. „Ich schreib's ihnen gerne auf."

„Ist ja gut ... Stuppke ... Ja, da ist was ... Einzelzimmer. Eine Nacht, richtig?"

„So ist es", sagte Mark. Und so wie es aussah, würde sich sein Aufenthalt keinesfalls verlängern. Er nahm den Zimmerschlüssel und beobachtete fasziniert, wie die Rezeptionistin es schaffte, ihm den Weg in ein Nebengebäude zu weisen und dabei weiterhin jeden Blickkontakt zu vermeiden.

„Eine Frage noch", sagte er, schon halb im Gehen. „Ich bin hier mit einem Freund verabredet. Sein Name ist Tim Wilke. Wissen sie zufällig, ob er schon eingetroffen ist?"

„Ich kann zu Gästen oder Buchungen keine Angaben machen." Ein Kopfschütteln fügte ein unausgesprochenes „Da könnte ja jeder kommen ... " hinzu.

„Und wie sieht es mit einer Empfehlung fürs Abendessen aus? Wo würden sie hingehen?" Überrascht beobachtete Mark, wie die Rezeptionistin tatsächlich den Kopf in seine Richtung drehte und ihn ansah, als hätte er nicht mehr alle Tassen im Schrank. Wenn sie ihm jetzt eine Burgerbude im nächsten Ort vorschlug, würde er auf seiner Website einen Beitrag über diesen Laden einstellen!

„Wir haben ein Restaurant", sagte die Rezeptionistin und wies mit einem knallroten Billigkugelschreiber auf eine große, aber geschlossene Tür, schräg gegenüber. „Hat ab achtzehn Uhr auf. Da gibt's auch Frühstück. Aber erst morgen."

Mark nickte. Hoffentlich war die Laune der jungen Dame nicht exemplarisch für die Qualität des Hotels. Er ging aufs Zimmer, stellte seine Tasche ab und vergewisserte sich, dass seine diesbezüglichen Befürchtungen unbegründet waren. Dann ging er wieder und drehte eine Runde durch die Anlage.

Das Hotel war übersichtlich. Er brauchte keine zehn Minuten, um alle für die Gäste gedachten

Aufenthaltsorte in Augenschein zu nehmen. Das Sahnestück war eine große Terrasse, die nach Westen hinausging und von der untergehenden Sonne in einen goldenen Schimmer getaucht wurde.

Wenn Tim hier wäre, säße er in diesem Moment an einem der Tische. Vor ihm stünde ein Getränk und er würde verträumt in die Sonne blinzeln. Und bei all dieser oberflächlichen Ruhe, würde es in seinem Inneren heftigst rumoren und er würde grübeln, wie er seinen Whisky noch besser, noch origineller, noch einzigartiger machen könnte.

Doch Tim saß nicht dort, noch sonst irgendein Gast. Mark betrachtete die leeren Tische und seufzte. Wenigstens sollte das Restaurant mittlerweile geöffnet haben.

Das Abendessen war die vorletzte Chance, um Tim anzutreffen. Aber bereits beim Betreten des Gastraumes, war Mark überzeugt, dass er die Fahrt umsonst unternommen hatte. Abgesehen von zwei Paaren, die sich an möglichst weit voneinander entfernten Tischen niedergelassen hatten, war er allein.

Ein Kellner trat auf ihn zu und lächelte ihn vergnügt an. „Haben sie reserviert?"

Mark lächelte und ging auf das Spiel ein. „Selbstverständlich. Mein Name ist Stuppke. Mark Stuppke."

„Ach, hätten sie das doch gleich gesagt! Für Mitarbeiter der Regierung ihrer Majestät haben wir natürlich immer einen Tisch frei. Darf ich vorangehen?"

Mark folgte dem Kellner mit einem breiten Grinsen und ließ sich den Stuhl zurechtrücken.

„Ganz wie sie und ihre Kollegen es bevorzugen",

sagte der Kellner. „Eine Wand im Rücken und ein freier Überblick über den Raum und den Eingang. Ich vermute, sie möchten einen Martini, während ich die Karte hole? Geschüttelt, nicht gerührt?"

„Verlockend. Aber vielleicht nehme ich heute doch einmal einen Whisky."

„Eine perfekte Tarnung, Sir, wenn sie mir die Bemerkung gestatten. Haben sie einen bestimmten Wunsch?"

Mark konnte sich das Lachen nur mühsam verkneifen und bestellte einen guten, aber nicht zu ausgefallenen Single Malt.

Der Kellner ging und kehrte in Rekordzeit mit einem Glas und der Speisekarte zurück.

„Möchten sie schon wählen oder warten sie noch auf ihre Begleitung?"

„Das ist eine gute Frage", sagte Mark. Im letzten Moment hielt er die Bemerkung, dass er wohl alleine speisen würde zurück. Der Kellner war offensichtlich nicht nur gut aufgelegt, sondern auch redselig. „Ich bin auf der Suche nach einem Herrn Wilke. Tim Wilke, um genau zu sein. Ist er zufällig schon angereist."

Der Kellner runzelte die Stirn, als würde er intensiv nachdenken, schüttelte dann aber bedauernd den Kopf. „Ich fürchte, ich muss sie enttäuschen. Herrn Wilke haben wir schon länger nicht mehr begrüßen dürfen."

„Wie ärgerlich", sagte Mark und hielt seinen Whisky gegen das Licht. „Gerade was edle Tropfen wie diesen angeht, verfügt er über einen exquisiten Geschmack."

„Nicht nur das", sagte der Kellner und nickte wissend. „Er ist auch ein Bursche von unendlichem Humor, voll von den herrlichsten Einfällen."

Mark verschluckte sich an seinem Whisky und hustete kräftig. Jetzt zitierte dieser Kellner auch noch Shakespeare! „Nun ... ", sagte er und kam nur langsam wieder zu Atem, „... wir wollen doch hoffen, dass sein Schicksal zumindest in diesem Moment ein besseres ist, als das des armen Yorick. Ich würde mich nur ungern fragen, wo seine Schwänke oder seine Sprünge geblieben sind."

„Mit Verlaub", sagte der Kellner. „Es dürften wohl eher Brände und Pralinen sein, nach denen sie fragen müssten. Ich bin mir aber sicher, dass Herr Wilke wohlauf ist. Erwarten sie außer ihm noch jemanden? Eine Dame vielleicht?"

„Tut mir leid", sagte Mark. „Aber ich werde wohl alleine speisen."

„Wie bedauerlich für uns beide", sagte der Kellner. „Dann entfallen die optischen Höhepunkte und es wird nur ein ganz normaler Abend."

„Also meinen haben sie bereits gerettet", sagte Mark.

Er verbrachte einen geruhsamen und dank des Kellners in weiten Teilen unterhaltsamen Abend. Doch am Ende blieb die Enttäuschung, dass er Tim auch hier nicht gefunden hatte.

Denn auch, wenn er es sich selbst kaum eingestehen wollte - tief in seinem Inneren war ein Rest Hoffnung übrig geblieben.

Als er am nächsten Morgen gedankenverloren auf die Brötchenkrümel auf seinem Teller starrte, klingelte sein Handy.

Mark hielt die Luft an, als er „West Coast

Distillery" auf dem Display sah.

„Hier ist Jonas", begrüßte ihn den Anrufer.

„Gibt es was Neues?", fragte Mark und atmete langsam wieder aus.

„Ich hatte einen seltsamen Anruf von der Firma Hamann", sagte Jonas.

„Das ist doch der Getreidehändler, bei dem Tim seine Gerste einkauft ..."

„Genau. Und der Kollege wollte nun wissen, ob Tim die Frage der Lagerkapazität klären konnte und die Liefermenge tatsächlich erweitert werden soll."

„Was sollte Tim denn da klären? Der kennt doch sein Lager besser als ich mein Wohnzimmer."

„Viel interessanter war aber die zweite Frage, die er gestellt hat. Nämlich, ob mit Tim alles in Ordnung ist."

„Wie bitte?"

„Er meinte, Tim wäre persönlich bei ihm erschienen, hätte aber sehr in sich gekehrt gewirkt. Und immer wieder die gleichen Floskeln gebracht. ‚Back to the roots', ‚Schuster bleib bei deinen Leisten' und sowas ... Zum Schluss soll er noch gesagt haben, dass er zurück zu seinem Ursprung muss."

„Eigenartig", sagte Mark. „Klingt, als ob Tim etwas vorhat ... Aber nehmen wir ihn mal beim Wort. Was ist sein Ursprung?"

„Er hat Konditor gelernt ..."

„Jaah ... Das war noch in seiner Heimatstadt", sinnierte Mark. „Dort kam auch die Schokolade ins Spiel ... Und die war von Anfang an seine eigentliche Leidenschaft?"

„Du meinst, wenn er etwas als seinen Ursprung ansieht, dann die Schokolade?", sagte Jonas. „Klingt logisch, ist aber auch nicht gerade viel ... " Die

Frustration war ihm deutlich anzuhören.

„Vielleicht doch", sagte Mark und beendete das Gespräch.

Schnell rief er die Suchmaschine auf und tippte seine Anfrage ein. Das Ergebnis bestand aus lediglich drei Einträgen. Wenig genug, um sie auf dem Rückweg abzuklappern. Er beendete sein Frühstück und checkte aus.

In ein paar Tagen würde er wahrscheinlich mit Tim irgendwo zusammen sitzen. Mit einem Glas Whisky und einer Praline ... Und sie würden sich köstlich über Marks Suche amüsieren.

Das hoffte er jedenfalls.

Nachdem Mark bei den ersten beiden Adressen abgeblitzt war, führte sein Navi ihn in die Nähe einer Fußgängerzone. Er suchte sich einen Parkplatz und stand wenig später vor „Gerkens Schoko-Welten". Zwischen den auf Hochglanz polierten Geschäften um ihn herum, wirkte der kleine Laden erfrischend normal. Gegenüber befand sich sinnigerweise ein Fitness-Studio.

Mark ging hinein und erkannte auf den ersten Blick, dass hier ein Meister seines Faches am Werke war. Die Kreationen in den Regalen waren ausnahmslos handgearbeitet, jedes einzeln dekoriert und für sich verpackt. Handwerklich konnte alles mit Tims Produkten problemlos mithalten.

Und trotzdem fehlte etwas ...

Mark vermisste die Wärme und Herzlichkeit, die Tims kleine Schokokunstwerke ausstrahlten.

Das schüchterne Lächeln, das er seinem Schoko-Hummer verpasst hatte. Der unschuldige Blick des

Taschenkrebses, die elegante, fast schon liebevolle Linienführung an den einzelnen Blättern einer Rose aus weißer und dunkler Schokolade.

Alles, was man bei Tim im Laden sah, war irgendwie ... Er konnte es nicht anders ausdrücken. Alles war Tim.

Was er hier sah, war auch gut. Aber eben nicht ...

Tim.

Im Hintergrund ertönte zorniges Gebrüll. Eine junge Stimme ereiferte sich. In ihren Pausen redete noch jemand, aber deutlich ruhiger, beherrschter. Wieder erklang das Gebrüll und schwoll an, bis ein junger Mann in der Kluft eines Chocolatiers mit hochrotem Kopf in den Verkaufsraum stürmte. Er riss sich die Mütze herunter und warf sie auf den Boden.

„Ach leck mich doch!", rief er.

Ein älterer Mann folgte ihm und sah dem Jüngeren kopfschüttelnd nach, als der aus dem Laden stürmte.

„Ärger?", fragte Mark.

„Wie man's nimmt", sagte der Mann. Der blau gestickte Schriftzug ‚Peter Gerkens' auf seiner Jacke wies ihn als den Inhaber aus. „Ich habe ihn nur daran erinnert, dass die Reinigung der Kupferschüsseln tatsächlich zu seinen Aufgaben gehört."

„Und da ist er so wütend geworden?" Mark zog die Augenbrauen hoch.

„Er ist so auf der Palme, weil ich seine Ausreden und Widersprüche nicht gelten lasse. Seit drei Wochen muss ich ihm jeden Tag aufs Neue sagen, dass das Teil seines Jobs ist, dass ich das nicht immer wieder diskutieren will." Peter Gerkens lächelte verschmitzt. „Und dass er im Zweifel zu machen hat, was ich ihm sage. Das ist schließlich mein Laden."

„Drei Wochen?" Mark nickte anerkennend. „Sie sind ein geduldiger Mann. Und denken sie, dass er wieder kommt?"

„Er wird seinen restlichen Lohn haben wollen. Und falls er sich einbildet, nach diesem Auftritt hier wieder einsteigen zu können, wird er lernen müssen, dass es etwas gibt, das die Erwachsenen ‚Konsequenzen' nennen. Aber ... Was kann ich für sie tun?"

„Ich hätte gerne eine Tüte weiße Trüffelpralinen. Und eine Auskunft ..."

Unumwunden erkundigte Mark sich nach Tim, und ob er hier gelernt hatte.

Schweigend füllte Gerkens sechs Pralinen in eine transparente Tüte und verschloss sie routiniert mit einer roten Schleife. „Tim Wilke ... Einer der Besten, die je meinen Laden als fertige Chocolatiers verlassen haben."

„Wahrscheinlich hatte er auch keine Probleme damit, Kupferschüsseln zu reinigen ..."

„Die sahen jedes Mal aus, als hätten wir sie gerade neu vom Lieferanten bekommen!" Gerkens lachte. „Tim war ... ist ... da ein ganz anderes Kaliber als die Kröte, die sie vorhin erlebt haben. Selbst wenn er heute mit dem Handwerk nichts mehr zu tun haben sollte – er hat wahrscheinlich mehr über Schokolade vergessen, als die meisten der heutigen Lehrlinge jemals wissen werden."

„Haben sie in letzter Zeit von ihm gehört?"

Gerkens schüttelte den Kopf. „Schon seit Jahren nicht mehr. So ist das leider mit den wirklich guten Leuten. Die ziehen irgendwann los und machen ihr eigenes Ding."

„Das heißt, sie wissen auch nicht, wo er jetzt sein

könnte?"

„Also, wenn sie das nicht wissen ... Dann werden sie es von mir ganz sicher nicht erfahren!"

Mark sah überrascht auf. „Tatsächlich? Und warum nicht?"

„Tim wird schon seine Gründe haben. Wenn er ihnen nicht gesagt hat, wo er ist, dann weil er nicht will, dass sie es wissen. So ist er eben. Kennen sie seine Whisky-Pralinen?"

„Selbstverständlich!" Mark schluckte unwillkürlich.

„Die haben eine Entstehungsgeschichte, die hier im Laden anfing. Genau da hinten ..." Gerkens zeigte auf den Durchgang, der zur Küche führte. „Und wissen sie, was er mir und seinen Kollegen darüber erzählt hat? Nichts!"

Mark hob die Augenbrauen und wartete, dass Gerkens weitersprach. Der sortierte die Pralinen in seiner Auslage um, so als wollte er sich von etwas ablenken. „Kein Wort. Hat sich zurückgezogen, ist nach Feierabend länger geblieben ... Und keiner wusste warum!"

„Das sieht dann natürlich seltsam aus", sagte Mark.

„Himmel! Seltsam ist doch gar kein Ausdruck! Stellen sie sich mal vor ... Ich komme eines Morgens in die Küche, will mit der Arbeit anfangen und finde im Schrank eine halbleere Flasche Whisky!"

Mark gluckste. „Da kann man sich schon mal Sorgen machen. Und hat Tim ihnen dann erklärt, woran er arbeitet?"

„Viel schlimmer ... Er hat mir eine Praline gegeben ..."

„Ein überzeugendes Argument", sagte Mark.

„Wenn ich sie wäre, würde ich mir keine Sorgen

machen. So wie ich Tim kenne, hat er gerade etwas vor und davon erzählt er ihnen erst, wenn er soweit ist. Nicht eine Sekunde früher. Ob sie ihn finden oder nicht."

„Ich muss gar nicht wissen, was er vor hat", sagte Mark und fragte sich, wie lange er Kai Ebers wohl hinhalten konnte. „Ich muss nur mit ihm reden."

„Ich fürchte, da kann ich ihnen nicht helfen", sagte Gerkens. „Aber wenn ich Tim in diesen Tagen sprechen müsste, würde ich mir ein Flugticket nach Schottland besorgen."

„Nach Schottland?"

„Nach Edinburgh, um genau zu sein. Nächste Woche gibt es da einen großen Whisky-Kongress. Der Tim, den ich von früher kenne, lässt sich das sicher nicht entgehen."

Sechs Tage später landete Mark in Edinburgh. Ein Hochgefühl ergriff ihn, als er mit dem Taxi in die Stadt fuhr und die unverwechselbare Silhouette erblickte. Das Edinburgh-Castle, das fast schwarz wirkende Parlament und das Hotel Balmoral.

Schnell sah er von der großen Uhr im Turm des viktorianischen Baus auf sein Smartphone. Sie ging wirklich etwas vor ... Wie immer, damit Reisende im Zweifel die entscheidenden Minuten früher am Bahnhof waren.

Nach dem Einchecken im Hotel brachte er sein Gepäck aufs Zimmer und registrierte sich beim Kongress.

Gespannt betrat er den Ballsaal. Ein Stimmengewirr empfing ihn, brummend, wie ein Bienenstock, an dem jemand kräftig gerüttelt hatte. Es roch nach Politur und dicken Teppichen und obwohl es noch nicht einmal Mittag war, war der vertraute Duft von Torf, Malz und Eichenholz allgegenwärtig.

Im Vorbeigehen entdeckte Mark die ersten bekannten Gesichter. Ein Kopfnicken hier, ein Händeschütteln da ... Und zwischendurch Smalltalk, den er immer wieder dazu nutzte nach Tim zu fragen. Doch die Antwort war stets die gleiche: „The German Master? Nope ...”

Plötzlich kippte Mark fast vornüber, als ihm jemand von hinten kräftig auf die Schulter klopfte.

„Aaaah! Mr Stuppke! Genau der Mann, den ich gehofft hatte, hier zu treffen!”

Mark mühte sich, sein Gleichgewicht zu halten und drehte sich um. Ehe er es sich versah, hatte er ein Glas in der Hand. Dann erkannte er den dunklen Lockenkopf, der vor ihm stand.

„Dylan McTavish! Klassisch elegant gekleidet wie immer!“, sagte Mark und prostete seinem Gegenüber grinsend zu. „Niemand trägt einen Kilt so souverän wie sie! Wie stehen die Dinge in Oban?”

„So gut, dass ich sie direkt mit jemanden bekannt machen möchte.” McTavish zupfte seinen Nebenmann am Ärmel eines gutsitzenden Tweed-Jackets. „Darf ich ihnen einen unserer unabhängigen Abfüller vorstellen? Jamie Campbell. Jamie, das ist Mark Stuppke.”

Der kräftige Händedruck des Schotten löste in Mark unmittelbar ein Gefühl von Vertrauen aus. Campbells Gesicht verriet, dass er einen Großteil seiner Zeit im Freien verbrachte. Das fröhliche Blitzen der Augen überdeckte sowohl die grauen Haare als auch die Falten. Campbell musste mindestens Mitte fünfzig sein, schätzte Mark, sah aber topfit aus.

„Sie sind doch immer auf der Suche nach guten Whiskys, die nicht jeder kennt.", sagte McTavish. „Nun, dann ist Jamie ihr Mann!"

„Falls sie nach dem Kongress noch ein bisschen Zeit haben, besuchen sie uns doch einmal in Broadford."

„Broadford?" Mark runzelte die Stirn. Wenn er sich richtig erinnerte, war das ein winziges Dörfchen auf der Isle of Skye. Vor Jahren war er auf der Suche nach seinem Bed and Breakfast dort fast verzweifelt.

„Ich sehe ihnen an der Nasenspitze an, dass sie schon einmal bei uns waren. Aber ich kann sie beruhigen ... Wir haben mehr Straßenschilder als früher und das Navi funktioniert dort auch!"

„Wie erfreulich", sagte Mark. „Trotzdem muss ich für den Augenblick passen. Sobald der Kongress beendet ist, sitze ich wieder im Flieger nach Deutschland."

„Sehr bedauerlich ..." McTavish und Campbell warfen sich Blicke zu, als hätte Mark ihnen soeben erzählt, er wäre unheilbar an Krebs erkrankt. Erst als er von der Schwangerschaft seiner Frau berichtete, hellten sich die Gesichter wieder auf.

„Das ist ja großartig!", rief McTavish.

Das Trommelfeuer, das die beiden Schotten anlässlich dieser Nachricht auf seine Schultern abfeuerten, zwang Mark kurzzeitig in die Knie.

Flugs griff Campbell in seine Jackentasche und ließ sie verräterisch klimpern. Routiniert fischte er zwei kleine Flaschen heraus und reichte sie Mark. In jeder leuchteten etwa vier Zentiliter einer bernsteinfarbenen Flüssigkeit.

Mark hielt sie kurz gegen das Licht und machte schon Anstalten, eine zu öffnen. Doch Campbell hielt ihn zurück.

„Nicht doch", sagte er. „Die sind nicht für sie ..."

„Sondern?"

„Nun, die eine ist selbstverständlich für ihre Frau. Es gibt nichts, was eine frischgebackene Mutter nach der Niederkunft schneller wieder auf die Beine bringt, als ein anständiger Schluck Whisky."

Mark lächelte und nahm die Flaschen dankend entgegen. Er war schon gespannt, wie Anja auf diese Behandlung ansprechen würde. Das härteste, was sie normalerweise trank, war Rotwein. „Und die andere Flasche?"

„Ist für das Kind. Nicht zum Trinken versteht sich, aber sie sollten es gleich nach der Geburt mit dem Whisky einreiben. Das stärkt und wappnet es von Anfang an gegen alle Unbill dieser Welt."

„So wie Drachenblut?", fragte Mark.

„Besser!", lachte Campbell. „Viel besser!"

Mark bedankte sich und steckte die Flaschen ein. Die Herzlichkeit der beiden Schotten rief ein einzigartiges Gefühl in ihm wach. Die Gewissheit, am richtigen Ort zu sein und das Richtige zu tun, durchströmte ihn, wie die Wärme eines Whiskys am Ende eines kalten Tages.

„Ist eigentlich schon bekannt, wer heute die Key Note Speech hält?", fragte Mark. „Es hat Gerüchte gegeben, dass Ewan McDomhnaill höchstpersönlich erscheinen soll."

„Habe ich auch gehört", sagte Campbell. „Und ich will doch hoffen, dass sich dieses Gerücht bestätigt."

„Es heißt allerdings auch, dass der Redner nicht hier sein wird ..." McTavish trank und betrachtete bedauernd den Boden seines Glases.

„Das kann ich mir nicht vorstellen." Mark runzelte die Stirn. „Wer lässt sich denn das hier entgehen?"

„Wir werden es erfahren", sagte McTavish und boxte Campbell in die Seite. „Ich muss aber sagen, dass ich doch etwas enttäuscht von dir bin, mein lieber Jamie. Die beiden Flaschen, die du Mark gegeben hast, waren ja eine nette Geste. Aber du wirst doch wohl nicht im Ernst erwarten, dass er seiner Frau nach der ersten Geburt einen Whisky verabreicht, den er gar nicht kennt!"

Campbell schlug die Hand vor den Mund, als hätte man ihn gerade an seinen eigenen Geburtstag erinnern müssen. „Verdammt! Du hast recht! Da könnte ich ja gleich Eis ins Glas geben!" Er sah sich um, als befürchtete er, belauscht zu werden, bevor er mit verschwörerisch gedämpfter Stimme sagte: „Hätten sie Lust auf eine Probe?"

Mark hatte Lust und folgte den beiden Schotten in die Lobby, wo Campbell sie kurz allein ließ.

„Jamie ist kein offizieller Aussteller, deshalb sind wir mit den Proben etwas zurückhaltender als üblich. Aber wenn drei Männer in der Lobby ein Glas trinken und fachsimpeln ..."

Wenig später kehrte Jamie Campbell mit einer unetikettierten Flasche samt drei Gläsern zurück und schenkte ein.

„Slàinte", sagte er. „Auf dass wir die Stunde bis zur Key Note Speech auf angenehme Art und Weise zubringen."

Mark schnupperte an seinem Glas und prüfte die Farbe. Angenehm würde es werden, keine Frage. Aber allmählich musste er acht geben, dass er die Rede überhaupt noch mitbekam.

Eine volle Stunde lang überzeugte sich Mark von der Qualität dieses neuen Whiskys. Nach dem Nosing war er sicher, dass er herausragend sein musste. Dem ersten Schluck folgte die Erkenntnis, dass hier jemand mehr als nur sein Handwerk verstand und als er das Glas geleert hatte, bestellte er. Seine Chancen, Kai Ebers auch in Tims Abwesenheit als Kunden zu behalten, waren damit deutlich gestiegen!

Zufrieden begab er sich mit Campbell und McTavish zurück in den Ballsaal. Bis zur Keynote Speech waren es nur noch wenige Minuten.

Der Veranstaltungsraum war mittlerweile bis zum Bersten gefüllt. Das Stimmengewirr hatte ohrenbetäubende Ausmaße angenommen und die Luftqualität befand sich in einem unverkennbaren Sinkflug.

Mit Mühe und Not ergatterte Mark einen Platz hinter Jamie Campbell.

„Es müsste jeden Augenblick losgehen", sagte McTavish und rieb sich die Hände. „Dann werden wir ja sehen, ob er es ist."

Im Saal wurde geklatscht, als der Gastgeber von der Scotch Whisky Association die Bühne betrat. Der Mann winkte kurz der Menge, wohlwissend, dass der Beifall nicht ihm galt, und trat ans Rednerpult.

„Ladies and Gentlemen ... Ich glaube, wir haben nun alle genug gewartet und es ist an der Zeit, dass wir das Geheimnis lüften. Auch wenn es, wie ich den Gerüchten entnehmen konnte, schon lange keins mehr ist. Liebe Freunde, ich präsentiere unseren diesjährigen Hauptredner: Einen Brennmeister, wie es ihn nur einmal in einer Generation gibt, einen Experten par excellence und in unserem Geschäft schlicht und ergreifend - eine Legende! Ladies and Gentlemen: Mr Ewan McDomhnaill!"

Applaus brandete auf, bis der Geräuschpegel die Saaldecke anzuheben schien. Das Klatschen ging über in ein durchgängiges Rauschen, wie es nur hunderte Hände gleichzeitig bewerkstelligen können. Einige Teilnehmer erhoben sich, und so stand auch Mark auf, um noch etwas sehen zu können.

Sein Blick pendelte zwischen den beiden Bühnenaufgängen links und rechts. Doch nirgends war eine Bewegung erkennbar. Langsam dämmerte ihm etwas ... Als das Licht gedimmt wurde, wusste er Bescheid und setzte sich.

Auf der Leinwand hinter dem Rednerpult flackerte es und vor einer Karte mit den schottischen Destillerien, erschien überlebensgroß Ewan McDomhnaill.

„Hallo Freunde", grüßte er in die Kamera.

Gemurmel wurde hörbar und Enttäuschung machte sich breit. Manch einer hatte mit Sicherheit gehofft, anschließend noch ein Selfie mit der Legende machen zu können. Mark musste sich insgeheim eingestehen, dass er da keine Ausnahme bildete.

„Entschuldigt, dass ich nicht bei euch bin", fuhr Ewan McDomhnaill fort. „Aber wir alle wissen, wie wichtig Freundschaften sind. Und wenn ein Freund Hilfe braucht, muss sogar ein Kongress einmal zurückstehen."

Zustimmendes Gemurmel, hier und da ein Schulterzucken, aber zumeist nickten die Teilnehmer anerkennend.

„Und wenn dieser Freund auch noch dabei ist, einen

wirklich guten Whisky zu brennen, dann muss man ihm zur Hand gehen. Ich weiß nicht, wie ihr das seht ..."

Wieder brandete Applaus auf. Niemand im Saal konnte sich dieser Begründung verschließen. Schon allein deshalb nicht, weil jeder insgeheim hoffte, selbst einmal dieser Freund zu sein.

„Aber kommen wir zur Sache ...", begann Ewan McDomhnaill endgültig seinen Vortrag. „Wie ihr wisst, hat sich in den letzten Jahren so einiges getan in unserem Geschäft ..."

Mark lauschte der Rede und genoss den eigentümlichen Klang des schottischen Akzents. Ewan McDomhnaill hätte auch aus dem Telefonbuch vorlesen können. Hauptsache, er tat es mit dieser Stimme und diesem Dialekt.

Dennoch schweiften seine Gedanken immer wieder von der Rede ab. Er war enttäuscht. Dass er kein Foto mit Ewan McDomhnaill machen konnte, war eine Sache. Aber wenn der nicht in Edinburgh war, dann stand eines fest: Tim war ebenfalls nicht hier.

Mark seufzte still. Wenigstens hatte er einen Whisky gefunden, den zu Hause nicht jeder anbieten konnte. Jamie Campbell war die Art Partner, mit der er am liebsten zusammenarbeitete. Hauptsache, der verschwand nicht auch einfach von der Bildfläche!

Als hätte Campbell gehört, dass Marks Gedanken ihm galten, drehte er sich zu ihm um. „Hat irgendjemand eine Ahnung, wo er sein könnte?", fragte er leise.

„Keinen Schimmer", sagte Mark. „So ein Transparent mit Schottlandkarte drauf, kann man überall aufhängen. Sogar in England ..."

Jamie Campbell schüttelte energisch den Kopf. „Es

gibt Dinge, die tut man einfach nicht!"

Mark lachte leise und wandte den Blick wieder der Leinwand zu. Erst glaubte er, sich getäuscht zu haben, aber dann war eine sachte Bewegung auf der Karte nicht zu leugnen. Ein Windhauch schien über sie hinwegzugleiten. Für einen Moment war alles wieder still, dann setzte ein leichtes Flattern ein und der Wellenschlag auf dem Transparent nahm zu.

„Irgendjemand sollte da mal eine Tür zu machen", sagte ein Mann zwei Plätze weiter, doch sein Hinweis kam zu spät.

An der oberen Kante des Transparents löste sich eine Befestigung. Lautlos klappte die Ecke nach unten und offenbarte, was sich hinter Ewan McDomhnaill befand.

Durch ein großes Schaufenster schien die Sonne herein. Draußen zog eine Gruppe Menschen vorbei, die sich offensichtlich in der Freizeit befanden. Hinter ihnen wurde ein Teil eines Ladenschilds sichtbar. Weiße Schrift leuchtete auf rotem und blauen Grund.

Mark runzelte die Stirn. Der Anblick war zwar alles andere als eine Offenbarung, aber das Schild kam ihm dennoch bekannt vor. Der Schriftzug, von dem er nur ein paar Buchstaben sehen konnte, die Farbgebung ... Wo immer Ewan McDomhnaill sich auch gerade aufhielt - Mark hätte schwören können, dass er schon einmal dort gewesen war!

Ein junger Mann in einem grauen Pullover sprang durchs Bild und fixierte das Transparent. Mark grübelte weiter, aber seine Erinnerung blockierte. Woran auch immer dieses Schild ihn erinnerte ... Er konnte es nicht einordnen.

„Tja", sagte Jamie Campbell und drehte sich wieder

zu Mark um. „Das wäre hier sicher nicht passiert!"

Doch der Zwischenfall mit dem Transparent wurde von den Teilnehmern schnell beiseite gedrängt. Die Enttäuschung, Ewan McDomhnaill nicht persönlich getroffen zu haben, wog schwerer und in seinen Gesprächen musste Mark feststellen, dass er wohl der Einzige gewesen war, der überhaupt die Details im Hintergrund zur Kenntnis genommen hatte. Irgendwo hatte er diesen Schriftzug schon einmal gesehen. Wenn er sich nur erinnern könnte, wo ...

Eine Weile nach der Rede wurde aber auch Ewan McDomhnaills Abwesenheit ad acta gelegt, denn es war ohnehin nicht mehr zu ändern, wie ein Teilnehmer treffend feststellte. „Man muss auch mal loslassen können", ergänzte ein anderer und man widmete sich wieder dem Austausch, dem Fachsimpeln und dem Verkosten.

Bis zum späten Nachmittag hatte Mark einen hervorragenden Überblick über neue Marken und Destillen bekommen und fragte sich, wie er die ganzen Probierfläschchen in seinem Gepäck unterbringen sollte.

Doch die Sache mit dem Ladenschild ließ ihn nicht los. Auch am nächsten Tag ging es ihm ständig durch den Kopf. Die ganze Rückreise über, im Taxi wie im Flugzeug, klappte vor seinem inneren Auge das Transparent herunter und legte das Schild frei. Wieder und wieder, wie eine hängengebliebene Schallplatte, die immer die gleichen zwei Sekunden eines Liedes abspielt, löste dieses Bild in Marks Hirn einen Teil einer Erinnerung aus, die er ums Verrecken nicht vervollständigen konnte.

Müde und mit zerfurchter Stirn stieg er in Hamburg

aus dem Flieger. Die Schritte der Mitreisenden wummerten wie dumpfe Schläge eines Riesen durch den langgezogenen Landerüssel. Drei gackernde Teenager drängten sich an Mark vorbei.

Am Zoll zeigte er einem misstrauisch dreinblickenden Zöllner seinen Pass und ging die Ankunftshalle entlang in Richtung Ausgang. Die meisten Läden hatten noch geöffnet. Im Vorbeischlendern sichtete Mark die Auslagen und fragte sich, warum man für eine Handtasche einen vierstelligen Betrag ausgeben sollte.

Nur den Bruchteil einer Sekunde, nachdem er die Duty-free-Shops hinter sich gelassen hatte, blieb er wie vom Donner gerührt stehen und drehte sich um!

„Die Duty-free-Shops ...", murmelte er leise. Er war sicher, dass der Laden, an den er sich nicht erinnern konnte, kein Duty-free-Shop war. Aber hier am Flughafen sah er das gleiche Ladendesign, die gleiche Farbgebung ...

Es dauerte eine weitere Sekunde, dann fiel es ihm wie Schuppen von den Augen.

Es gab nur einen Ort, den er sowohl mit Duty-free-Shops als auch mit diesem Ladenschild in Verbindung brachte!

Helgoland!

Er riss sein Handy aus der Tasche und suchte einen Kontakt heraus.

„Was für eine schöne Überraschung", meldete sich eine Stimme.

„Hallo Herr Bendahl. Ich hoffe, ich störe nicht."

„Bedauerlicherweise. Wir bekommen gleich Gäste und ich werde dieses Gefühl nicht los, dass ich etwas Wichtiges vergessen habe."

„Dann mache ich es kurz. Sie erinnern sich an den Laden, den Jens Gampert auf Helgoland am Hafen hatte?”

„Sicher. Ein Geschäft für Sportbekleidung. Weitestgehend für Outdoor oder Wassersport.”

„Was für ein Laden ist gegenüber? Ist das noch ein Duty-free-Shop?”

„Da muss ich leider passen”, sagte Bendahl. „Ich habe mich aus gesundheitlichen Gründen aufs Festland zurückgezogen.”

„Sie leben nicht mehr auf Helgoland?”

„Niemand bedauert das mehr als ich.”

„Dann muss ich halt online recherchieren. Hoffentlich sind die entsprechenden Seiten aktuell.”

„Falls nicht, haben sie einen wunderbaren Grund, um mal wieder dorthin zu fahren.”

Vor Marks inneren Auge erschienen Anjas Gesicht, ihr Bauch und ein noch nicht zusammengebautes Kinderbett. Er bedankte sich bei Bendahl, holte sein Gepäck ab und fuhr nach Hause.

Anja sah ihn bereits zweifelnd an, als er noch dabei war, sich die Jacke auszuziehen.

„Alles in Ordnung?”, fragte sie. „Du hast was, oder?”

„Wieso merkst du sowas immer sofort?”, fragte er.

„Ich kenne dich, ich liebe dich und ich werde bald Mutter sein. Spätestens dann bin ich darauf angewiesen, die Bedürfnisse von Menschen zu erkennen, die sich nicht ausreichend verbal artikulieren können.”

Angesichts dieses Vortrags fiel Mark nichts Besseres ein, als sie anzustarren.

„War eine richtige Antwort dabei?”, fragte sie.

„Komm erst einmal rein und setz dich hin." Wie ein Zehnjähriger, der bei Einbruch der Dunkelheit einsehen muss, dass der Tag auf dem Fußballplatz zu Ende ist, ging er mit seiner Frau ins Wohnzimmer und setzte sich neben ihr auf die Couch.

„Ich muss nochmal weg", sagte er und erzählte von Tims Verschwinden, von seiner Suche und dem umgeklappten Transparent. „Mit anderen Worten", schloss er schließlich seinen Bericht ab, „ich muss nach Helgoland."

Anja pustete sich eine Haarsträhne aus dem Gesicht und strich über ihren Bauch. Einige endlos lange Sekunden überlegte sie schweigend, während Mark versuchte, sich innerlich auf möglichst viele verschiedene Reaktionen vorzubereiten. Wie üblich war die Einzige, die er dabei nicht in Erwägung zog, diejenige, mit der es einen Augenblick später tatsächlich zu tun bekam.

„Verstehe ich das richtig? Einer deiner Freunde hat dir nicht erzählt, was er vor hat, weswegen du sofort anfängst, Ermittlungen anzustellen, wie ein Detektiv in einem Film noir. Und als du nichts herausfindest, erinnert dich der flüchtige Anblick eines Ladenschildes hinter einem heruntergerutschten Poster an etwas, sodass du sofort nach Helgoland musst?"

Mark bereute, dass er sich nicht wenigstens eine Flasche Wasser bereitgestellt hatte. Er konnte diesen peinlichen Moment nicht einmal damit überspielen, dass er etwas trank.

„Also, so wie du das jetzt sagst ..."

„Versteh mich nicht falsch", sagte Anja. „Bis zum Stichtag haben wir noch Zeit. Aber eins sollte dir klar sein: in den zwei Wochen vor dem Termin bist du nicht unterwegs. Ganz egal, welche Destille neu eröffnet wird, was ein Kunde von dir erwartet oder was für Schilder du siehst."

„Das hatten wir doch schon besprochen ..."

„Und wenn du wirklich meinst, dass du nach Helgoland musst ... Dann mach gefälligst eine Tagesfahrt ..."

Creag Dearg

Die Fahrt nach Helgoland bescherte Mark ein paar ruhige Stunden. Er machte ein Nickerchen, las etwas und ignorierte die Touristen, die in Scharen auf die Backbordseite strömten, um eins der Containerschiffe zu fotografieren, die täglich die Elbe passierte.

Beim Ablegen aus Cuxhaven stand er das erste Mal auf. Aber erst als der kantige Umriss der Insel, gekrönt vom Leuchtturm in Sicht kam, spürte er so etwas wie aufkommende Unruhe.

Der Anblick der Düne, die flach und gelb leuchtend neben Helgoland ruhte, trieb seinen Puls zusätzlich in die Höhe. Als der Katamaran endlich im Südhafen anlegte, stand er in der Schlange vor dem Ausstieg und wippte auf den Fußballen. Lautlos trommelten seine Finger auf der Hosennaht. Hatte sich das Aussteigen letztes Mal auch so lange hingezogen?

Endlich passierte er die Gangway, bahnte sich seinen Weg durch die Menschenmenge und stürmte die Westkaje am Hafenbecken entlang. Kurz hinter dem roten Backsteinbau der Freiwilligen Feuerwehr hatte er sein erstes Ziel erreicht. Jens Gamperts Laden. „Wassersport und Outdoor-Mode" lautete der Schriftzug auf dem vertrauten, blau-roten Design oberhalb der Tür.

Vom Eingang aus sah er auf der anderen Straßenseite einen Schuhladen und einen Duty-free-Shop. An beide konnte er sich bestenfalls verschwommen erinnern.

Daneben befand sich ein Gebäude, das er bei seinem letzten Besuch komplett übersehen haben musste. Aus gutem Grund, wie es aussah. Es war ein einstöckiger Bau mit Flachdach, die Wände grau getüncht und die Fenster von innen noch mit Zeitungen verklebt. Am hinteren Ende standen eine Schubkarre und einige Säcke.

Man sah dem Gebäude an, dass es noch vor Kurzem in einem erbärmlichen Zustand gewesen sein musste. Aber irgendjemand hatte viel Zeit und Energie aufgewendet, um es wieder herzurichten.

Marks Hoffnungen sanken in ungeahnte Tiefen. Was er sah, war eine Baustelle. Eine höchstwahrscheinlich verschlossene Baustelle. Zögernd ging er zur Tür und legte eine Hand auf die Klinke. „Ansonsten schaffe ich es vielleicht für zwei oder drei Stunden auf die Düne", brummte er.

Zu seiner Überraschung öffnete sich die Tür. Lautlos und ohne jeden Widerstand schwang sie nach innen und ließ ihn ein. Mark betrat den Laden - und blieb wie vom Donner gerührt stehen. Seine Kinnlade klappte herunter. Im letzten Moment konnte er seinen Rucksack davon abhalten, unkontrolliert auf den Boden aufzuschlagen.

Hinter einem improvisierten Tresen stand ein Mann, der jahrzehntelange Lebenserfahrung ausstrahlte. Er hielt sich ein Glas unter die Nase, schnupperte daran und machte sich zufrieden einige Notizen. Als er Mark erblickte, sah er kurz auf und lächelte.

„Sorry pal, but we are not open yet", sagte er mit einem unverkennbaren schottischen Akzent.

Mark brachte als Antwort nur ein Ächzen hervor.

Vor ihm stand Ewan McDomhnaill!

„No English?", fragte der legendäre Brennmeister und klappte das Buch, in dem er seine Notizen gemacht hatte, zu.

Wieder ächzte Mark. Der lederne Einband des Buches war unverkennbar! Das war Tims Heiligtum! Niemand sonst durfte etwas hineinschreiben oder darin auch nur lesen!

Andererseits war Ewan McDomhnaill ja auch nicht irgendjemand ...

„Unglaublich", stammelte er, froh, seine Sprache wiedergefunden zu haben. Er machte zögerlich einige Schritte auf Ewan McDomhnaill zu und reichte ihm die Hand.

„I missed you in Edinburgh", war alles, was er herausbekam. Ratlos starrte er sein Gegenüber an und brauchte eine Extraaufforderung, um dessen Hand wieder loszulassen.

Eine Bewegung im Hintergrund lenkte ihn ab. In der Tür hinter dem Tresen erschien eine Gestalt und starrte ihn an.

„Und dich habe ich da auch vermisst!", brach es aus Mark heraus. „Da und vor allem in den letzten zwei Wochen! Hörst du eigentlich deine Mailbox mal ab?"

„Was machst du denn hier?", sagte Tim.

„Ich hab dich gesucht, du Idiot!"

„Warum?"

„Weil du plötzlich weg warst! Weil du nicht einmal Jonas Bescheid gesagt hast! Weil du auf Anrufe und

Nachrichten nicht reagierst!"

Verlegen zupfte Tim sich am Ohr. „Na ja, wir waren hier ziemlich beschäftigt ..."

„Das sehe ich ...", log Mark. Seit er eingetreten war, hatte er den Laden noch keines Blickes gewürdigt. Oder das, was offensichtlich einmal ein Laden werden sollte.

Die Regale waren noch leer. An einer Wand fehlten sie sogar komplett, aber der Stil des Raumes war bereits erkennbar. Hinter Tim erkannte Mark einen großen Kupferbehälter. Allmählich dämmerte es ihm.

„Das darf doch nicht wahr sein", sagte er und schlug sich mit der Hand vor den Kopf. „Du hast es endlich geschafft, die Destille auf Helgoland aufzubauen! Und dann sagst du kein Wort? Was zum Henker soll das?"

Wortlos ging Tim in den Nebenraum und kam sogleich zurück. Mit einem Gesichtsausdruck, den Mark unmöglich deuten konnte, warf er ihm ein graues Stück Stoff zu. „Ich hatte mir das insgesamt anders vorgestellt", sagte er.

Mark fing es auf und faltete es auseinander. Es war ein T-Shirt. Grau, auf den ersten Blick etwas schmucklos, bis Mark es auseinanderfaltete. Auf der Brust prangte das Logo der ‚Creag Dearg Distillery': Die Lange Anna in einem Nosingglas, aus dessen Fuß ein Seehund den Betrachter anschaute. Mark schluckte.

„Warum hast du nichts gesagt?", fragte er noch einmal und legte das Shirt behutsam zusammen.

Tim machte einen Schritt auf ihn zu und senkte bedrohlich den Kopf.

„Weil ich nicht sicher war, ob es klappt, du Blödmann! Und ich nicht wollte, dass mir die Leute, die mir wichtig sind, beim Scheitern zugucken können!"

Im Hintergrund klimperte es. Ewan McDomhnaill fischte Gläser aus einer Schachtel und rückte zwei Bänke und ein Fass zurecht. „You guys need to talk", sagte er und schenkte ein.

Tim reichte Mark eins der Gläser, hielt es aber noch eine Sekunde zurück. „Du hast mir die Überraschung versaut", sagte er.

„Du hast mich auf eine wahre Odyssee geschickt", erwiderte Mark und nahm ihm das Glas aus der Hand.

Sie setzten sich und Mark erzählte von seiner Suche und vor allem von Kai Ebers Auftrag.

„Das klingt wirklich ziemlich gut", sagte Tim schließlich. „Da kriegen wir schon was hin. Ich weiß nur noch nicht, wie .. Aber sag mal ... Du warst tatsächlich im Harz? Wie war es dort? Ich meine ... Die Rezeption?"

Mark berichtete von seinen Erlebnissen im Hotel zur alten Post und Tim gluckste vor Vergnügen.

„Wer warst du denn für den Kellner?"

„Britischer Agent. Und du?"

„Ringträger."

„Slàinte!" Mark trank sein Glas leer. Eine besondere Wärme, die nicht vom Alkohol herrührte, breitete sich in ihm aus. Er atmete tief durch und genoss das eigentümliche Kribbeln, das ihn immer durchströmte, wenn sein Inneres gehörig durcheinandergeraten war, und sich alles wieder dorthin schob, wo es hingehörte. Er hatte Tim gefunden. Das war das Wichtigste.

„Dann erzähl doch mal, wie du das hingekriegt hast", sagte Mark und machte eine unbestimmte Geste in den Raum hinein. „Aber erst möchte ich noch was anderes wissen."

„Nämlich?"

„Wieso darf Ewan McDomhnaill in dein Buch schreiben, und ich es nicht einmal aufschlagen?"

Tim grinste breit. „Was soll ich sagen? Er ist eine Legende. Du nicht."

„Oh."

„Dafür bist du was anderes." Tim schenkte ihnen nach und prostete Mark zu. „Du bist ein verdammt guter Freund! Slàinte!"

Noch vor der Abfahrt nach Hamburg rief Mark Kai Ebers an und teilte ihm mit, dass die Lieferung des gewünschten Fasses für seine Veranstaltung kein Problem sein sollte. Nur auf Tim musste er aus verständlichen Gründen verzichten. Worauf sich der Unternehmer letztlich einließ. Wenn auch erst nach einer Einladung zur Eröffnung der einzigen Destille auf Deutschlands einziger Hochseeinsel.

Allerdings dauerte es noch, bis es so weit war.

In Hamburg saß Mark wie auf Kohlen und sah zu, wie sich auf seinem Kalender der aktuelle Tag unaufhaltsam dem Datum näherte, dem Mark unter gar keinen Umständen ausweichen konnte:

Dem vorberechneten Geburtstermin.

Am Ende blieben drei Tage, die Mark mit einem Kurztrip nach Helgoland verbringen konnte.

Als es endlich so weit war, zeigte die Insel sich von ihrer besten Seite. Ein blauer Himmel und eine leichte Brise bereiteten den zahlreichen, vor dem Laden versammelten Gästen einen freundlichen Empfang.

Mark war angenehm überrascht. Einen solchen Menschenauflauf hatte er nicht erwartet. Mit Jonas und Kai Ebers im Schlepptau, versuchte er, sich einen Weg durch die Menge zu bahnen.

„Ich hab ja mit einigem gerechnet ...", sagte Jonas. „Aber das hier ..."

„Ihr Blog hat eine tolle Wirkung", sagte Kai Ebers.

„Schön wär's", lachte Mark. „Aber den habe ich erst heute Morgen online gestellt!"

Er ignorierte den Ellenbogen, der sich in seine Seite drückte und schob sich zentimeterweise nach vorne. „Dürfte ich bitte einmal durch!", rief er. Aus Richtung der Tür kamen einige launige Bemerkungen.

„Ich bin der mit der Schere für die Eröffnung", gab Mark zurück.

„Und ich habe den Schlüssel", ergänzte Kai Ebers.

Wie durch Zauberhand bildete sich eine Gasse und binnen weniger Sekunden fanden sie sich vor der verdunkelten Eingangstür wieder. Links und rechts standen die Messingständer mit dem roten Band.

„Ich habe den Schlüssel ...", lachte Jonas leise. „Und das funktioniert auch noch ..."

„Man muss es so sagen, als ob man es selbst glaubt", gab Ebers grinsend zurück.

Mark sah auf seine Uhr. Gleich musste es soweit sein. Noch drei Minuten, wenn Tim seinen Zeitplan einhielt. Noch zwei ...

Eine ...

Die Abdeckung hinter der Tür wurde entfernt. Ein Schatten wurde sichtbar und es klackerte leise, als aufgeschlossen wurde.

„Da hätten wir ihren Schlüssel gar nicht gebraucht", grinste Mark Kai Ebers an.

Die Tür schwang nach innen auf und gab den Blick auf Tim Wilke frei. Angesichts der Menschenmenge klappte ihm die Kinnlade herunter und er machte ein

Gesicht, als stünde vor einer Herde Einhörner.

„Herzlichen Glückwunsch zur Eröffnung!", sagte Mark und reichte Tim eine übergroße Schere aus goldfarbenem Plastik. „Ich denke, das hier ist jetzt deine Aufgabe."

Tim brauchte eine Sekunde, dann griff er zu. Mit einem stetig breiter werdenden Lächeln durchschnitt er das rote Band. Geräuschlos sanken die beiden Enden herab.

„Jetzt aber alle mal rein!", rief Tim. „Wer möchte etwas probieren?"

Die Menge strömte in den Verkaufsraum und Mark suchte sich ein ruhiges Plätzchen. Gemeinsam mit Kai Ebers beobachtete er das Treiben und lächelte versonnen vor sich hin. Alles war gut geworden.

„Glauben sie, dass er es genießt?", fragte er den Unternehmer schließlich.

„Ihr Freund steht gerade mächtig unter Strom!", sagte Ebers und sah Tim zu, wie er zwei Tabletts mit Pralinen durch die Menge balancierte. „Aber wenn das Adrenalin erst einmal wieder raus ist, wird ihm so langsam klar, was er eigentlich geschafft hat. Und dann wird er sich nicht bloß freuen. Er wird platzen vor Glück!"

„Das hoffe ich", sagte Mark.

Tim hatte etwas geschafft, womit niemand mehr gerechnet hatte. Und doch war irgendwann diese eine Gelegenheit dagewesen. Und die hatte er genutzt.

„Ist das Regal da aus alten Bootsteilen gefertigt?", fragte Ebers plötzlich und machte Mark auf ein Gebilde in der Nähe des Eingangs aufmerksam.

Mark nickte. „Wenn mich nicht alles täuscht, war das mal ein Börteboot."

„Ein wirklich schöner Laden", sagte Ebers und
zupfte Tim bei der nächsten Gelegenheit am Ärmel.
„Sagen sie Herr Wilke, diese Veranstaltung für meine
Firma, an der sie wegen ihres neuen Ladens nicht
teilnehmen können ...", sagte er und sah sich um, so als
wollte er eine längst bestehende Gewissheit ein
allerletztes Mal überprüfen. „Könnten wir die nicht hier
ausrichten?"

Tim hielt Ebers das Tablett mit der letzten Praline
unter die Nase und wartete demonstrativ, bis der
danach griff. „Wie viele Zimmer brauchen sie? Ich
könnte da was arrangieren ..."

Mark lachte und legte Tim beschwichtigend eine
Hand auf den Arm. „Du kümmerst dich jetzt erst
einmal um deine Eröffnung, bevor du den nächsten
Auftrag angehst. Und freust dich darüber, dass du es
geschafft hast."

Tim lächelte und sah sich in seinem vor Menschen
nur so wimmelnden Laden um. Er hatte es wirklich
geschafft.

Die Creag Dearg Distillery war eröffnet!

Epilog

Am nächsten Morgen herrschte Ruhe. Mark fand die
Hintertür der Destille offen und ging mit seinem
Gepäck hinein.

„Tim?", rief er. „Bist du schon da oder hast du
vergessen abzuschließen?"

In dem Nebenraum, den Tim zu Brennen
hergerichtet hatte, raschelte und klapperte es. „Ich bin
hier!" Wieder ein Klappern, gefolgt von einem

Scharren.

Mark folgte den Geräuschen und fand Tim, wie er den sogenannten Helm, eine Art Kegel zur Vorkühlung des Dampfes, auf einer der Kupferbrennblasen befestigte. „Da bist du ja endlich", grinste Tim ihn an. „Alter Langschläfer."

„Es ist gerade mal neun!", entrüstete sich Mark.

„Sag ich ja! Du bist spät dran."

„Du willst mich früher am Tag gar nicht sehen. Glaub mir!" Mark stellte sein Gepäck im Verkaufsraum ab und holte sein Notebook heraus. „Wollen wir mal einen Blick auf den neuen Artikel werfen? Was hältst du von ‚Endlich!' als Titel?"

„Nicht schlecht", sagte Tim und wischte sich die Hände an der Hose ab. „Aber erst sollten wir noch etwas anderes klären. Jonas? Komm doch mal bitte."

Tim bedeutete Mark mit einem Schulterklopfen ihm zu folgen und nahm eine Kaffeekanne vom Tresen. „Lass deinen Artikel noch einen Augenblick beiseite und setz dich. Wir müssen was besprechen." Er rückte Stühle an das Fass, an dem sie vor Wochen mit Ewan McDomhnaill gesessen hatten, und schenkte drei Becher ein.

„Es gibt da etwas, das ich euch sagen möchte ... Muss ... Euch beiden ... "

Mark tauschte einen besorgten Blick mit Jonas, doch Tim bedankte sich lediglich für die Hilfe und Loyalität, die sie ihm in den letzten Wochen entgegengebracht hatten. Mark atmete auf.

„Ehrlich gesagt, habe ich bis zum Schluss damit gerechnet, dass irgendetwas schief geht", sagte Tim. „Dass wieder irgendjemand was gefunden hat, warum wir doch nicht eröffnen können."

„Du meinst sowas, wie das Ordnungsamt?"

„Als wir neulich das erste Mal gebrannt haben, habe ich Blut und Wasser geschwitzt! Aber ...", zufrieden rieb er sich die Hände. „Es ist alles gut gegangen! Niemand hat dazwischengefunkt, die ersten Fässer reifen und der Laden ist eröffnet!"

„Ich habe schon Eröffnungen miterlebt", sagte Mark. „Was ich gestern gesehen habe, war ein Triumph!"

„Mag sein ... Das Wichtigste ist aber, auch auf die Gefahr hin, dass es ein wenig abgedroschen klingt: Ein Traum ist wahr geworden!" Tim atmete tief durch und kniff die Lippen zusammen.

„Die Sache hat nur einen Haken: Ich habe jetzt zwei Destillen, kann aber nur in einer vor Ort sein. Und im Moment hat Helgoland da einfach Vorrang. Ich möchte die nächsten Brennversuche hier durchführen. Und ich möchte regelmäßig prüfen können, wie sich das Inselklima auf die Reifung auswirkt. Außerdem würde es seltsam aussehen, wenn ich kurz nach der Eröffnung gleich wieder das Weite suche ..."

„Ich verstehe", sagte Jonas leise. Sein Schlucken war mindestens genauso deutlich zu hören, wie es zu sehen war. Wie betäubt löste er sein Haarband und begann den Pferdeschwanz neu zu binden. „Wie lange habe ich noch?"

„Bis du wieder zu Hause bist", sagte Tim und wühlte in seiner Hosentasche herum. Er förderte ein Schlüsselbund zutage und hielt es Jonas unter die Nase. „Denn sobald du dort bist, möchte ich, dass du dich als Leiter um die ‚West Coast Distillery' kümmerst."

Jonas Augen weiteten sich. Geräuschlos glitt sein Haarband zu Boden. „Wie bitte? Du meinst, als

Verkäufer?"

„Ich meine als Leiter. Das beinhaltet selbstverständlich auch den Verkauf, aber genauso kümmerst du dich um die Schokolade und übernimmst das Brennen. Du hast genug Erfahrung, du kannst das." Tim erhob sich und holte einen Beutel, auf dem das Motto der Creag Dearg Distillery stand. „Today's rain is tomorrow's whisky.".

Als er sich setzte, behielt er ihn für einen Moment auf dem Schoß und sah Jonas tief in die Augen.

„Und damit du aus deinen Experimenten möglichst viel Nutzen ziehen kannst, solltest du aufschreiben, was du gemacht hast."

Er förderte aus dem Beutel ein in einen Ledereinband eingeschlagenes Buch zutage und reichte es Jonas.

Mark schnappte nach Luft, als er den Einband erkannte! Das war doch wieder Tims Heiligtum, in das außer ihm niemand einen Blick werfen durfte! Wenn man nicht gerade Ewan McDomhnaill war! Und jetzt ging es an ... ?

Jonas starrte Tim sekundenlang an. Wie in Zeitlupe griff er nach dem Buch, so vorsichtig, als könnte es jeden Augenblick in seinen Händen zu Staub zerbröseln. Als er es aufschlug, blickte er verwirrt auf. „Es ist leer", sagte er.

„Natürlich!", sagte Tim. „Wenn du deine eigenen Experimente machst, brauchst du auch dein eigenes Buch, also habe ich ein Neues reingelegt. Aber es ist immer noch der gleiche Einband. Der gehört zur West Coast Distillery. Und damit zu Dir."

Amüsiert beobachtete Tim die Miene seines Gehilfen. „Ich habe dir vorne ein paar Details reingeschrieben. Als Starthilfe. Aber das war's. Alles Weitere liegt jetzt bei dir. Wenn du denn willst ..."

„Aber was ist dann mit deinem Buch?", fragte Mark.

„Da mach dir mal keine Sorgen."

Tim griff erneut in den Beutel. Er holte ein weiteres Buch hervor und reichte es Mark, der es mindestens so vorsichtig in die Hand nahm, wie Jonas zuvor sein eigenes.

Sanft strich Mark über den brandneuen Ledereinband. Auf der Vorderseite war das Logo der Creag Dearg Distillery eingearbeitet, umrandet von aufgenähten Lederriemen, die aussahen, wie Schiffstaue.

Flankiert wurde es an drei der vier Ecken von einem Totenkopf, einem Anker und einem Steuerrad. Darunter befand sich eine Karte Helgolands. Aus einer Windrose heraus, hielt ein Schiff auf die Insel zu und auch ein Whiskyfass durfte nicht fehlen.

„Wunderbar", sagte Mark und reichte es zurück an Tim.

„Ein neuer Einband für eine neue Destille", sagte Tim, machte aber keine Anstalten das Buch wieder an sich zu nehmen. „Und für ein neues Buch", fügte er hinzu und forderte Mark mit einer Handbewegung auf, es zu öffnen.

„Auch leer", sagte Mark.

„Natürlich", sagte Tim. „Wir brennen heute nicht nur einen neuen Whisky. Wir fangen etwas ganz Neues an. Und damit das auch vollkommen klar ist, möchte ich, dass du die erste Eintragung vornimmst."

„Ernsthaft?"

Mark starrte Tim an und rechnete damit, dass der

jeden Moment laut anfangen würde zu lachen. Und ihm dann das Buch aus der Hand nahm. Stattdessen griff Tim nach einem Kugelschreiber und hielt ihn Mark demonstrativ unter die Nase.

„Ernsthaft", sagte er.

Mark öffnete das Buch und schrieb das Tagesdatum in die erste Zeile der ersten Seite, gefolgt von dem vielsagenden Eintrag „Creag Dearg Dist. - Destillation Nummer eins - Tim, Jonas und Mark".

„Und jetzt?", fragte Mark.

„Jetzt brennen wir Whisky!", sagte Jonas.

„So sieht's aus, meine Freunde", sagte Tim und nickte zufrieden. „Wir machen den besten Whisky, den wir können."

Mit dem Börteboot nach Helgoland …

Sprottes Ferien beginnen abenteuerlich. Anders als geplant, verschlägt es ihn mitten in die Nordsee, nach Helgoland. Kaum mit seinem Onkel angekommen, erlebt er dort nicht nur seinen ersten Sturm. Die friedliche Inselgemeinde wird auch von einer Einbruchserie heimgesucht, die sich niemand erklären kann.

Dieser Herausforderung kann Sprotte kaum widerstehen. Als er auch noch hört, dass der Polizeichef seinen Onkel verdächtigt, nimmt er die Ermittlungen auf. Zusammen mit Finn, einem echten Helgoländer, lässt er nicht locker.

Ohne es zu wissen, beginnen sie, ein noch viel größeres Rätsel zu lösen, vor dem die Erwachsenen schon längst kapituliert haben.

Seltsame Dinge geschehen auf Helgoland...

Zuerst ist Helgoland für den 12-jährigen Philip nur etwas seltsam. Man gibt sich nicht die Hand, Fahrrad darf man nur mit Ausnahmegenehmigung fahren und bei Schnee fällt die Schule aus.

Doch dann sieht er ein Schiff, das es gar nicht geben kann. Und wer ist der Mann in Blau, der ihn immer so eigenartig ansieht? Die seltsamen Ereignisse häufen sich, und ehe er es sich versieht, erlebt Philip ein Abenteuer, von dem er nie zu träumen gewagt hätte!

”Ein MUSS für jeden Helgoland-Fan!”

Es ist jeden Morgen das gleiche Spiel: Im Helgoländer
Kirchturm versammeln sich die Möwen und werden auf ihre
verschiedenen Aufgaben verteilt. Nur eine nicht.

Wie gerne würde auch Waldemar sich einmal an der
Steilküste den Touristen präsentieren. Aber er darf nicht, und
das nur, weil er einen schwarzen Fleck auf dem Schnabel hat.
Doch Waldemar lässt sich nicht unterkriegen!

Wenn man einen Traum hat,
sollte man ihn auch leben!

Sie werden Möwen mit ganz anderen Augen sehen,
nachdem Sie Waldemar kennen gelernt haben.

Aber nehmen Sie ihn nicht zu ernst...